中国侦探小说实力派作家丛书

岁月探案记

易买生 著

中国人民公安大学出版社·北京

图书在版编目（CIP）数据

米月探案记／易买生著．—北京：中国人民公安大学出版社，2020.11

ISBN 978-7-5653-4087-1

Ⅰ.①米…　Ⅱ.①易…　Ⅲ.①长篇小说—中国—当代　Ⅳ.①I247.5

中国版本图书馆 CIP 数据核字（2020）第 194378 号

米月探案记

易买生　著

出版发行：中国人民公安大学出版社
地　　址：北京市西城区木樨地南里
邮政编码：100038
经　　销：新华书店
印　　刷：北京谊兴印刷有限公司

版　　次：2020 年 11 月第 1 版
印　　次：2020 年 11 月第 1 次
印　　张：10
开　　本：880 毫米×1230 毫米　1/32
字　　数：240 千字

书　　号：ISBN 978-7-5653-4087-1
定　　价：39.00 元

网　　址：www.cppsup.com.cn　www.porclub.com.cn
电子邮箱：zbs@cppsup.com　zbs@cppsu.edu.cn

营销中心电话：010-83903991
读者服务部电话（门市）：010-83903257
警官读者俱乐部电话（网购、邮购）：010-83901775
文艺分社电话：010-83901330　010-83903973

目录

第一章　血面人

一

偏僻村庄山林子里的一个陷阱周围，拉起了警戒带。

东州市公安局刑侦支队年轻的女副支队长米月赶到现场时，已累出一身汗。炽热的太阳还懒懒地挂在西山边，树林里闷热难耐。现场一片狼藉，陷阱四周的堆土有大群人踩踏过，柴草上沾满了尘土，到处是烟头和纸屑，四周的树枝有不少被折断。

米月看了看警戒带，顺着软梯下到了陷阱里。

这是一个猎人挖的捕野兽的陷阱，直径约 2 米，深约 2.5 米，陷阱底部铺满了一层柴草，柴草上有一摊血迹，在四周土墙上没有发现其他血迹。

米月仔细搜寻半天，没有发现其他可疑痕迹物证。

陷阱里的尸体已被人弄了上来。死者为男性，年龄三十岁左右，身高一米七五，体形微胖，死者面部血肉模糊，额头部位颅骨出现一处 40 毫米×28 毫米的破裂性凹坑，系被钝器打击面部所致，除此之外，其他部位无致命创伤，死亡时间在 29 日 17 点至 19 点。死者上身着一件银灰色 T 恤，下身是米黄色单裤，身上没有任何证明其身份的物件，凶器是一块沾着血迹的形似土豆的长卵石，没有发现指纹痕迹。

从清源县城赶来的县公安局副局长王大群向米月介绍道："根据初步现场勘查和当天目击者描述，我们判断，是谭家村女村民邹红艳在经过这里时，不小心掉进这坑里。死者发现了坑里的邹红艳，下坑企图强奸。邹红艳在反抗中用石头击中死者后畏罪潜逃。我们在坑里已采集到邹红艳被扯下的头发，但是这块石头上因灰土太多，没有留下指纹。"

米月问："报案的是什么人，邹红艳为什么会出现在这里？"

"这个说来就话长了。谭家村谭山的媳妇邹红艳，在塘湾村的娘家舅处吃舅孙的满月酒，在吃完酒回家时，路过黄家村光棍黄三宝家，到黄三宝家讨水喝，两个人据说只是在说笑打闹。这时谭山的堂弟二带子到黄三宝家来，邹红艳担心被二带子发现，便从黄三宝家卧室后窗跳窗出来，经后山山道回家。不想在半道上，看见在山上猎野兽的秃麻子，这里的陷阱，都是他挖的。秃麻子也是一个四十多岁的老光棍，见了邹红艳眼睛便发呆。邹红艳为躲避秃麻子，才拐到这条小道上来，掉进这坑里。二带子亲眼看见邹红艳进了黄三宝的家，之后过了一天，还不见邹红艳回家，就带着村里人来找黄三宝要人，还在黄三宝家搜到了邹红艳跳窗时掉下的手机。黄三宝没法抵赖，一同上后山找人，找了一天，还是没有找到人。最后是秃麻子带着猎狗，才找到的这个坑。开始以为坑里的人是邹红艳，没想到是一具男尸。我们找了附近几个村的村干部和村民前来辨认，都不敢肯定是他们认识的人，也没有发现这些天附近村子有失踪的男人。这个邹红艳在潜逃时，已是黄昏，她没有交通工具，身份证还放在家里。我们排查和搜查了她所有的亲友家里，还在所有出村口通道布控，都没有找到人。"

"现场周围还有什么发现吗？"

“发现两处有遗留的烟头。一处是秃麻子所留；还有一处是在距案发现场七八米处的一块大石头上，有5个烟头，红玫瑰的牌子，我们判断是死者所留，没有采集到指纹。”

“红玫瑰？”

“对，当地人包括我们县里的人一般抽的是南岭烟或白沙烟，很少抽这种牌子的。这种烟产地在海平县，省城人抽的多，我们怀疑，这个人是不是省城或外地来的人。”

米月查看了遗留烟头的现场，一脸疑惑：“一个省城外地的人，到这个偏僻的山村里来干什么？你们对邹红艳了解吗？”

“邹红艳在省城打过工。她是随丈夫谭山到城里建筑工地打工的，建筑工地老板见邹红艳长得好看，便欲对她不轨，谭山认为是自己的婆娘太招摇了，一气之下把邹红艳赶回了家。从此谭山就没有回过家。我们派人去省城找谭山，今天上午接到电话，说是找到了，已排除了其作案的嫌疑。”

米月看了看石头，拿着在手里掂了掂，又看了看尸体，用石头反复比对了面部痕迹，问：“邹红艳身高体重是多少？”

王局道：“身高一米五九，体重九十多斤吧。她性子虽有些泼辣，却从来没有同村子里的人斗过嘴、打过架什么的。但我们也分析过，把她惹急了，下这么重的手也难说，毕竟也是干农活的人，一把子力气还是有的。”

米月手握着石头，在陷阱周围查找，在东南方向距离陷阱7米处的泥土中，找到了这块石头被取走后留下的凹坑痕。米月将石块放进凹坑中，正好吻合。

“你们这里案发前下过大雨吗？”

“案发前两天，下过一场雷暴雨。”

“这个陷阱是什么时候挖的？”

“问过秃麻子了，说是有一年多了。”

“你们看这凹坑，这石头应该是这几天，也就是案发期间从泥土里取出来的。”

“秃麻子说，平时不会有人来这里，来了也会掉入陷阱的。这块石头，他也没有见过。”

“如果是这样的话，应该是在案发期间有人在这里取出这块石头，带入陷阱里的。谁会把这块石头带进陷阱里？我用石头与死者伤口做过伤痕吻合，从吻合的情况来看，不应是一次性创伤，而是不少于两次的重力击打所致。而从击打的力度来看，能造成颅骨深度凹坑破裂，一般的女子没有这么大的力道。”

“也不能排除女人在极端情况下，会被逼疯的。”

米月笑了笑：“她要是疯了，还会从容不迫地取下死者身上的所有证物，消失得无影无踪？”

“也不排除死者本来就没有带随身物品。”

“别的可以不带，手机不会不带。还有，现场遗留的红玫瑰烟头，是怎么回事？死者既然不是附近村里的人，他到底是什么来路？”

“难道这是一起谋杀案？”

王局脸上布满了疑云。

米月道：“从种种迹象来看，除了这个死者和邹红艳外，现场可能还有第三个人，而杀手正是他。一名男子发现女子落入陷阱，下去救人；没想到男子对女子图谋不轨，女子呼喊救命；另一男子便在附近找了这块石头跳下坑，将死者杀死，然后与女子一道潜逃。”

众人面面相觑。

米月道：“这样，这块石头，就是重要物证。虽然采集不到指纹，但我想，当天天气很热，凶犯作案时精神高度紧张，手上一定有汗，这石头上也一定会留下凶手的汗迹，我们争取采集到上面的DNA，同邹红艳的DNA作比对。那烟头上有唇迹，也采集一下DNA。还有，在现场周边2公里范围内，再仔细对村子里的所有人做一次查访，看看案发当天有没有发现外来车辆和外来人员，查访的时候，村子里连3岁孩子都不要漏过。”

二

“血面人”经面部复原，并在全国人口数据库中比对，身份已查实，名叫吴重九，男，27岁。他是江东省海平县人，十年前到东州市打工；原来在一家建筑工地做工，后来在金碧辉煌娱乐城工作过，之后数年无踪迹；住在东州市东城区兴源小区的一套出租屋内；单身，父亲已故，只有老母亲和一个妹妹。

米月身边有两员战将，一位是东州市公安局刑侦支队一大队大队长吴昊，另一位是市公安局法医杨茹。吴昊开始就案情进行分析。

“查吴重九的出租房，从房间遗留的痕迹看，可以说明几点：一是吴此次出远门，事先应该没有准备。桌子上还有吃剩的饭菜没有处理，这大热的天，一天不处理就会发臭。二是这个人平时烟酒不停。喝的都是高度白酒，饭桌上还放着一瓶55度的高粱白，茶几上的烟盒及烟灰缸里堆满的烟头都是红玫瑰牌。三是这个人爱看影视剧。收藏的影视剧光碟有两三百套，现在家里装的机顶盒是高清的，客厅的电视也是高清大屏幕，音响设备齐全。四是这个人平时很少与四邻打交道。我问过房主和左邻右舍的人，没有一个人知道他是干什么的，他经常一个人进进出出。我们查吴的名下，没有车辆登记记录，也没有手机号码登记。”吴昊十分肯定地说道。

米月皱了皱眉头："这年头，没有手机是不可能的。名下没有登记车辆，也不能证明他没有车。他这样隐藏自己的身份，就说明有问题。他是海平县人，怎么会钻到那么个偏远的山沟里去呢？"

杨茹道："从尸检看，体内没有酒精残留。在胃内的食物残留中，有鱼、猪肉、鸡肉、海带及青瓜，主食是米饭。从胃内食物消化程度看，饭后到死亡的时间为 2 个小时左右。从省城到这个村最快也有 3 个多小时的路程。如果他在现场还抽了 5 支烟，那么可以判断，他的这顿饭，应该是就近吃的。"

米月问镇派出所陈所长："镇里人有常吃海带的习惯吗？"

陈所道："一般老百姓家里倒也不常吃，但镇里餐馆常常会上一道汤菜，就是海带排骨汤。"

米月对陈所道："你对镇上的餐馆及附近村子里的人进行一次排查。"

陈所点了点头："有了他的真实身份和照片就好办了。石塘镇就这么巴掌大块地儿，餐馆也不多，去餐馆吃饭的人也不多，我们就一家家排查。至于附近村子里的人，我们也动员几个村干部去查，不怕查不到线索。"

米月带上吴昊和王局，连夜驱车来到黄家村，她要见见黄三宝。

令米月万万没有想到的是，这个血面人案，已成了黄、谭两村及附近村子的一个恐怖传说。正是农历鬼节期间，这几个村子的人已在开始驱鬼了。

车到黄家村时，天已黑了。公路两旁家家门前都有人在烧纸钱，放爆竹，满村夹杂着一股烧钱纸和火药的气味。村子里除了狗吠外，就是孩子的哭声，以及老年人用颤抖的声音在叫魂儿。

王局满面惭愧："这是我犯的一个不应该犯的错误，早知道死的不是附近村的人，就不该让他们来辨认尸体。这些人，又好奇，又惊恐，就闹起鬼来了。”

米月道：“害怕是正常的，可怎么会闹起鬼来了呢？”

“说来也巧，黄家村人有个黄老八，年前在炸石铺路时，被石头砸中面部死了，面部被砸得血肉模糊，与这个吴重九一个模样，所以村子里的人到处传说，这是黄老八来找替身呢，弄得人人惊恐，家家防范。”

“现在知道血面人真实身份了，是不是就不闹了？”

王局摇头苦笑：“这跟知不知道真实身份没有关系，也不是第一次了。20 世纪七八十年代，黄家村烧死一个人，是村里独居的寡妇，生前传说与不少男人有奸情。冬天烧火取暖，她睡觉前没有灭好火，引发了火灾。她住的是茅房，全烧塌了，人烧得像木炭似的。那段时间，村子里的人也闹过鬼，说这寡妇死得惨，到处串门要找替身。过了不久，邻村的谭家村也烧死了一个老头，他是在山脚下烧火囤灰，周围全是枯草，不知怎么就引燃了，人没有跑出来，也烧成了木炭似的。这下村子里的人就更信了。”

米月听得头皮一阵阵发麻。

王局的车在黄家村村口停了下来。到黄三宝家的路是山路，开不了车，大家只好步行。

米月问：“黄三宝同邹红艳有什么关系吗？”

王局摇了摇头：“我问过了，两个人挨不上，只是邻村的人，相熟而已。”

“两个人既然没有事，邹红艳为何见了二带子要跳窗出逃？”

“她是不想惹那二带子。邹红艳的老公谭山这几年都没有消息，像是把这个邹红艳抛弃了。二带子恨不得谭山永远都不要回来了，死了更好，他便好要了邹红艳。只是邹红艳看不上他，这二带子便整天黏她，见不得她同其他男人在一起。在黄三宝家里，邹红艳兴许怕生是非，才要躲他吧。我们调查了，黄三宝没有作案时间。”

到了黄三宝屋门前，看黄三宝家大门关着，屋内亮着灯，似乎有说话声。

吴昊上前敲门，听到屋内一个惊恐的声音传出来：“哪个？”

王局答：“公安局的。”

门开了，正是一脸疑惑的黄三宝。

米月进了屋，看饭桌前还站着一个人，六十多岁，满脸稀稀拉拉的白胡子，饭桌上有几盘菜，一盘干椒腊鱼，一盘红烧蹄花，一盘苦瓜炒鸡蛋，一大盆海带排骨汤。桌子上放着的一瓶万峰大曲，已快要见底了。

“这是我大伯，从高岭村赶来的。出了事后，我一个人在这里害怕，大伯过来陪我……”黄三宝面对米月异样的眼光，结结巴巴地解释。

屋内太热，只有一台风扇在呼呼地摇着头。黄三宝两伯侄只穿着一条短裤，光着膀子。黄三宝慌忙把搁在躺椅上的汗衫穿上了。

“你们两个大男人，还会弄这么多的菜？”米月笑着问。

黄三宝道：“今天是大伯的生日，大伯儿子在东州打工，伯母也去东州带孙子去了，只有大伯一个人在家。”

米月忙对大伯点头拱手道了声祝贺。

众人入坐，米月看了看黄三宝，三十岁左右，身高一米七八，膀大腰圆的。

米月问：“听说你在东州打工期间摔了腿，好了吗？”

黄三宝双脚在地上跺了跺：“全好了，一点儿事都没有了。”

“公司补偿你多少钱？”

“有二十来万元吧。”

米月掏出了吴重九的照片："认识这个人吗？"

"不认识。"

"打工期间，有过仇人或者债务纠纷没有？"

黄三宝摇头："没有。"

"你前妻的事，能说说吗？"

黄三宝怔了怔："这事与这案子有关吗？"

米月笑了笑："这事你不愿说，就不说吧。"

黄三宝道："这事真跟这个案子八竿子都打不着。那个老板是湖北人，她早就跟他去湖北了。我也与他们没有任何关系了，之后再也没有联系过。"

"你觉得，会不会有人惦记你这笔工伤费？"

"不会吧？也就二十来万元，现在随便打过几年工的，手头都不止这么点钱。"黄三宝有些紧张起来，额头上布满了一层汗。

"那不一样，其他打工的人，手头有没有钱，人家心里没数。出事之前，有没有人来找过你，或打过你的电话？"

"没……没有，这村里的青壮年都出去了，哪里会有人来找我玩。原来我这腿还有些不利索，所以很少出门。现在一个人在家种些菜自己吃，打算过了这一年，明春再去东州打工。"

"你在东州打工的时候，有多少玩得来的朋友？"

"有几十个吧，也都是同村和附近村里一起做事的老乡。大家没有事了，常常聚在一起下馆子。"

"你得到的这笔工伤费，有多少人知道？"

"那就多了，工地上没有一个不知道的。"

"认识的人中，有没有参与打牌赌钱或有欠债逼债的？"

黄三宝抓了抓头皮，结结巴巴道："不瞒您说，平时大伙儿闲下来，也聚在一起玩几把钱。但是我保证，那都是小打小闹，不玩大的。"

"我是说，到赌博场所玩大钱，或欠债逼债的人。"

黄三宝摇了摇头："这我就不清楚了。"

"这样，你把你认识的人，列个名单给我，写上姓名、年龄、家庭地址、电话号码……"

黄三宝点了点头："现在就写吗？"

"不用，你慢慢想，细细写，写好了，发信息给我。"

米月把自己的手机号发给了黄三宝，站起来要走。

突然，黄三宝怯生生地说了句："警官，邹红艳不会杀人。"

一句话引起了米月的警惕："你怎么知道她不会杀人？"

"她要是杀人，当初在城里打工的时候，早就把欺负她的那个老板杀了。"

"你说说看，那是个什么情况？"米月又坐了下来。

"那老板把她叫到他办公室，要欺负她。那天热，她只穿了一件汗衫，老板把她的汗衫都剥下来了。邹红艳顺手操起桌子上的裁纸刀，那裁纸刀锋利无比，已经伸到了那老板的喉咙边，她都没有动手。还是被老板夺过刀，反而拿那刀威胁她，要不是我在外边使劲喊叫敲门，红艳就被老板欺负了。后来我对她说，你当场如果杀了他，属于正当防卫，一点儿事都没有。红艳说，我哪里下得了手。"

"老板叫什么名字，哪里人？"

"也是我们县里的人，叫洪有松，哪个村的不记得了。"

"这个人现在在哪里？"

"坐牢了，贩毒，判了七年，现在还在牢里呢。"

"这件事，还有谁知道？"

"我没有同别人说过。"

“你当时与邹红艳在一个工地吗？

黄三宝摇了摇头：“不在一个工地，不过都住在同一栋宿舍楼里。”

“你怎么会去找老板？”

“我见她被老板叫过去，不放心，才去找她的。”

米月点了点头，又站了起来，到了桌子前，闻了闻桌上的海带排骨汤，笑了笑问：“你平时常做这道菜？”

“不常做，大伯喜欢吃。”黄三宝道。

众人出了黄三宝家。

王局道：“这黄三宝不说，我们还不知道邹红艳有这么个事。”

“我看这黄三宝也挺复杂的，他说的话，能信吗？他也做了海带汤。”吴昊道。

“能信，他的眼神和表情不会作假。”米月道。

吴昊问王局：“这个邹红艳，到底是不是个正派人？怎么会惹出这么多事来？”

“正派不正派不知道，她那身子太招人倒是事实。”王局苦笑。

“王局，你认识的人还不少嘛！”米月笑道。

王局听出米月话里的意思了，忙解释道：“咳！到这两个村来过几次，吃过邹红艳烧的菜，这女子不光长得好，还蛮能干的。”

三

米月等人回到县宾馆，已是夜里 11 点了，见杨茹同陈所长已在大堂等候，米月明白，他们的排查工作一定有了收获。

“人查到了，吴重九是开了一辆白色小车来的。下午在镇里如家饭店吃的饭，与他同来的还有一个人，叫王玉山，32 岁，未婚，石塘镇塘湾村人，就是邹红艳的娘家所在的那个村，在东州打工。

他们开的车，停在距黄三宝家七八百米处的公路边树荫下，被几个孩子发现的。但孩子们只知道是一辆白色小车，车牌号和什么牌子的车，说不出来。到了第二天，这辆车子就不见了。我们查王玉山的旅馆登记和行车信息，没有任何线索，也没有手机登记信息。”陈所长道。

杨茹接着说：“那块石头上的DNA结果出来了，不是邹红艳和吴重九的，是第三个人的。我们判断，有可能就是王玉山的。”

米月点了点头：“这个王玉山，有杀害吴重九的嫌疑，他与邹红艳原来是同村人，应该相熟，很有可能与邹红艳一起潜逃。”

米月便向黄三宝打听王玉山的情况。

黄三宝道：“岂止认识，他还向我借过钱。我说钱还没有到手，就没有借给他……”

米月看了看陈所。

陈所道：“王玉山老家还有两位老人，他的父母亲。他妹妹已出嫁住在县城。要不，我们去王玉山老家？”

米月点了点头。

去王玉山家的塘湾村要经过石塘镇，米月对陈所道：“你说的那个饭店，我们也顺便再去问问。”

石塘镇不大，有一条河穿镇而过，沿河的一排街道，有一公里左右。如家饭店地处河边镇中心，是集食宿玩乐于一体的多功能饭店。老板姓王，本镇人，见陈所长带了市局的警花来，奉承得不得了，当即就把曾为吴重九和王玉山服务的服务员小娥找了来。

王老板道：“那王玉山我知道，是前年了吧，他带着一个女的来我这里住宿，要开一间房。那女的不干，服务员就要开两间房。他就冲服务员发火，把我叫了来。我一看王玉山也是同一个镇里的人，好说歹说，只收一间房的钱，开了两间房给他们住了。那天晚上，他就在我们二楼打麻将，打了一个晚上。至于上次他带人来这里吃饭，我不在场，是小娥服务的，你们问她。”

小娥二十岁左右，个子不高，长得白皙丰满，见了米月等人，显得有些拘谨。

“那天他俩来的时候，是下午2点多钟。来吃饭的人不多，我领他俩找了个单间。两个人一个是本地人，姓王，另一个是外地来的老板。两个人坐下后，那王先生去洗手间，我给老板倒茶，那老板便欺负我，说我长得好看什么的，见我没答理他，便上前对我动手动脚。我正要挣脱，幸好王先生回房间来了。”

“谁埋的单？”

“王先生埋的单。”

“他们点了什么菜？吃饭的时候，说了什么？”

“点了一盘清蒸桂鱼、一盘农家香辣土鸡、一盘素炒青瓜，还有一盅海带排骨汤，主食是两碗米饭。说实话，我当时有些怕，他们吃饭的时候，我不敢候在他们身边，就站在门口。他们说了些什么，我没在意听，也听不清。他们中间催了几次菜，说是吃完了还要赶路。”

“他们抽烟吗？”

“那个老板抽烟，王先生没有抽。”

“抽的什么烟？”

小娥摇了摇头：“我没在意。”

“他们吃了多久？什么时候出的门？”

“大概也就半个多小时吧，好像是下午3点来钟出的门。”

米月等人来到塘湾村。这也是一个偏僻的山区小村，三面环山，公路从北面进村，从村子后山坳穿过山间小路出来，便是黄家村，邹红艳就是穿过后山小路途经黄三宝家时出的事。

王玉山的家在山谷的尽头，车子上不去，米月等三个人只好步行。

这是一栋砖瓦房，掩映在一片竹林中。门前一口水塘，水面上一群鸭子，见人来了，扑腾着双翅嘎嘎地划水惊逃。

水塘边蹲着的大妈在洗衣服，见来人了，忙站了起来。

陈所长道："您是王大妈吧？我是派出所的陈所长。"

妇人一脸疑惑地点了点头。

陈所长道："你进屋吧，我们找你问点事。"

门前一只黑狗，冲米月等人怒吼，却也不敢过来。王大妈引米月等人到了门口，找了一根棒子，把黑狗赶开了。

屋里走出一个老人来，须发花白，却也精神，认得是陈所长，慌忙从屋内取来椅子，请米月等人在门前坐了，又唤老伴泡茶。

米月问到王玉山的事，大爷脸色就变了。

米月忙安慰道："玉山没有事，我们只是来打听情况的。"

大爷叹息："玉山原来人也老实，能吃苦，只是不会念书，初中没有毕业就跟着人去城里。前些年还每年寄些钱来，过年回家，也还孝敬我们一些从城里买来的东西。这两年，没有一分钱寄来，这也就不说了，连电话也很少打，手机号码不停地换。我听人说，他是迷上赌博了，原来谈的女朋友，也不跟他了。现在都三十好几了，还是单身。"

米月问："玉山认识邹红艳吗？"

大爷摇头苦笑："你还问认识！他是迷上了这个红妹子了，这村子里的人，哪个小伙子不被这个红妹子迷了？你想，我这个家境，红妹子能看上他？红妹子那时候上山砍柴，都要从我家门口路过，玉山每天就在家门口等，等红妹子那一群妹子来了，他就跟着一道去，一道回。砍柴时先帮红妹子砍，再砍自己的，红妹子挑不动了，他替人家挑。最后你看，人家还不是嫁到外村去了……”

“您说他有个女朋友，您见过吗？”

“前年带着回家过一次。我看这女孩子，人长得好，说话又好听，对我们也很亲热，个头比我那伢子还高些。只是我怎么看，这女孩子不像是会过日子的人，她跟我这孩子，日子长不了。”

“您怎么会这么看？”

“那孩子成天除了吃，其他什么事也不做，什么事也不会，连个碗都不洗；吃的还挑剔，吃不下的东西，说扔就扔了；吃剩下的饭，说倒就倒了，一点儿也不觉得可惜。我想，也许人家城里人，就这个习惯吧，可是后来一打听，也是乡下的，到城里同我的伢子一道打工的。咳，我也想，看不惯就看不惯吧，伢子这么大个人了，能找个媳妇也不容易。后来听说女孩子同他分手了，我也不觉得可惜。”

“玉山这两天回来过吗？打过电话吗？”

大爷摇了摇头：“莫说这两天，今年以来，除了大过年来过一个电话，说了几句拜年的话，就再也没有音讯。我打电话过去，又是停机了。”

大妈递上热腾腾的茶，紧张地问：“玉山不会出什么事吧？”

陈所长忙安慰：“放心，没有事。”

米月问：“玉山的女朋友叫什么，有她的照片吗？”

大爷道：“全名不晓得，只晓得叫她阿钟。照片倒有一张，是全家的合影。”说完便喊老伴，“把那张合影照片拿来吧！”

大妈取来照片。

米月一看，共6个人，除了老两口外，王玉山一对，那女朋友确实有些妖艳，还有一对夫妻。

“这一对，是你女儿女婿吧?”米月问。

大爷笑了笑道：“妹子好眼光，女婿是县政府的人，吃公家饭的。”

从王玉山老家出来，米月对王局道：“回县城后，找找这女儿女婿问问吧。”

米月回到宾馆，已是晚上9点。

米月的电话响了，是市局孙小明副局长的电话。米月一听就蒙了。

万峰县梅湾镇大谷村闹“鬼”，一个小孩失踪了。

“这些天怎么回事，到处都闹鬼!”米月接完电话，嘟哝道。

“你忘了，前两天不是农历的鬼节嘛!”杨茹笑道。

米月当晚便召集县局专案组的人，梳理一下收集到的信息，据此进行研判，明确下一步侦破工作的重点和方向。

米月从王玉山的妹妹和妹夫那里调查时，得到两个信息：一是王玉山带回老家所谓的女朋友，是他花钱雇的，目的就是让父母老两口放心，不再为他的婚事日夜絮叨；二是王玉山不找女朋友，一个重要原因是心里放不下邹红艳。今年回家过年时，得知邹红艳被她的男人抛弃后，便有了娶邹红艳的念头。其间他还专门去找过邹红艳一次，遭到她的拒绝。

“从目前掌握的线索看，排除了邹红艳杀人的嫌疑。我们还需采集王玉山的检材进行比对。昨天已从王玉山妹妹那里取得了王玉山的DNA检材，估计今明两天就有结果。现在可以推断，邹红艳掉进陷阱后，是被吴重九和王玉山发现的；吴重九下到陷阱后，又被王玉山杀死，王玉山与邹红艳潜逃。至于吴重九和王玉山怎么会来到这个陷阱边，王玉山为什么杀吴重九，这还是一个谜。”王局说。

米月看看众人，道："王玉山是个赌棍，这一点，我们从他父亲、他妹夫、饭店王老板那里已经得到证实。吴重九同王玉山是什么关系？据我们初步摸排，吴名下没有什么公司或雇什么人，所以不排除有一种可能，那就是吴是王的债主，或者吴是给王放高利贷的人。王因赌博，欠了吴的钱，吴向王逼债，王又没有钱还，知道黄三宝手头有一笔钱。王应该是带着吴重九从城里开车来找黄三宝借钱。可是他们来得不巧，一大群村里人正在黄三宝家找邹红艳，这两个人估计是想等这些人走后再说。下午太阳大、天气热，两个人在车子里待不住，只有到屋后的林荫处歇息。他们钻进了黄三宝屋后的林子，也许就在这个林子里，他们听见了陷阱里邹红艳的呼叫声，吴重九自告奋勇下到陷阱救人，忽然想趁机行奸，邹红艳奋力反抗。邹红艳是王玉山一直贪慕的女人，哪里容得别人欺负她，王玉山一怒之下，便在附近找了块石头，下到陷阱杀了吴重九，救出了邹红艳，同她驾车出逃。"

王局点了点头："嗯，这就说得过去了，王玉山打死吴重九，不光是为了救邹红艳，还可借此机会将欠吴的钱一笔勾销。"

米月继续分析道："邹红艳亲眼看见王玉山为救她杀了人，估计她也是吓蒙了，已由不得她不跟王走。王在杀死吴重九后，从吴身上取出手机、钱包、身份证等随身物品，说明王是十分冷静的。他出逃至今，没有带邹红艳住过旅馆，可见他还有一定的反侦查能力。现在，我们的侦破工作重点，就是抓捕王玉山，解救邹红艳。待王的 DNA 比对结果一出来，就可以发通缉令了。"

分析完案情，已是晚上 10 点。王玉山的 DNA 比对结果也出来了，凶器石头上的 DNA 就是王玉山的。

米月松了一口气。她想，既然这个案子有眉目了，那就该去大谷村捉"鬼"了。

第二章 大谷村“鬼”案

一

万峰县名不虚传，它位于南岭山脉西部，万峰山纵横 120 多公里，梅湾镇处在万峰山深处，而大谷村，是又在梅湾镇再往群山深处尽头的一个村子。从县城到镇里，30 多公里，从镇里到这个村子，又是 10 多公里，过了这个村，就没有什么店，都是山了。大谷村虽处在大山深处，却也有 200 余户人家，有稻田数百亩，村子里的人除了粮食自给外，还能打猎、收山货到镇县贩卖。从镇里到大谷村还没有修公路，只能步行。虽是山路，却是清一色的青石板路。

梅湾镇派出所刘所长道：“大谷村过去富家大户不少，10 多公里的石板路，就是村子里的人集资修的，也是条上百年的老路了。说起闹鬼，就是农历七月十五鬼节那天，半夜听到山里有獐叫。当地人说，听虎叫，备支枪；听獐叫，备副板。就是准备一副棺材板，是要死人的意思。这村子里的青壮年去城里打工了，剩下的都是些老年人和孩子。老年人小时候是听过獐叫的，那时候确实经常死人。这些年哪里还听过獐叫？村子里的人就慌了。老年人不怕死，反正是迟早要进棺材的，却担心孩子有事，便开始有老婆婆带着孩子去观音洞里拜菩萨敬香许愿。不想正因为进洞拜菩萨，却发生了一名孩子在观音洞失踪的事。”

米月问：“这山中有獐吗？”

“几十年了没听说有过什么獐。不过，现在也很难说，说不定又有了。”

“有獐叫就要死人，就出现孩子失踪，这还真是闹鬼了！”

“失踪的男孩1岁半左右。孩子的父母去城里打工，让爷爷奶奶带。奶奶带着孙子去拜菩萨，磕头许愿，许着许着，身边孩子就不见了，孩子连吭一声都没有。”

“孩子的奶奶现在怎么样？”

“几天没有吃东西了，要寻绳子上吊呢。我们要通知孩子父母亲回来，她死活不同意，说要是寻不到孩子，她死了后才叫孩子父母回来呢。”

米月等人踏着青石板路一路说着走着，到了一个山顶。山顶有一个凉亭，是供行人休息的。亭门上有“回归岭”三个字，一副对联写的是“回首桑梓怆离别，归身故园叹岁月”。亭内一面摆放着长条木椅，另一面还有一灶一室。

刘所长道：“这亭子，还是清朝时留下来的，应该是一个古迹了。早些年，还有人在这里烧水煮茶，供人饮用，不收钱的。”

米月很是感叹。

穿过亭子，刘所长指着山脚下一片田园村庄道：“那就是大谷村。”

眼下是一个半月形的山谷盆地，南北长约2公里，东西宽约400米，四面是高山森林，在一面斜坡上，呈阶梯式排列着百十座木架瓦屋，屋上炊烟袅袅，屋下溪水淙淙，屋后山林幽旷，屋前是一排排绿油油水稻的梯田。

米月不禁赞叹道：“真是一个世外桃源！”

到了村里，米月双腿已经发软，肚子也在咕咕叫了。接待米月的是曾任村支书的张金贵，八十多岁了，还体力强壮，耳聪目明。

米月到了老支书家门口，看到一大群鸡在门前抢食，又闻到一股爆炒鸡的鲜味，不禁暗暗咽了几口口水，就听老支书道：“大家一定饿了吧，你们城里人讲究，先洗洗脸，擦擦汗，再上桌，什么也不用说，填饱肚子再说。”

米月见门前有一个水池，是接的山泉水，水管是常开着的，清水哗哗地流着，便道：“这么好的泉水，让我们用来洗脸了。”

老支书嘿嘿笑道：“你不洗，它也就这么流走了。”

米月问：“能喝吗？”

老支书忙点头：“能喝，能喝。”

米月喝了一口，水是冰凉的，还有些甜丝丝的味道。

洗了脸，米月被老支书带到饭桌旁。老支书老伴端着一盆热腾腾的菜上来了，正是一大盆爆炒姜辣鸡。

刘所长凑上去看了看，哈喇子差点掉下来：“老支书，你又杀鸡了？”

老支书笑道：“自家的鸡，今年养多了，你们不来，我们也要经常杀着吃的。你们来了，正好陪我吃，我也能多下几口酒。”

老支书请米月上座。米月哪里敢，硬拉着老支书上首坐了。

老支书一喝起酒来，便打不住话。

“我这个人，从来就不信神信鬼的，活了八九十岁了，什么没见过？年轻的时候，这村族迷信的东西很多，我不懂事，什么都照着他们的规矩来，后来共产党来了，破四旧，破了这么多年，什么神呀鬼呀的早就不见有说道了。没想到这几年又兴了，家里死了老人，也开始请和尚道士来做法事了。那观音洞，多年没有人去烧香了，现在又兴起来了。”

米月问：“老支书，您见过这山里的獐吗？”

老支书摇了摇头：“没有，野猪倒是多了，常窜到庄稼地祸害庄稼。这獐叫，小时候听过，如今过了这么多年了，没有听到过。那天半夜，真是见了鬼了，连我也听得清清楚楚。”

“您确定是獐叫的声音吗？”

“不会错，那声音尖细，大半夜的，跟鬼叫似的。”

“失踪孩子的家人，有没有仇人？”

刘所道：“我调查过了，孩子的父母亲，包括他所有亲属，没有仇人。”

“那失踪的孩子，是亲生的吗？”

老支书道：“应该是吧。这孩子的奶奶叫菊香，六十来岁，身体好着呢，人也精明，孩子爹叫张定富，夫妻俩去城里打工也有十来年了，每年过年的时候才回家几天，没有见这媳妇显过怀。今年过年回家，突然就带回这么个一岁大的孩子，这不是喜从天降嘛。这菊香两口子乐得半夜都想唱山歌，天天抱着孩子在村子里转悠，干农活也带着放在地头，这一天到晚二十四小时，孩子就没有离开过菊香的眼睛。那天菊香带孩子去拜菩萨，村里人的习惯，是让孩子站在自己身边，大人先在菩萨面前敬香、磕头、许愿，许好愿后，再让孩子跪下，拉着孩子的手向菩萨作三个揖。菊香许好愿后，再来拉孩子时，就不见了孩子的踪影。我估摸，这前前后后也就不到两分钟。当时那洞里前前后后没有一个人，孩子就像是被鬼魂摄去似的。”

老支书正说着，老伴便上了第二道菜，是一大盆瓦罐鱼。每条五六两重的小肥鲤，一条条被炸得金黄，又加以姜辣等调味料，用瓦罐煲得香软软的。

米月道：“老支书这么客气，我们以后都不好意思来了。”

老支书笑道："这是在我们稻田里长的小鲤鱼，多得不得了，我们都吃腻了，你们可能吃得少。"说着，便夹了一条送到米月碗里。

米月尝了一口，啧啧叫绝。

吃过饭，米月便去现场。

老支书家在距离村口最近的地方，观音洞却在村里山谷的尽头，有三四里路程。去观音洞的路，先是经过村庄，又途经一片田园。这是八月下旬，田园里的水稻正在扬花，透出浓浓的稻香。

老支书道："这水稻扬花灌浆后，田里就要开渠排水，所以出事的这一天，在田里干活的人不少。你看看，如果有孩子或抱着孩子的人从这一带走过，这几里的路程，怎么会没有人看见哪!"

米月环顾四面，一片田园，道路在田园中间穿过。她点了点头。

到了观音洞，这是一个喀斯特地貌常见的石洞。洞口处是一面悬崖峭壁，高五十余米，宽七十余米，石壁上刻着两行遒劲的大字："江流天地外，山色有无中。"

米月想不到在这深山老林的村子里，却还有如此虚怀若谷的人物。观音洞洞口高二十余米，宽十余米。村里的河水，就是流入这洞内，进入地下阴河后排出村外的。看这阴河，七米左右高，三米左右宽，水深不见底。沿河边有一道石砌的一米二高的围墙，一直伸到洞口。有了这一道围墙，便排除了孩子不慎落水的可能。围墙的这一面，便是一块有三四十平方米的空地，一面石壁上，供着三尊大佛，正中间便是观世音，两旁还有几尊佛，佛前有一个石制的香案，香案下是石制的香炉。在香案上，放着供三牲水果等食物的铁盘，以及捐钱柜等。

米月问："这里没有主持的人吗?"

"是有一个人，就是村里的世宗老人。老人年纪大了，今年也有八十岁了，所以平时不在这洞里。只有逢年过节，或有什么需要他老人家出面时，才来这里。孩子失踪的那天，老人不在洞里。”

米月仔细看了洞的四周。除了地下河，四周都是封闭的石壁，不可能有其他出口。洞门外就是悬崖峭壁，两侧是灌木密林，别说人，恐怕连兔子都钻不进去。

“这附近有其他上山的路吗？”

“倒是有几条，但不在这附近，要回到村里，再从村里东西两头上山。平时村里人上山打猎，采山货，都要上山。但上山的路，都没有通往别处的路，从这里到邻近的两个县，隔着五六十里的群山，有哪个能走得出去！”

米月看了看地下阴河，问：“这地下河有人进去探过吗？”

老支书连连摇头：“这地下河，过去村族有人犯了死罪，族长会把人绑了，投入这河里。抓了奸夫淫妇的，放进猪笼子，也是投入这河里。所以这河阴得很，传说经常有水鬼出来抓人找替身。村子里的人，借他十个胆子，也没人敢进去。我也从来没有看见有人进去过。”

米月苦笑道：“这里可是佛门之地啊！”

老支书也苦笑：“是佛门之地不错，所以族长杀人前，会在佛前请愿打卦，请求佛的旨意。如果打的是生卦，便不杀了，打一百杖放人；如果是死卦，就投入河中。”

“出事的这两天，村里来过外地人吗？”

“肯定没有。这里没通公路，外地来人少。要是来外地人，我会第一个晓得。”

“政府要求村村通公路，这里有修路计划没有？”

“上面已有计划，采取政府出一部分资金，动员企业老板捐资一部分，村民集资一部分。现在这个钱已有七八成到位，本来早就要开工的，只是两个老板互相扯皮，工程定不下来，就这样拖到现在。”

米月点了点头。除了这地下河外，她再也找不出孩子失踪的出处了，要说有鬼的话，这鬼就在这地下河里。

“地下河的出口在哪儿？”

老支书摇了摇头：“从这河水的流向看，是在这上百里的群山之下，哪里会有人晓得出口。”

米月看了看河水的流量。这河水如果有出口，应该是一条不小的河，在地图上不会没有标注。

米月打开笔记本电脑的高清卫星导航地图，找到了自己所在的位置，看四周是一大片绿色的山岭，没有任何居民点。在西北方向距离自己所在地七八公里的地方，有一个叫黄江源的地标，从黄江源地标向西，便是一道七八公里长的河谷，地图上的标注是黄江，谷底便是清澈的河水，黄江河谷的出山口，便是邻县清源县的黄江镇。看来，黄江源应该就是这个地下河的出口。

米月问刘所：“知道这西北面有个黄江吗？”

刘所长看了看地图，点了点头：“知道。这是邻县清源县，近年来在这黄江开发出了个漂流点，吸引不少人在那里玩漂流。我没有去过，但我在清源县看了漂流广告图片，黄江源就是一个地下河山洞出水口。”

“你看，这个黄江源，是不是这大谷村地下河的出口？”

刘所长又仔细看了看，点了点头：“如果在这附近没有其他出口的话，这唯一的源头，就很可能是我们这河水的出口。”

“既然有玩漂流的人，就会有敢于探险的人，会不会有人探过这地下河？”

老支书摆手道：“不会，不会，要是有人探过这河，我们不会不晓得。”

米月对刘所道：“现在我可以肯定，这鬼，只会在这地下河里。

刘所长，你敢不敢同我一道，走一趟这阴河去抓鬼？”

刘所往阴森森的黑洞看了看，打了一个寒战：“米支，这阴河，你不怕，真要去？”

米月笑了笑道：“不就是一条地下河嘛，干我们这个行当的，怕过什么。它总不会比我们面对黑洞洞的枪口、亮晃晃的刀尖、装了秒表的定时炸弹更可怕吧？”

几句话，就把刘所的胆子壮大了：“米支，没得说，只要你敢去，我陪你一道去！”

老支书一时没有弄明白：“小米同志，你没有跟我们开玩笑吧，这阴河，真会有鬼，你们不会真要进阴河吧？”

米月对老支书道：“老支书，您放心好了，我们做的一切，都是为了找孩子。有些鬼，我们不去捉，就永远会闹鬼的。”

刘所道：“从地图上看，这地下河，少说也有十多里呢，我们怎么走？”

米月道：“很好办，有一套玩漂流的行当就行了。不过阴河水洞探险，不能在这里顺水走，因为我们不能确定这出水口就是那个黄江源。如果不是，就很危险。再就是，如果顺水，遇到危险的地方，到了水深流急的地方，就有被水流冲去暗洞再也上不来的可能。所以，我们要从黄江源进洞，走逆水。这样，一旦遇到危险的地方，我们还可以退出来。”

刘所连连点头。

二

米月从大谷村出来，天已黑了，只得在县宾馆住下，打算次日去清源县，联系那个漂流公司，再去黄江源实地看看，部署进洞捉

“鬼”的事。

晚上10点半，米月正在洗澡，刘所的电话来了：

“米支，大谷村又听到獐叫了！”

米月情不自禁地打了一个寒战：“什么时候的事？”

“就在刚才，十多分钟前吧。村支书打来的电话，那声音叫了四五声，他儿子用手机录了音。”

“太好了，把声音拷过来，送到鉴定中心。你现在在哪里？”

“我们正往村里赶呢。”

“好的，一定做好防护工作，要求村干部组织村民在家里暂时不要外出，增派民警在村内巡逻，我马上赶来。”

米月通知杨茹和吴昊，马上去大谷村。

上了车，米月心中有种莫名的兴奋，对吴昊和杨茹道：“我就怕这个鬼从此不再露面，既然还敢露面，我就不怕逮不着它！”

“你是说，这种獐叫声是人为的？”

米月道：“真有獐，你就等着吃獐肉吧。”

三个人到了镇里，镇派出所一位民警小伍早已在路口守候。

到了村里，黑暗中，有一堆人坐在村口，三四支手电光齐刷刷射来。一问，原来是刘所派人来守村口的。

米月见到刘所，第一件事便是听录音，听了几遍，道：“这是人工炮制的。”

“你怎么听出来的？”

米月把手机的声音放到最大：“仔细听，声音里是不是有嗡嗡的杂音？且不说这声音是不是人模仿发出的，光是这嗡嗡声，就听得出来，是通过放大音响播出来的。”

刘所又仔细听了一遍，不解地看着米月。

米月叹息道：“可惜这个鬼，出不了高价买高级音响，只能用这种价格低廉牌子的音响。这种音响，不管是多么逼真的数码声音，被它放大出来后，都逃不过音响电流的嗡嗡声。”

米月便问老支书：“这就是獐叫的声音吗？”

老支书点了点头：“我年轻挑脚时，在湘西赶尸，一路上听过这声音，同我一起赶尸的大哥对我说，这是獐叫，我们可要当心些了。”

“老支书您赶过尸？”米月一时汗毛都竖起来了，不敢相信自己的耳朵。

老支书一边咕噜咕噜吸着水烟，一边道：“你们现在这些年轻人，不喜欢我们这代人讲古了。我在十七八岁时，便跟着村里的人挑长脚，从珠江岸边挑到湖南和贵州，一担盐百十来斤，过南岭，翻雪峰，每昼夜走百十里路，一个来回一个月，挣回一个银花边。咳，那个时候，共产党和国民党正打仗哩，我们归家途中，一路上全是国民党白崇禧的兵，在湘西山谷里，白崇禧的兵遇袭了，那枪声如同点爆竹一般，噼噼啪啪的。有个同我一起搭伙的，年纪也不大，比我大几岁，躲闪不及，中了枪子。我同一个叫张道冲的兄弟，只好停下来照顾他。看那枪子，中在右腹上，我用汗巾堵了那伤口，血是不流了，腹部却鼓了起来，像是伤了肝了，脸色已是蜡黄。我把他抱在怀里，听他说，要喝水。我听人说，中了枪子的人，如果想喝水了，那就是血快要流尽了，活不长了。我问：‘兄弟还有什么话要说吗？’他也明白，说，你将我就地埋了吧，包袱里那套衣服，不要给我穿了，穿了也是浪费，你就带回给我兄弟穿吧，那块银花边，交给我娘。我还想说几句话，还没来得及说呢，他就断了气了。”

老支书说到这里，又装了一锅烟丝吸了：“那个时候，人命不值钱。可是死了后，人死为大呀。他虽是这么说，你说，我能让他光着身子，将他埋在异乡，在外成孤魂野鬼嘛！那时天气热，我们平时挑担赶路，穿的只是一件能遮丑的短裤，包袱里有带的衣服，舍不得穿，怕被汗水浸坏了，只是夜里休息遇寒时披一披，挡挡寒。但那死去的兄弟，我们还是把他的衣服给他穿上了，脸上贴上黄纸，两个人轮流将他往回背。开始身子是热的，软的，后来就冷了，硬了。到了第三天，不行了，那尸体臭了，受不了了。张道冲兄弟有些见识，说，要不我们赶尸吧？”

老支书停下来，抽了一口烟，继续道：“你们不会真以为我们活人能赶着死人走吧。在湘西一带，有人死了，那死的人如果死在异乡，是一定要把人弄回家安葬的。路途远的，尸体臭了，又买不到棺材装殓，或是即便有棺材装殓，那山路狭窄，也容不下很多人抬，一两个人也抬不了那么远，怎么办？就找来两根长竹竿，让死人站立，双手水平向前伸直，将双臂分别绑在两根竹竿上，两根竹竿夹在尸体双腋下绑好，尸体身子下垂，看着像是站立的样子。那竹竿越长越好，这样前后两个人抬着，就能远离尸臭。只是竹竿长了，抬着走的时候，那竹竿弹性大，一上一下起伏，远远看去，就像是那死人在抬着的两个人中间，双手前伸，一上一下跳跃前行一样。这抬尸人也怕遇见生人，看了会受惊吓，便会在竹竿前端挂上一面铜锣，到了晚上呢，还挂一盏灯，一面抬着走，走在前面的人便会一面敲着铜锣，一面喊：神人走尸，生人避让！让周围的人远远躲避。”

米月听着，浑身起一层鸡皮疙瘩。

“我们后来就照着做了，两个人抬着那兄弟尸身赶路，白天不能走，说是会失了魂儿，便将尸体泡在凉水里，趁晚上天凉爽后赶路，到了第七天，刚好到家。”

“老支书，晚上抬着死人，不怕吗？”

老支书叹息道：“哪有不怕。我那兄弟问我，你怕吗？我点了点头。我那兄弟说，你要是怕了，就大声唱歌，歌声能壮胆哩。我说，我不会唱歌，唱的歌也难听，要不，大哥你唱吧。大哥便唱了，唱着唱着，唱得我自己都哭了。”

“老支书还记得那歌吗?”好奇的米月余兴未尽。

“记得哩!”老支书说着，便扯起尖细的鸡公嗓子唱了起来：

哥哥若要出远门
不要从那小道行
小道猛兽毒蛇多
莫让兽蛇近哥身

哥哥若要出远门
不要随那兵车行
兵车炮子不长眼
莫让炮子近哥身

哥哥若要出远门
不要抄那匪山行
匪人劫财又害命
莫让匪人近哥身

哥哥若要出远门
不要在那妇家留
妇家伤身又伤情
空留妹妹在家忧
……

老支书唱得入迷，米月听得入神。

从内屋出来一位怀抱不到一岁孩子的少妇，埋怨道："爷爷！你又在给人讲古呢，你不怕人家听着烦哩。"又忙歉意地向米月道，"人老了，就是话多，逮着人就要讲古。"

米月笑了笑，道："我喜欢听哩，哪怕爷爷要同我讲三天三夜！"

那少妇嘻嘻笑道："莫说三天三夜，你让他讲三年看看，他也不带重复的！"

天渐渐亮了，米月这才又回到捉鬼上，对刘所道："你们查了没有，这村里有谁会弄这音响录音的？"

刘所道："这事村里张支书知道，支书你来说。"

原来村支书也姓张，个子不到一米六，瘦猴样，人却很精神，道："这会弄音响的，没有别人，只有鬼手张，真名叫张义，有一手会修理家用电器的手艺。村里人家的电视机、冰箱、洗衣机、电饭煲，没有一件他不会修，所以村子里的人叫他鬼手张。这个人是村小学的老师，教数学的，难道是他弄的鬼？"

米月道："你把他叫来，我有话问他。"

鬼手张来了，约五十岁年纪，前额半秃，满脸油光闪亮，上身着一件背心，下身穿一件短裤，身子矮胖，像是还没有来得及穿衣服就被人拉了来，神色有些慌张。

但米月只问了几句话，便断定，这个人不是鬼。

米月将獐叫声的录音放大给鬼手张听了，问："你仔细听听，这是不是播放的录音？"

鬼手张听了两遍，双眼瞪得溜圆，一脸惊讶，连连点头："是的是的，我听出来了，这是录的数码声音，经过大功率音响播放出来的。"

"这村里的人，有谁会弄这东西？"

鬼手张摸了摸光亮的头皮，想了想：“半个月前，光驼子来找过我，问我这里有没有大功率的音响。我问他，要它干什么。他说，山上种了些豆子，怕被鸟吃了，吓鸟呢。我说，看不出你光驼子，还有这心思。我当时就装好了一个带扩音功能的旧音箱给了他，功率150瓦，还给他一块蓄电池。他问，这能吓鸟吗？我说，别说鸟，人都会吓死。他当时给了我80块钱。”

“光驼子家里有些什么人？”

张支书道：“他呀，是个驼子，名字叫张明光，哪里能找到对象。现在快四十岁了，还是光棍一个。自己也没有房子，吃住在哥嫂家。人倒也勤快，养猪、养鱼、种粮种豆，倒也没有白吃他哥嫂的。”

刘所道：“去把光驼子叫来吧。”

米月道：“不用去叫，我们去他家吧。”

夏日里天亮得早，才5点多钟，家家户户还未开门。

一路上，张支书继续介绍：“光驼子爹去世了，留下一个老母亲，是老年痴呆，现在连她儿子媳妇也认不出来。哥嫂原也在城里打工，嫂子先后生了两个孩子，所以他哥仍在城里打工，嫂子便回老家带孩子，同光驼子一起照顾老母。”

光驼子家在北面坡上的上层。这是一幢新建不久的两层半楼房，房子外面还是裸墙，没有装修。

张支书敲开门，开门的是位四十岁左右的女人。张支书向米月介绍：“这就是光驼子的嫂子，叫冬秀。”

张支书问：“明光在家吗？”

冬秀道：“他昨天一晚上都没有回呢。怎么，他犯事了吗？”

米月道：“找他问些事。他去哪里了？”

“还能去哪里，在山上棚子里吧。”

张支书便要派人去叫，米月道：“不急，等下我们去找他。”

“那山里远着呢。”

米月不理会，对冬秀道：“我们能去明光屋里看看吗？”

冬秀点了点头，带着米月等人上了二楼。二楼的四间房，全是卧室，呈一字排开，卧室前面，是一片开阔的露天阳台，最东面一间就是光驼子的。

冬秀取了钥匙打开光驼子房间的门。房间约十七八平方米，里面有一张双人床，床上铺的是竹凉席，一张薄毛毯和竹枕头卷在床的一角。一侧是一排衣柜，靠窗处有一张书桌，桌子上有一台破旧的四喇叭收录机，已锈迹斑斑，各种茶叶盒，还有几本种植养殖方面的书。

米月指着收录机对冬秀道：“你家里还有这样的老古董？”

冬秀道：“我早就叫他扔了，他就是不听。”

“他平时喜欢听音乐吗？”

冬秀道：“他能听什么音乐，一天到晚，除了喝酒，就是弄庄稼，养猪养鱼。偶尔也在家看看电视，有时看连续剧，一看就是一个通宵。”

从屋里出来，米月问：“这四间房都住了人吗？”

冬秀道：“三间住了人，我和老娘，明光各一间，这一间空着。”

米月一看，空着的一间房，就在光驼子房间的隔壁。

从光驼子家出来，米月就要去找光驼子的棚子。

冬秀道：“孩子还没有醒，我走不开呢。”

米月道：“不用了，张支书知道的，他带我们去就行了。”

冬秀道：“你们去那里，要小心狗。那狗凶，见人也不叫，冲上来就咬。”

米月点头道谢。

张支书就在屋旁找到了一根木棍，带着米月等人上山。

三

米月等人翻过一个山坳，便见前面是一个小山谷。谷底是一个小水塘，水塘周围，是两片种满庄稼的坡地。一面种的是西瓜，西瓜已收尾，瓜苗都枯了，却还有不少不大的瓜裸在地里；另一面种的是大豆，大豆也已成熟了，挂满了金黄的果实。

光驼子的棚子，就在西瓜地里，竹编围墙，油毛毡作顶。接近棚子时，果然听到狗吠声。

杨茹道：“不是说这狗不叫吗？”

张支书一边抓着木棍，小心翼翼靠近棚子，一边喊明光。没有人答应。

凑近一看，原来那狗是被绳拴在棚子前的。

张支书这才大胆到棚子前找人。找了半天，哪里有个人影？

“他要是躲进山里了，就难找了。”张支书道。

米月让张支书牵开狗，进了棚子。棚子里只架着一张床，两只水桶，有几把锄头耙头，却没有发现有鬼手张说的音响。见床头上一条方凳，凳子上有一个饭盒，饭盒里还有半块未啃完的猪蹄。

米月取了猪蹄，来到狗的旁边，伸出手小心翼翼把猪蹄递过去。那狗先是冲米月呜呜叫，最后还是经不住肉香的诱惑，伸嘴将肉啃了。

米月顺手上前解下了拴狗绳，对支书道：“你们跟着我来吧。”

杨茹哼了哼道：“怪不得有那么多贪官，你看，一根肉骨头，就把这么凶的狗收买了。”

米月笑笑道：“在利益面前，狗会比人更现实。”

米月虽是攥着狗绳，却是被狗牵着走。狗一个劲儿往山上蹿，米月只得死死拉着绳，跟着狗跑。眼看就进入密林，穿过一片密林，前面又是一个山坳。山坳下，又是一个满是茅草的小盆地，狗又要往茅草里钻。

米月累得喘不上气了，死死拉住了狗，冲远方喊："张明光，张明光，出来吧，你躲得了我们，能躲得开狗吗？"

米月刚喊完，从茅草里站起一个人来，正是张明光。

张支书也一边喘气，一边指着张明光道："光驼子，你躲呀！没有想到人家公安有这一招吧，你怎么不带着狗一道躲呀！"

米月见光驼子过来，就指了指一旁的一块林荫地，示意大家坐下。自己拴好了狗，在光驼子的对面坐了。

"你说说，为什么要半夜弄獐叫？"米月猝不及防，单刀直入，一双凤眼死盯着对方。她不能让对方有任何狡辩或思考的余地。

光驼子一时被问蒙了。他不敢看米月的目光，低着头，不说话。

"你那套音响，在哪里？"

"在、在、在豆子地里。"

光驼子说得有些结巴。

"说吧，你瞒不住的，你看看，"米月笑了笑，指了指狗，"你这狗不是很凶吗？它在我面前都学乖了。"

光驼子叹息了一声："我弄这声音，是为了吓那婆娘的。"

"吓哪个婆娘？"

"杨素清。"

"杨素清？"

张支书哼了哼道："好你个光驼子，我一猜就是为了她！"

米月看着张支书。

张支书道："是村里的一个寡妇，前些年，她男人在城里建筑公司开泥头车，因疲劳驾驶翻进水库里死了。公司赔了她 80 多万元。她有一个儿子，不到两岁。她婆家在阳山县，婆家为人不地道，看她年轻，模样又长得好，担心她带着孩子改嫁，便要让她嫁给她小叔子。她小叔子，人不学好，成天在村子里好吃赌博。那小叔子也贪她，有这念头。杨素清一气之下，抱着孩子回到这村里来。她在这村里又没有亲戚，婆家就来了一伙人，要带她回去。我们左劝右劝，杨素清才不情愿地让婆家把孩子抱走，钱也不要了。婆家就很少再来闹。”

“真是岂有此理！”杨茹一听，义愤填膺。

米月看着光驼子道：“这跟你有什么关系？”

光驼子道：“我这心里，只有杨素清这个人。我也晓得，她看不上我。她一个人住在东屋，我不敢去找她。她胆子小，如果村子里死了人，那些天，她就不敢一个人住，晚上就到我家来找我嫂子，就睡在我家隔壁房。不怕你们笑话，我就天天盼着村子里死人，或闹个鬼什么的，让她睡到我家隔壁房子里来……”

“你弄獐叫，就是为了这个？”

光驼子点了点头。

“孩子丢了，又是怎么回事？”

光驼子一听，慌忙摆手道：“天地良心，这可不关我的事。我一个光棍，与人家没冤没仇，弄人家的孩子干什么！这是丧尽天良的事。”

“你明明知道我们在调查这个丧尽天良的事，为什么还敢再弄獐叫？”

“我第一次弄了，还真管用，杨素清当晚就在我家隔壁房睡了。后来，你们来调查后，她又不来了，所以我就想让她再来……”

张支书忍不住了，问：“你让人家睡你家隔壁房，是不是对人家怎么样了？”

光驼子支支吾吾：“没、没有。”

张支书道：“你瞒是瞒不住的，到时候我叫杨素清一对质，就晓得了。你最好还是自首的好。再一个，你不把这事说清楚，丢孩子的事，你也脱不了干系。”

“我是有弄她的想法，那房门的钥匙，我也有，我还把那房门的插栓拆了。那天深夜我是偷偷进去了，晚上天热，看她只穿着胸罩和短裤。可是我就是看着不敢下手，怕她醒了喊叫。第二天，我专门买了安眠药，晚上放在她在我家喝茶的茶杯里。她喝完茶不久后就去睡了，我就想进去弄她，可是我发现她来那个了，血糊糊的，我也没有下手。后来你们来了，她也就不来了。我后悔死了，实在忍不住，所以昨晚我又弄这声音，弄完后，我偷偷下山，回家一看，她却没有来……”

张支书还要问，被米月制止了，问光驼子：“孩子失踪的当天，你在干什么？”

光驼子道：“我还能在哪里，一整天都在山上棚子里。”

“有谁做证？”

光驼子指了指张支书：“早上是支书看着我上山的，还同我打了招呼，下午支书就带人上山找我，问我孩子的事，我才知道有孩子丢了……”

米月的疑心，转到了杨素清身上。

下山的路上，米月问张支书：“这个杨素清，在村子里怎么会一个亲戚都没有？”

张支书道：“杨素清的爹叫杨志，原来也不是我们村里的人，是外地来我们村里小学教书的。杨素清的母亲叫李玉梅，只生下这个杨素清。杨志聪明帅气，好学上进，书教得好，被县教育局领导赏识，派到县学校教书，被县学校一位女老师看中。那女老师通过关系，让杨志转了正，这杨志就与那女老师好上了，一年到头不回村里。村里后来包产到户，家里只有李玉梅里里外外干活。这李玉梅也巧了，人长得同《红灯记》里的李铁梅一个模样，所以村里人不叫她李玉梅，叫她李铁梅。村里有个小伙子，叫张大壮，不忍心看她一个人干农活，就在农忙时节，常常来帮她，一来二去，两个人就好上了。夏天搞双抢，他们俩一起插秧收稻子。大热天的，衣服穿得少，一天中午下暴雨，两个人衣服都淋湿了，在棚子里躲雨，干柴烈火，就做下了那个事，被人撞见。这李玉梅抹不开面子，竟投那地下河自杀了。张大壮后来也失踪了。那时，杨素清正在读高中，她父亲要接她去城里，她死也不去，书也不念了，就自个儿留在村里种地。好在村里人都同情她、照顾她，把她当作儿女姐妹一样。”

米月问：“她还去看她的儿子吗？”

“她哪里还敢去。”

杨素清的房子，是村东头一座独立院落，还是20世纪八九十年代的砖瓦房。门前的庭院，打扫得十分干净，院子里有一张石桌和四条石凳，石桌上摊开满桌的红辣椒，一只大黄狗冲着来人狂吠。

杨素清从屋里出来，米月一看，是一位白净端庄的妇人，中等个儿，身材丰满，一头齐肩秀发，一张俊秀的脸，上身穿一件白地儿蓝色碎花衫，下身穿蓝布长裙。

张支书做了介绍，杨素清忙将狗拴了，热情招呼客人在石凳上坐，取来竹箕，十分利索地将桌子上的辣椒收拾了，很快就泡上茶来。

米月对杨素清道：“你的情况，张支书都给我说了。孩子的事，还有那笔钱的事，这样处理，对你不公平。你可以求助法律嘛，法律会为你做主的呀。”

杨素清摇了摇头，叹息道：“我男人都死了，那些东西对我来说，还有什么用。孩子在他们那里，我也放心。将来两位老人百年了，孩子还不是我的！我是没有了丈夫，可是对那两位父母来说，他们失去儿子的心，比我还痛呢，就让孩子留在他们那里，钱让他们花，让他们带孩子，也让他们两口子心里好受些。”

米月一听，不禁对这位女人肃然起敬。

“毕竟孩子是你的亲生骨肉，你这一天到晚不想吗？”

“怎么不想呀。”杨素清说到这里，两眼泪水就出来了。她抹了抹泪，哽咽着说不下去了。

米月不忍心再问了，道：“这样下去不是个办法。这件事，我来做你婆家的工作，让他们把孩子交给你，或者两家交替着带，让你小叔子再也不敢缠你，你看行吗？”

杨素清感激地点了点头。

米月问：“这村里孩子失踪的事，我们也百思不得其解。我们还担心与你有关呢！光驼子没有对你怎么样吧？”

杨素清抬起头来，怔怔地望着米月。

张支书道：“实话跟你说了吧，这晚上的獐叫声，就是光驼子弄的。”

“我知道。”杨素清冷冷道。

“你知道？”

“你怎么知道？”众人都惊异起来。

“他不就是想吓唬我嘛！”

“那几天晚上，他没有对你怎么样吧？”张支书急切地问。

杨素清哼了哼，冷冷道：“他呀，我借他十个胆子，他也不敢。”

张支书还想问，见米月在悄悄朝他摆手，便打住了。有很多涉及感情的事情，男人是不知道的，这就是女人的第六感。

她现在看出来了，这个女子不简单，光驼子岂是她的对手！

米月问：“村里孩子失踪的事，你不觉得与这件事太巧合了吗？我想听听你的想法。”

杨素清苦笑：“这件事，我能有什么想法，我也想不通。巧合不巧合说不上，但我知道，这孩子要是真被人抢了的话，有两家人最有可能。不过，我只是说有可能，你们不要说是我向你们提供线索了。”

米月点了点头：“这是自然，保护举报人，是我们应该做的。”

“第一家，就是孩子的亲生父母。你们可能不晓得，孩子不是张定富老婆亲生的，是从外面抱回来的。怎么抱养的我不知道，但我知道张定富是没有生育能力的。”

“你怎么知道他没有生育能力？”张支书是个急性子，话一出口就后悔了，这话太唐突了。

杨素清微微一笑：“张定富的老婆四清告诉我的呀。她是听我说，我婆家那边有人花钱买了孩子，才问我，能不能给她联系买一个。她说定富没有生育能力。我说，要孩子还不容易，到孤儿院领一个回来就行了。她说，孤儿院的孩子不靠谱，万一哪天有孩子亲生父母找上门来，孩子就白养了。这个事，她只是同我透露过，连她公婆都不知道。我想，如果这孩子是花钱买来的，那就是被人拐骗来的孩子。要是孩子的亲生父母打听实了，他们只会采取这个手段把孩子夺回去呀。”

米月点了点头：“还有一家呢？”

“还有一家，就是我老公生前的公司老板，叫陈远景，这个人家大业大，五十多岁了，却没有个孩子。听说是陈老板没有生育能力。我也不瞒你们说，我老公出事后，那老板也亲自找过我，对我说，我这么年轻，带个孩子不容易，将来要嫁人也是个拖油瓶，他愿意出两百万元，让我把孩子给他养。还说，如果我不舍得离开孩子，他干脆同他老婆离婚，娶了我。我当时正在悲愤之中，受不了他的话，上前打了他一记耳光。那老板是知道我家在这个村子的，我也不知道他会不会是冲我来的。”

杨茹愤愤道：“这个人就该打，乘人之危！”

米月问：“孩子失踪那天，你在哪里，见到过孩子没有？”

杨素清道：“那天我正好在地里挖地瓜，听到张定富的娘发了疯似的呼喊孩子的名字，说是孩子丢了。村里人都去了观音洞，我也跟去了。大家看了现场，真像是被神鬼摄去了似的，一个个都慌了神。”

四

米月决定回省城，会一会还在省城打工的张定富夫妇。好在孩子失踪的事，还没有通知这对夫妻。米月要当着这对夫妻的面，查问孩子的来历，然后商定下一步的侦破方案。

她隐约预感到，在这起鬼案的背后，隐藏着一个拐卖儿童的重案。

米月还没有回城呢，刘翰墨的电话就打了过来，说是晚上约好一个同学一道吃饭。

米月出生在一个偏僻的山村，家里穷，父母生他们三姐弟，她是老大，下面有一个弟，一个妹。三个孩子里，偏米月会念书，每学期的成绩都是班上第一名。念初二时，父母不想让她念了，让她在家做家务，干农活，供弟念书。后来是学校的朱校长带着米月的班主任易珍秀亲自来家里做米月父母的工作，劝了大半天，米月爹就是不松口，直到校长亲口答应免了米月的学费，米月爹才点头。考大学时，米月为了不增加家里的负担，报考了公安大学。

米月后来才知道，朱校长亲口答应免了米月的学费，其实是班主任易珍秀私下里悄悄垫付的。米月在大学期间，每年都要去看望恩师，一来二去，认识了恩师的儿子刘翰墨。刘翰墨年长米月四岁，在政法大学法学系毕业后，在东州做了一名律师。米月毕业后，刘翰墨的父亲已不在了，当年的恩师朱校长早已故去，易珍秀被刘翰墨接到了东州安家。

米月毕业离开学校那天，是刘翰墨开着车来学校接的她。那时，米月已被分配到东州市公安局刑侦支队工作。米月同刘翰墨一样，浑身充满着干劲和激情。刘翰墨的小车在铺满金色晚霞的公路上奔驰，车上播放的是一首令她心旷神怡的歌曲：《斯卡布罗集市》。

你要去斯卡布罗集市吗
芫荽、鼠尾草、迷迭香和百里香
代我向那里的一位女孩问好
她曾经是我的爱人
叫她替我做件麻布衣衫
绿林深处山冈旁
芫荽、鼠尾草、迷迭香和百里香
在白雪封顶的褐色山上追逐雀儿
上面不用缝口，也不用针线
大山是山之子的地毯和床单
她就会是我真正的爱人
……

米月心醉了，就是这首歌，把刘翰墨带入了她的世界。

米月想，既然刘翰墨催命似的，她也不好推托。回到城里，天已黑了，正赶上晚饭时间，她想要吴昊与杨茹一道去。

杨茹道："你男朋友请吃饭，我们就不好去当灯泡了。这样，你先去应约，我们俩去打听张定富的住地，打听好了，我给你打电话。"

米月只好同意。

入城的路上有些堵车，米月赶到刘翰墨定下的厨神店家时，已快8点。刘翰墨已等候多时了。

米月见翰墨对面坐着一个人。翰墨忙介绍："这是我老同学杜峰，现在是省公安厅经侦总队副支队长。"

杜峰一见米月，便站起身来。他一米八几的身高，比刘翰墨要高出半个头，好像刚理的平头，人显得有些虎气。

他一边同米月握手，一边对刘翰墨道："翰墨，你小子艳福不浅，我吃醋了噢。"

刘翰墨乐呵呵道："夸人也不是这么夸的，"对米月道，"你们这些当官的人，是不是都这么拍马屁？"

米月心里明白，刘翰墨一向对官员都有一种不屑的心态，忙笑笑，问杜峰："我同省厅经侦也打过不少交道，怎么没有听说过你？"

杜峰笑答："我原来在深源市局，来省厅不久。要不，翰墨还能让我到现在才认识你？"

米月道："到省厅不久就是副支了，那不简单啊。"

刘翰墨道："原来是深源市局最年轻的经侦支队长，几次破获部督办大案，被省厅看上了。"

米月惊道："去年中央台报道的侦破'5·12'轰动全国的非法

传销案，原来就是你破的呀！”

杜峰笑了笑：“今天不说这个了。”

米月明白，忙收了口。

几道菜上来，米月一看，明白刘翰墨有些显摆。她看了看杜峰。

杜峰笑着对刘翰墨道：“翰墨，过分了噢。你这样，我们只好AA了。”

刘翰墨取出已醒了酒的拉菲尔，一边给两个人倒酒，一边笑着道：“你算算，我们多久没有这样子在一起了，两三年了吧。都说忙，这年头，谁不忙？我好不容易逮着你一次，如果随随便便应付了，我这心里过得去吗？”

杜峰道：“怎么样，这几年不见，老同学大发了？”

刘翰墨叹息：“你听说有几个干律师能大发的？挣点口水钱而已。有生意就有点钱赚，没有生意呢，就只有吃老本。哪像你当官的，旱涝保收。”

杜峰冷笑道：“行了吧刘翰墨，别在我面前装苦大仇深，你什么时候领我们去半岛花园看看你的别墅，让我们也开开眼？”

刘翰墨苦笑：“你又在取笑我了，我一介草民，也就只有这点奢望了。哪像你年轻的处领导，前途不可限量，以后还得多倚重呢。”

米月听了，明白翰墨话里带刺，忙笑着打岔：“都别说这些废话了，快吃吧。”

刘翰墨一边说着，一边给米月和杜峰布菜：“这石斑鱼，八十多斤，肉太老，只有鱼头有些吃头；这红烧石斑鱼头，是馆里老师傅的绝技；这水鱼，要吃就吃大的，是我一个朋友从他乡村老家弄来的，有八九斤，野生的，这家伙长这么大，至少也得十年八年，我只要它的裙边和它的几条腿；这大龙虾，装门面的，不要见笑，没有它，不成样子。”

米月不能喝酒，正好饿了，只吃菜，听翰墨两个人说同学之间的事。

正享受着佳肴，米月的电话就响了，是孙副局长的电话。米月头皮一紧。

“听说你回东州了？”

米月苦笑，自己的一举一动，都瞒不过孙局，便道：“刚回来，正在吃饭呢。”

孙局道：“回来正好，东城区那边出案子了，死了一个人，身份查明了，名叫王玉山。我听说你们在办的血面人案也在查这个人，我的意见，如果查实就是他，就并案了，你一并负责弄这个事吧。”

米月一时惊得久久没有答话。

“你现在弄这个血面人案，大谷村的案子弄不弄得过来？”

弄不过来又怎么样？米月想，她还能把案子推给谁？市局刑侦支队一个支队长，两个副支队长，弄案子的，只有她和支队长张小鹰，而张小鹰支队长已被抽到省厅参加公安部统一组织的天网行动。孙局不点她的将，还能点谁？

“局长，还是我来办吧。我没有其他要求，只要您当好我的后勤部长就是了。”

“这个没有问题，只怕你吃不消。”

“吃不消又能怎样？除非你能把张支叫回来。”

第三章　白布裹尸案

一

东城区东明河尸案现场，灯光通明，河两岸围了一大堆人。

“尸体是从这河里的水闸边，被在河里捞垃圾的清洁工打捞上来的。一块白布裹着，无明显外伤，无溺水特征。初步判断是杀人后抛入河里的。死者浑身只穿一条蓝色短裤，随身发现一张工行的银行卡。根据这张银行卡的记录，死者叫王玉山，男，三十二岁，卡内有五千三百元钱。”负责现场勘查的东城区公安分局刑侦大队大队长顾明道。

“除了银行卡，没有发现其他能证明身份的证件？”

“没有。这张银行卡，还是在死者皮鞋的鞋垫里发现的。”

“什么时间发现的？”

“下午6点钟左右。”

“死亡时间？”

“初步判断，应该在三天前。”

米月到了河边，找了一张白纸放入河水中，看了看水流速度，问：“清洁工在吗？”

一名六旬老人被顾明叫了过来。

“大爷，您知道尸体在这里停留的时间吗？”

“我负责这一块两公里河段，只有这里积聚的垃圾最多，所以我来得最勤，我估摸，尸体在这里停留的时间不会超过两小时。”

“您在这河段工作多久了？”

老人道：“我年轻时候，还是这河上的船工。这条河，我最熟悉不过了，打捞过的尸体也不少。看你刚才测水流速度，也是内行。但这河段各处的水流速度不一样。这一处的水流是最慢的，依我判断，这尸体要是三天前被抛到河里的话，像这样的天气和河水水温，要在两三天后才上浮，上浮后才有可能被流水冲走。我估计，少说也离这里有四五十公里。”

米月点了点头。她看了看尸体，与王玉山的照片无异，又细细看了看裹尸的白布。

“这白布，是私人旅馆用的床单。”米月道。

“怎么看出来的？”顾明问。

“一般的白布，不会四周都锁边的，而且从白布的大小规格看，正符合一张单人床单的规格，更重要的是，床单有长时间使用过的痕迹。你想想，一般家里使用床单，有用白布的吗？”

“宾馆酒店也是白布床单，医院也有呀。”

“这是空白床单，没有印上任何名称标志，而宾馆酒店用的床单，一般都会印有宾馆酒店名称或标志，医院用的白布床单，也同样都会印上红十字标志或某医院的名称，很少有医院，哪怕是门诊室的床单是空白的。”

米月打开了笔记本电脑的电子地图，从捞尸地点到河上游五十公里处，正是阳明县城。

米月对顾明道：“既然是在私人旅馆，那么，这旅馆应该是在靠近河岸的地方，杀了人后，顺便抛入河里的。如果距离河道太远，他们会通过埋尸或其他更难让人发现的手段处理尸体，不会放入容易暴露的河水里。你同阳明县的吴局联系，请他们配合，我们先从河沿岸找私人旅馆，这床单也可作为样本，与各旅馆床单比对一下。我判断，王玉山身边，还应该有个人，叫邹红艳，让他们一并排查。两天后，我要结果。”

……

天快亮的时候，米月一阵困意袭来。回到家里，粗粗冲了个凉，她便一头倒在了床上。可又奇怪，躺在舒适的床上，她偏又睡不着，脑子里一片杂乱。

王玉山怎么会死？吴重九到底是个什么样的人？邹红艳现在的命运又如何？是不是同王玉山一道被害？这个案件的背后，难道有一个深不可测的团伙在进行罪恶的操作？

……

米月被一阵电话声惊醒时，已是上午8点。

吴昊来电话：“张定富的住所找到了，在城西郊的一个出租屋里，他妻子刘四清正好在家。”

米月哦了一声，道：“你把地址发给我。”

到了张定富出租房所在的城郊，米月才深深感到，无论多么现代化的都市，城乡接合部的这个“三不管”的地方，永远都是治理松散的地方。张定富的出租屋，是一栋陈旧的三层小楼。楼上的墙壁到处长满深绿色的苔藓。楼前电线、电缆蛛网般穿过，房前路面是一摊摊的泥沙，两旁是一堆堆的垃圾。

米月面前的刘四清，是一位三十多岁的中年女人，个子不高，身材却也匀称，脸上有些憔悴，头发凌乱，听说是公安民警，她警惕地问：“定富没有事吧？”

米月问：“他在哪里？”

刘四清答："他在建筑工地呀!"

米月道："不是他的事。你坐下来，我有事问你。"

刘四清忙递了凳子出来，三个人坐下。

米月正色道："我们今天专程来找你，是想告诉你一件事，你买的那个孩子，被人抢走了。"

就这么开门见山，米月不想同这个女子绕弯子了，她就是要让对方猝不及防。

"这、这，这怎么可能?你们是不是搞错了?"刘四清先是一怔，然后才神色慌乱，语无伦次。

米月亮出了孩子与刘四清婆婆合影的照片："我是昨天刚从大谷村赶来的，你婆婆怕你着急，还没有告诉你。"

"格子这个王八蛋，我找她算账去!"刘四清显然急了，一时气得两眼冒火。

米月镇定道："你先冷静一下，把情况给我们说说。"

"他们是怎么抢走的?"刘四清气呼呼道。

"你婆婆中午带孩子在观音洞敬香许愿时，突然被人抱走的。"

"大白天的，村里那么多人，都死绝了吗?就眼睁睁看他们把孩子抢走!"刘四清更来气了。一面说一面就要拨打电话。

米月问："打给谁?"

"我老公呀!"

"你老公现在还在工地施工呢，说不定还在高空作业，你电话一打，会带来什么后果?你安静下来，我告诉你，拐卖儿童，是犯罪行为，非法买卖儿童，同样是犯罪行为。我希望你能把事情说清楚。"

"我自己花钱买的人，犯什么罪?"

"根据《中华人民共和国刑法》第二百四十一条的规定，收买被拐卖的妇女、儿童的，处三年以下有期徒刑、拘役或者管制。但是买方这边如果积极配合警方破案有功的话，可以免除处罚。”

刘四清呼呼地出粗气，胸部一起一伏。

“我问你，你买的这个孩子，是谁介绍的？你是从谁手里买的，花了多少钱？”

刘四清一声不吭。

吴昊道：“如果你不想在这里说的话，那么，我只好请你去公安局说了。”

“是格子，她要了我8万块钱。”

“格子是谁？你们是怎么认识和联系的？”

“我只晓得她叫格子，听口音五十岁左右，是我老公工地上的一个清洁工给介绍的。她说如果想要孩子的话，可以找人花钱买一个。我老公后来找清洁工帮忙，她就要了我的电话。”

“清洁工是谁？”

“不知道，我没见过她。”

“格子在哪里？”

“我没有见过格子本人。她在电话里同我谈好了价格，要现金交易。让我早晨8点钟把钱装在一个黑色垃圾袋里，到人民公园河岸边第三条长椅上，看到椅子上有一个孩子，就把装钱的袋子放在椅子下，把孩子抱走。当时，公园里虽然有不少人，但有很大的雾。我找到那条长椅，果然看见一个孩子在椅子上，看见我来了，还冲着我笑。我便把钱放在椅子下面，抱上孩子就走了。”

“你没有看见取钱的人？”

“我怕孩子哭，忙往家赶，哪里还顾得上看人来取钱。”

“当时还看到其他人没有？”

“没有。雾大，远一些的人就看不见了。到公园的都是晨练的老年人，没有谁注意这个事。”

米月向刘四清要了格子的电话，却是公用固定电话。她又向张定富打听到了清洁工的电话和住址。可电话已停机，去找人时，已人去楼空。

二

杨茹给米月打来电话，说王玉山的尸检报告出来了，发现体内有甲基安非他明残留，也就是常说的冰毒；在左手臂上发现有针眼痕迹；除此之外，无其他致命伤。可以判定系过量注入冰毒中毒致死，死亡时间为9月1日凌晨1点至3点。

米月问顾明对作案现场的排查情况。

顾明为难道：“县城靠近河边的私人旅馆、出租房有二十六七家，初步摸排了一遍，没有发现什么嫌疑。至于床单，各旅馆使用的床单大小规格都一样，同一旅馆的床单使用的时间都不一样，实在难以区别。”

这是米月意料之中的事。旅馆发生杀人案，老板能主动报案的，早报案了；老板不报案，自然有他们的打算。要不就是老板自己杀的人，要不就是即使死人的事与老板无关，但只要警方没有找到证据，他们也不想把死人的事捅出去。想想看，一家旅馆一旦将死人的事公之于众，那就等于这家旅馆要关门了，有哪位旅客会去住一家死过人的旅馆。

米月推断，如果一个旅馆死了人，不管是老板自己杀的还是发现的，这家旅馆都不会像什么事也没有发生过一样。旅馆的人来来去去，总会有人发现，如果警察一个个地盘问，难免会露出马脚。为了保险起见，他们最好的办法，就是关门歇业一段时间，把房间里的客人都清走，或把参与或发现这件事的服务员等工作人员都打发走，这样才放心。

米月便对顾明道：“你现在将这二十多家旅馆，按几个要素列出几个重点来。一是在案发时间段，无故暂停营业的；二是在案发时间段，旅馆内有服务员无故被开除或辞职的；三是旅馆门窗外下面便是河流，可直接从门窗将尸体扔下河的。还有一些，你们觉得可疑的，也算上。摸排好后，先列几家重点的给我。”

……

不到一天，顾明的嫌疑旅馆排查名单便列出来了。

顾明指点着电子地图，向米月作介绍。

“我们按照你布置的范围，把这三家列在前面。‘常来常往’宾馆，是一栋四层的独楼，有床位 70 多张。老板叫何水财，洪江人，平时好酒，十天有九天是醉的，旅馆都是他老婆洪丽秀打点。这是这三家中最守法经营的一家，吸毒嫖娼之类绝不允许上门。好在这一家的地理位置好，一面临街，另一面靠河，生意还算过得去。这一家在案发后一天暂停营业，到现在还没有开门。

“‘美好生活’宾馆，是一家以吃喝休息娱乐为一体的综合性宾馆，一楼餐厅，二楼洗浴，三楼 K 歌，四楼至八楼住宿，有床位 80 多张。老板是本地人，叫关水。在这一带，这关水八面玲珑，与县镇不少领导都熟，虽说在经营中有些打擦边球，但出格的违法行为他也不敢。从这个人的性格特点看，借他一百个胆子，也不敢杀人。他家也在案发期间暂停营业。

“‘美居’旅馆，是一家招待所之类的小旅馆。旅馆女主人叫曾慧妹，38 岁，离异，模样俊俏，老公因她水性杨花，薅不住她，离了，虽然快四十岁了，但风韵犹存。这女子能耐不小，结识的人五花八门。她旅馆的房子插筷子一样盖了八层，每层六间房，40 个床位，没有楼梯。但因价格便宜，这女子结识的人又多，住宿的人也不少。曾慧妹的旅馆，用的是自家的房子，两个服务员也是自家的亲戚，自己也吃住在这里，却也在这一天关门走人。”

米月便联系当地片儿警，对旅馆周围的人员开展调查。

管理“美居”旅馆地段的片儿警，是一位二十多岁的年轻民警，对米月道：“要查‘美居’，不要问别人，只要问她的左邻鲜香小炒店老板夫妻，他们没有不知道的事。”

米月问：“他们是什么关系？”

“倒也没有什么关系。在这旅馆里住宿的人，大多在这个小炒店解决一日三餐。店老板姓郑，五十多岁年纪，有老婆孩子，却还垂涎于曾慧妹，虽然暗里给了曾慧妹不少好处，却没有捞到她一丝便宜。”

“那就先找老板娘吧。”

老板娘名叫唐晓兰。唐晓兰恨不得这曾妖精早一天死了干净，一听米月说是查旅馆死人的事，以及曾慧妹停业关门走人的缘由，立马道：“不要问了，一定是这姓曾的犯的事。她这个人，成天交际那些不三不四的男人，没有上千，也有上百，争风吃醋的，没人死在她手里才怪。”

“你有证据吗？”

“证据，还要什么证据？前些天，这女的说是暑假就要结束了，住宿的人少了，她想趁这空闲出国游。找她的男人就一拨一拨的，都说要陪她一道去，她还装腔作势的。我那不要脸的老头子，成天见了这妖精就骨头软，还厚着脸皮去劝她不要跟别人去。哼！人家听你的吗？跟人家走了，说是去泰国了。走的那天，一个男的还同另一个男的在我店里争风吃醋，打了起来。哎呀，你是不晓得呀，整个这条街，脸都被丢尽了……”

米月让唐晓兰辨认王玉山和邹红艳的照片。

唐晓兰倒是将头摇得像中了风："没有没有，从没见过。"

米月后悔找错人了，只好来找郑老板。

片儿警道："要问郑老板的话，得灌他酒才行，只要灌得他发了酒疯，他才会吐真言。要不然，他不会出卖曾慧妹的。"

米月问片儿警："你酒量怎么样？"

"你是让我陪酒吗？这是在办案子呢！"

米月笑道："工作需要嘛，你自己意思意思就行了，主要是把他灌醉。"

"那行，你不要笑我出洋相就好。"

片儿警提了一瓶58度的小锅烧，到了郑老板的店里，让弄几盘菜，与郑老板对酌，米月作陪。果然几杯酒下肚，郑老板的话就多了。

"小弟，小妹，说句掏心窝子的话，那个曾慧妹，那双眼睛勾魂哩，我一看见她，这魂就不附体了。"

米月摇着头笑，有些不相信的神情。

郑老板一双红眼看得米月直起鸡皮疙瘩，只听他苦笑道："这娘们儿太贼了，我们这些男人，那就是她手里的溜溜球。在她手里溜来又溜去，溜去又溜来，就是溜不出她的手心，却也碰不到她的身上。"又自言自语，"也好，也好，说不定尝过味道了，也就不稀罕了……"

米月插话道："你老婆说，她有好多相好的男人，为她争风吃醋，还在你店里动过手？"

"那婆娘的臭嘴，你也信？她恨不得你们今天就抓她，明天就毙了她。那天是有两个男的来找曾妹子，也是她生意上的朋友，商量一同出国游。两个人意见不一致，一个说要去泰国，另一个说要去韩国。当时就是在我这里喝酒，喝多了，发生了争执，还动了手，被我劝住了。”

“当时曾慧妹在场吗？”

“她要是在场就好了。”

“姓曾的要出国游，他们俩争什么？”

“曾妹子出国游，她会掏钱吗？还不是这些男的当冤大头。”

米月明白了：“除此之外，还有别的男人来找过她吗？”

“别的人嘛，当天肯定是没有，这我可以保证。只是她的电话倒是不断，她走的时候，是那两个男的开两辆车来接的她。这不，她还把门钥匙放了一把在我这里，让我看顾看顾。前些天，我也打开房门让公安来检查过了。”

“她的两个服务员呢？”

“都是她家远房亲戚。她当天就打发她们回老家了。要说她在这房间里杀了人，或者她这房间死了人什么的，我可以拿我的脑袋担保，这是绝对不可能的事。”

米月让郑老板辨认王玉山和邹红艳的照片，郑老板摇头。

米月想，就凭她能把钥匙放心地交给郑老板，就可以判断，这个曾慧妹作案或隐瞒的可能性不大。

“美好生活”关门歇业，也是很不正常的事。“美好生活”平时一年到头很少关门歇业，虽然暑假就要结束了，但“美好生活”不比别的旅馆，来这里住宿、K 歌及吃喝洗浴的人仍然不少。

“美好生活”的左邻，是一家银行；右邻是一家不大的超市，每年除了除夕下午和大年初一上午歇业外，天天开张；对面是一家网吧；网吧两旁，一旁是电影院，另一旁是停车场。凡是开车来“美好生活”娱乐的人，都会把车停在这里。停车场门口有一位看门的大爷，姓孙，年近七十岁了。

孙大爷道："关水为啥要歇业，唉，逼得没办法了。暑假期间消防检查，说他这里消防有隐患，必须停修。关水没当回事，自作聪明，以为到了旅游旺季，消防来这一套，无非是想让表示表示的意思，结果在限期快到时，亲自封了礼金去送给消防领导。你猜怎么着，没有一个人敢收，说是有八项规定，有纪委监督。这不，时限一到，人家下令查封，给停了电。这不就关门停业了。"

"关水不是与县领导关系都很铁吗，怎么会说封就封了？"米月问。

"咳！现今不同过去了，一朝天子一朝臣，上面铁腕反腐败。你看看，那么多高官接二连三被抓，谁还敢在这个时候顶风作案？"

"他按要求检修不就行了？"

"那也来不及了。"

"他去哪里了？"

"去旅游了，走前还对我说，这些年总是自己服务别人，这次干脆放个假，踏踏实实，安安心心陪家人出去开心开心，享受一下别人服务自己的感觉……"

"有没有见过这两个人？"米月出示王玉山和邹红艳的照片。

孙大爷摇了摇头。

米月到消防队核实，证实了孙大爷的话。

三

"常来常往"的片儿警是位年轻女警小何，工作不满两年，对"常来常往"很熟。这家旅馆老板也姓何，成天就泡在酒里，对世事不闻不问，与世无争，花钱大方，朋友虽多，但都是些酒肉朋友，没有听说有什么仇人，或债务纠纷。旅馆的经营，主要是老板娘洪丽秀打点。洪丽秀五十多岁，身体发福，相貌平平，丝毫不会引起别人对她的注意。她也安守本分，一边经营这家小旅馆，虽然旅客不多，却总有盈余；一边带着两岁多的孙子，其乐融融。

“常来常往”虽是临街，左邻右舍却都是居民区。邻居的哪一个老头老太，没有不晓得洪丽秀一举一动的，今天这店里来些什么客人，明天又有哪个客人出店门，都瞒不过这些邻居老人的眼。也正因为如此，洪丽秀即便想打些擦边球也不可能，何况还杀人呢。

米月问的人，是人称“顺风耳”的范大妈。

“你还不晓得吗？洪丽秀这店子要转手了。”范大妈道。

这个消息倒让米月意外：“她开得好好的，为何要转手？”

“架不住在省城的女儿劝吧，让他们去城里享福。”

小何对米月道：“何老板女婿，在城里有一家公司，最近买了别墅，要爹娘去打理。”

小何问范大妈：“何老板不是一直不想去吗？”

“现在不去不行了，何老板最近检查肝癌转晚期了，得去省城治呢。”

“不是说他身体早好了，看他天天还在喝酒呢。”

“他那是阎王不请自己去。都晚期了，还喝，你听他怎么说，人死卵朝天，不死就过年。他早就对阎王爷说过了，要命有一条，要断酒不行。”

米月叹息人生的无常：“何老板多大年纪？转的下家有着落了吗？”

范大妈道：“老何比我还小两岁，今年五十八岁，谈的下家已有了，外地人，好像已谈妥，就差签约了，说是过两天就过手。”

米月掏出王玉山和邹红艳的照片给范大妈看。

范大妈仔细看了一下，摇了摇头：“没有见过。”

米月不想再问了，她在想如何对下面几家进行排查。

范大妈又多了一句嘴："不过，前两天早上，有个打扫街道的清洁工，在路边骂骂咧咧。我去问她，她说，一大清早，天还没有亮呢，就见从旅馆里跑出一个女人，到了大街上就吐。她上前去劝，让她吐到旁边的垃圾桶里，那妇人反倒吐了她一身。"

米月一惊："她是从'常来常往'店里出来的吗？"

大妈道："不是'常来常往'，还会是哪里！"

"那个清洁工叫什么，怎么找到她？"

"我只知道她叫阿玉，四十来岁，每天清晨都在这一带打扫。你问问环卫局就知道了。"

米月当即通过环卫局找到阿玉，让阿玉辨认邹红艳的照片。

阿玉点了点头："就是她！"

"你肯定她是从'常来常往'旅馆里跑出来的吗？"

"对，她出来时，神色有些慌张，穿一件粉红的汗衫和牛仔短裤，头发凌乱，脸色惨白。我看她那身子，挺招惹人的，以为她是在旅馆里干那个的，本来不想答理她，没想到她一到路上就哇哇地吐。你晓得的，那东西吐在大街上，很不好打扫清理。我上去想扶她吐到旁边的垃圾桶里，没想到吐了我一身。"

"那呕吐物有什么气味，有酒气吗？"

阿玉点了点头："对，一股酒味。"

"她随身带了什么物品？"

"没有，一双空手，什么也没有带。"

"她跟你说了什么？"

"她说，她身份证丢了，能坐什么车出城？我说，火车肯定坐不了，要不，去汽车客运站试试。她问汽车站怎么走，我说，汽车站在东城，你打个的吧。她点了点头，就走了。"

“她出来的时候，是哪一天，几点钟？”

“30 日吧，天刚亮的时候，应该不到 6 点钟，差不多 5 点多钟的样子。”

“她离开后，旅馆里有没有人出来？”

阿玉摇了摇头：“没有。”

……

米月思索着，开始担心起来：“这县城，买汽车票是不用身份证的，如果邹红艳是坐汽车回家，应该早就到家了，可是直到现在，还没有收到陈所的消息，看来也是凶多吉少。”便对顾明道，“你去车站，查一下 30 日那天邹红艳的行踪。如果没有在车站出现，就查一下从‘常来常往’到车站的视频监控。”

米月来到“常来常往”，一打听，老板娘洪丽秀一家早已去省城女儿家了。

米月赶忙回城，在省肿瘤医院住院部找到了何老板和洪丽秀。

米月把洪丽秀带到了医务室，亮出警察证。

“说说吧，白布裹尸是怎么回事？”

“你们不是都去查过了吗，我也都给你们说过了，我不晓得怎么回事。”

米月死盯着洪丽秀的眼睛。洪丽秀将眼睛躲开了，低头看着地下，双手放在双腿间，双拳紧握。

米月笑了笑道：“我看你也不像是会说谎的人。”

洪丽秀一声不吭，却更显慌乱。

“老何的病情怎么样了？”米月转移了话题，关心地问。

“医生说，最多也就三个月的时间了。”

“这种病，如果医生都这么说了，我建议，还是回到亲人身边，也好在老何走的时候，能感受到家庭的温暖。”

“是呀，老何也不想治，可是我那个女儿，她死也不答应。”

“可以理解，做女儿的，怎么也不想落下见死不救的不孝名声。”

洪丽秀点了点头。

“白布裹尸的事，即使这个人不是你们杀的，但一个大活人死了，人命关天，能瞒得过去吗？如果你说清楚了，你心里也坦然了，就不会成天提心吊胆。你看看，你一边要照顾老何，一边还要为这件事担心，你受得了吗？我看你气色也不好，自己的身体也要紧呀。”

洪丽秀便伤心地哭了，泪珠雨点般往下流。

米月取了纸巾，递给她擦泪。

洪丽秀一边哭一边道：“我不是想瞒你们，是那个房子转手的事，老郑还没有签约。你想，一旦他晓得这房子死了人，怎么还会签约！我是想等老郑签了约，找个机会，再告诉你们。”

“你这个事，我们会替你处理好的，你放心。”

“那天，应该是8月30日，很晚了，差不多有12点了，他们两个人来住店，要开一间双标房。我一查身份证，那个女的说没有。你们也知道，如果是夫妻一同来住店，只要一个人有身份证，我们也就将就一下，让他们住了。但我当时发现，这两个人连一个行李包都没有，那个女的神色也有些不对，她看人的眼神有些惊恐，也没有说过话，没有一个笑脸。看她那长相身材，挺性感耐看的，我就怀疑这个女人有些不正常。我问了她一句，妹子是从哪里来的？她看了看那个男的。那个男的说，是刚从乡下接来的，那个女的点了点头。我也就没有再问了。”

米月插话道：“他们是开着车来的吗？”

“没有。他们进门的时候，我没有看到有什么车。”

“那个男的是用什么人的身份证登记的？”

“好像是叫什么九，对，吴重九！”

米月叹息了一声。当时只顾查王玉山的旅馆住宿记录，哪里会去查一个死人的名字！这个王玉山，还真不简单。

“你核实了身份证的照片与本人的相貌没有？”

洪丽秀一声苦笑：“服务员拿了身份证，只顾登记姓名号码，哪里还会去核对照片看长相，想也不会去想这身份证不是他自己的。”

米月又是一声叹息。

“他们住下后，到前台找我，说还没有吃饭呢，能不能给弄点吃的。我当时想，这两口子大老远来的，现在都半夜了，去哪里能找到饭吃，我就说，我去给你们弄吧。我给他们炒了几个菜，问喝不喝酒。那个男的还没有回话，那个女的说，喝酒，要白酒。我就拿了一瓶白酒，我见那个女的猛劝那个男的喝酒，她自己也喝，不像是两口子，一瓶白酒全喝光了。第二天上午，差不多 9 点多钟的样子，打扫房间的小莉对我说，那房间女的不见了，男的还醉在床上，吐了一地。我后来才明白，一定是那个女的灌醉那个男的，自己想跑的意思。”

“那个男的后来怎样了？”

“那个男的醒来后，知道那个女的跑了，也没有出去找人，只是一个劲儿地打电话。”

“你听清他打电话说了些什么吗？”

“好像说到了吴重九，还有钱的事，还有就是在打听租房子的事，还有就是他有两个手机。”

米月点了点头，吴重九的手机，应该在王玉山的手里。也许，在吴重九的手机联系人里，也会有人在找吴重九。

“他死的那天晚上，差不多 1 点多钟的时候，来了一个女的，二十七八岁的年龄，穿得很暴露，打扮得很妖艳，上身穿一件露腹坦背的粉红色背心，下身是包臀的灰色短裙，戴着墨镜，一看就是那种卖身子的人，来找这姓吴的。后来这个女的是什么时候出去的，我不知道。第二天上午 9 点多钟的时候，小莉吓得半死地来告诉我，说姓吴的死在了床上。我过去一看，见他只穿一条内裤，蜷着身子在床上。我过去一摸，身子都冰凉了，看床头柜上，好像是注射用的针头，还有空药瓶什么的。我估计，他是注射毒品被毒死了。我当时差点吓晕了，两腿也都软了，上楼叫我那老头子。老头子看了，也吓蒙了。我说，报案吧。老头子说，报什么案呀，这一报案，公安就会黑压压地过来，人家都晓得这房子死了人，谁还敢来住，那姓郑的还敢来定这房子吗？我问怎么办。老头子说，先瞒了再说。我说，这瞒得住吗？那姓郑的要看房子的呀。老头子说，要不扔河里吧。我也拿不了主意，只好听了老头子的，把那个人用床单裹了，顺势从窗口往窗外的河里抛了……”

“你们平时在房间里发现有吸毒的吗？”

洪丽秀摇了摇头：“没有。如果服务员发现有吸毒的，会很快向我报告的，我也会向派出所报告的。要不然，我要担责任的呀！”

“死者的电话、身份证，还有钱包、钥匙等私人物品呢？”

“我们当时想把他那套衣服给穿上，可是那尸体都僵了，再加上我们心里恐慌，穿了半天没有穿上，只好罢了，只给他穿了鞋子，扔下河里后，干脆把他的衣服以及其他东西全部卷成一堆，用他的裤腰带捆了，一起扔到河里了。”

“连他的手机钱包都扔了？”

“对的。男的死前，我明明看他是有两个手机的，后来我在找他遗物的时候，就只有一个手机。当时随便翻了一下他的钱包，也没有什么百元大钞，都是些零钱，有一个身份证，还有一些卡。我当时就把钱包放到他的裤袋里，连同手机一起扔了。”

“你确定只有一个手机和钱包？”

洪丽秀点了点头。

“扔尸是什么时候?”

“上午10点钟。”

“有多少人知道或看到?”

“只有我、老何和小莉三个人，其他人都不会知道的。”

“你说的注射器和空药瓶在哪里?”

“有哩有哩。这可是他吸毒死亡的证据，我当时就怕你们来追查，不敢扔了，将它收好了，随身带着。”洪丽秀边说边打开自己的小包，将用手帕包了的针头，还有空药瓶等取了出来。

米月取了物证，看了看，对洪丽秀道：“我先不带你回局里了。你在这里好好陪陪老何吧，有什么事，随叫随到就是。”

洪丽秀含着泪，感激地点了点头。

四

王玉山的衣服被打捞上来了，与洪丽秀的供述无异，只是手机不见下落，估计是滑落了。打捞人员试图找到手机，寻了几天都没有下落，数十公里的河道，无异于大海捞针。

鉴定中心对洪丽秀提供的注射器和空药瓶的鉴定比对也出来了，上面除了洪丽秀的指纹外，还有另一个指纹，却是王玉山自己的，并没有发现其他人的指纹。

顾明道：“有洪丽秀的指纹可以理解，这恰恰可以判断洪丽秀没有作案动机。而这上面没有其他人的指纹，难道真是王玉山自己吸毒过量致死?或吸毒自杀?”

杨茹道：“据我观察，冰毒是装在这个玻璃瓶内，这是个装碘酒的小药瓶，最多可装冰毒60多毫克。冰毒与海洛因等其他毒品不同，海洛因以注射效果为最好，冰毒则以鼻子吸食比注射来得快，效果好。所以在一般情况下，吸食冰毒的人，并不用注射的方式。把冰毒注射在人体内，很符合第三者强行注毒致死的行为。如果王玉山没有吸毒史的话，一般超过30毫升就足以致人死亡，而我们尸检时发现死者体内的剂量已达50毫升，这是要将人致死的用量。至于注射器及药瓶的指纹，如果是蓄意谋杀的话，凶手很有可能事先有了防备，或者戴着手套，或者在事后作了处理，将作案工具上自己的指纹抹去，再印上死者的指纹。"

吴昊道："从现场勘查情况看，可以证明与洪丽秀的供述一致。王玉山住的304房，在旅馆第三层，窗外下面便是东明河。房间内有两张单人床，我们进去时，房间已被服务员清扫得十分干净。床上的物品该洗的都洗了，该换的都换了，无法提取到有价值的痕迹物证，查房内无搏斗痕迹。抛尸是上午10点钟左右，旅馆住房内的客人基本都外出办事了。河对岸是一片农田，当天太阳很大，天气又热，所以河对岸也没有目击证人。查死者被抛的衣服，有钱包一个，内有人民币47元，身份证一张，银行卡3张，分别是商行、农行和邮政储蓄卡，各有存款为7元、3元和5元，都是取过钱后留的余额。在他穿的皮鞋鞋垫内发现一张工行卡，有存款人民币5300元，新存入的3000元，经银行查询，是在29日晚10点左右，在距离'常来常往'宾馆200米处农业银行的ATM上存入的。我们判断，这笔钱很可能是王玉山从吴重九身上取得的现金。在他的衣服包里没有发现手机，应该是掉落在河里了，目前还没有找到。查旅馆周围的监控视频，该旅馆门口及周围没有监控视频。我们在旅馆东面方向沙河街道丁字路口的交通监控视频中，发现在案发当晚凌晨1点10分，有一辆出租车驶入该旅馆门口方向；凌晨2点2分，一个女子在旅馆门口方向出来，步行到东面方向丁字路口，待了约5

分钟，上了一辆出租车，往东南方向行驶。判断应是洪丽秀说的那个身穿粉红色背心的女子出入的时间。”

米月听了，倒吸了一口凉气：“好手段！扮卖淫女上门，杀了人后，又伪造吸毒过量死亡，没有在现场留下任何痕迹物证。如果不是我们对王玉山有所了解的话，几乎就被她蒙骗过去了。”

米月顿了顿，接着分析道：“据洪丽秀说，王玉山死前打过不少电话，还在联系租房的事，这说明，他没有自杀的动机；洪丽秀亲眼看见当时他有两部手机，并用吴重九的身份证登记住宿，可是后来她在处理王玉山的遗物时，却没有发现吴重九的任何物品，包括他的身份证、手机、钱包等。这说明，那个女子走的时候，把所有能证明吴重九身份的物品全部带走了。还有，王玉山在打电话时，提到过吴重九，以及钱的事，看来，王玉山打电话的对方，应该与吴重九以及与钱有关联。王玉山把存有钱的工行卡藏在鞋垫内，而其他没有钱的卡放在钱包内，说明他是防备债主过来向他追债的。那个女子过来找他，王玉山也许是把她当作向他追债的人。但从女子的作案手段，至少看出三个问题：第一，她并不是来向王玉山追债的，而是预谋杀人的。从我们对王玉山的调查情况看，没有发现他有吸毒史，从他身上也没有发现有吸毒的其他针眼痕迹。第二，从女子的杀人手段看，要么是一个老手，要么就是受另外一个幕后高手指使。第三，杀王玉山的动机，从种种迹象看，似乎不太符合报复杀人的特征。王玉山杀吴重九才两天时间，当时还没有排查出死者的身份，如果不是王玉山自己向与吴重九有关人员透露这个信息，谁会知道吴重九被杀？一般情况下，王玉山应该不会让一个想为吴重九报仇的人寻上门来，让那个女子这么快就有预谋来杀他。我们判断，那个女子上门来找他，应该事先与王玉山有联系。但不管是不是报复杀人，这个案子一定与吴重九有关。从吴重九的物品一件不剩地被取走来看，可不可以这么推断，那个女子应该是为了吴重九而杀王玉山灭口。”

顾明疑虑道：“吴重九既然已死了，为何还要杀王灭口？”

“假如吴重九是一个犯罪团伙的重要成员，吴重九一死，那么，杀害吴重九的王玉山，必将成为公安机关缉捕的重要目标。如果王玉山知道吴重九的真实身份，一旦王玉山被抓，整个犯罪团伙不就暴露在公安机关的视线之中了？”

“如果是这样的话，这个案子的水就太深了。”

米月问顾明：“查邹红艳的行踪怎么样了？”

顾明道：“我们还是在旅馆东面方向沙河街道丁字路口的交通监控视频中，发现有一个女子身影，估计就是邹红艳。当时天亮不久，街上没有其他行人，也很少有出租车，女子往东步行了二百米左右，有一辆白色小车停在女子身边，车上的人好像在同女子说话，过了约五六分钟后，女子上了车，车子后来拐入南面的小街道。小街道没有摄像头，当时也没有什么人，我们走访了路边的一家早点店。店主说，当时是有一辆白色丰田车，开车的是一个五十多岁的女子，买了四个包子、两瓶酸奶上了车。她看车上还坐了个女人，三十来岁。车子往东南方街头开走了。我们去汽车站查邹红艳行踪，车站人员说，当时车站工作人员还没有上班，车站连个人影都没有见到。”

米月不禁为邹红艳的处境捏了一把汗。

米月道：“下一步，我们的重点工作，是全力查找身穿粉红色背心的女子。通过旅馆目击证人画像。她不是坐的出租车吗？联系出租车公司，排查在这个时间段出入‘常来常往’旅馆周围的出租车；对该女子下车的地段周围居民逐一排查。还有就是查邹红艳的下落。顾明所说的那个中年女司机，我觉得很可疑，要排查这个中年女子和这辆车。还有就是吴重九的身份和他的社会关系，也要抓紧排查……”

第四章　地窟探险

一

抓捕格子的事，一时没有线索。米月想，现在急着要解开的谜，便是那个神秘的地下河。

正好刘所长来电话说，黄江源出水口他已去看过了，情况不太好。也向旅游公司咨询过，他们说，旅游公司还没有开发地下河的计划，也没有人进去过。他已备好了探洞工具，只等她的吩咐了。

米月同吴昊到了黄江源，刘所早已带了两位民警小伍和小李在洞口等候。

米月一看，洞口竖着一块醒目的红地儿黄字警示牌："洞内危险，禁止进入。"洞口有十来米高，十余米宽，洞里三四米处，却是一个悬崖，水从悬崖顶部倾泻而下，形成一个小瀑布，水声隆隆，水花飞溅。

米月想，怪不得无人敢进，这洞口就会把人阻挡在外。

刘所用强光手电筒照了照一旁的石壁，道："在这个地方，倒是可以攀上去。"

米月一看，这一处的石壁层层叠叠，每一层都有一个平面，便点了点头。

刘所道："我先上，你们跟着来就是了，橡皮筏只能坐三个人，我同米支、小伍进洞，小李在外边接应。"说着就给米月穿上气垫背心，戴上有灯光的头盔，此外，还准备了密封的蓄电池、氧气袋、干粮袋。

米月把手机交给了吴昊："你就去大谷村接应吧。洞里没有信号，我担心误事，有我的电话，你接就是。"

吴昊坚持要跟着进洞，米月道："你一个旱鸭子，就别去凑这个热闹了。"

刘所很利索就攀了上去，放下一根绳来，先将一只橡皮筏吊了上去。

米月上到洞顶，不禁打了一个寒战。原来洞上的水倒不深，但水面与洞顶不到一米高，最低的地方只有二三十厘米高，洞口的出水很急，如果站立不稳，一不留神，就会被冲下悬崖。

三个人只好双手抓稳洞壁，猫腰低头，贴着水面而行。三个人刚一进洞，衣服就全泡在水里了。

"如果这时候涨水，把空间灌满，我们就死定了。"刘所道。

随着众人的深入，水越来越深，洞上面的空间越来越小，空余不到十厘米高了。三个人只能仰头前行。

"这前面还能进吗？"刘所看灯光前面越来越狭窄的空间，有些恐慌了。

米月道："这样，我先到前面探路，实在不行，我退回来就是。"

小伍道："米姐，我去吧！"

米月没有回答，戴上了氧气面罩，一个猛子扎入水里。她潜泳着往前行进，行进了有五十多米，才觉得水面越来越浅了。

她将头伸出水面，摘了氧气面罩，抬头一看，我的天！前面蓦然出现一个巨大的空旷区。坑高二十多米，长宽各有近百米，地面是一个深水塘，四周是一块块巨大的钟乳石笋。水塘的右侧，有一块面积十多平方米的钟乳石平台。

米月正要游回去通知后面的人，却发现刘所和小伍都跟了过来。

“我们怎么能让你一个人冒险呢！”刘所道。

米月一看，像发现了宝似的：“你看，平台上有食品垃圾！”

三个人忙划了橡皮筏靠了上去，一看，是扔的巧克力包装锡纸、空的铁皮饼干盒、矿泉水瓶，还有四个烟头。

三个人坐着橡皮筏，沿着洞坑四周转了一圈。右前方还有一个深洞，没有出水，是个干洞。

刘所道：“说不定这里也是一个出口呢！”

米月道：“大谷村的入口是有水的，我们只能沿着有水的洞口走。”

洞内蜿蜒曲折，有水深流急的浅洞，也有宽阔的深塘，却有惊无险。眼看走了三个多小时，还没有见到出口，米月累了，在一处石滩上歇息，吃些干粮。

刘所道：“看地图，也才七八公里，怎么会走这么久，莫非不是大谷村洞口？”

米月心里没有底，也不免担心，却安慰大家道：“这也不奇怪，地图看的是直线，你看我们走的这河道，七拐八拐的，多少弯呢！”

三个人的衣服全是湿淋淋的，洞里的气温很低，走动的时候不觉得冷，一歇下不久，就冻得有些瑟瑟发抖。

米月道：“还是走吧，走动起来就不冷了。”

前面的水路越来越艰难，好不容易又摸进了两个多小时，还是没有发现洞口。

五个多小时过去了！

一丝恐惧感向大家袭来。

“看来，这绝对不是大谷村口的河流！”

米月浑身像是没了骨头，双腿都是软的，浑身冻得直起鸡皮疙瘩。

她看了看刘所和小伍，两个人的情形与自己差不多。看来，大家能支撑的体力都快消耗尽了。时间太久，不是累死，冻都会冻死。

“这怎么可能？怎么可能？”米月不相信这是现实。但是，她不得不承认，按他们的行进速度，应该已行走二十多公里了。

米月看到前面一片乱石滩，沉重的身子倒了下去。

刘所有气无力地问小伍：“你不是一直吹嘘自己方向感强吗？你看看，我们这是走向哪个方向？”

小伍苦笑着摇了摇头：“你以为我是神仙吗？”

米月似乎感到了一种绝望。她在地图上寻找大谷村地下河出口的时候，在方圆六十多公里的群山中细细搜索过，也只发现有黄江源这个出口。按这河水的水流量，如果有出口，地图上不可能不标示的。如果她现在所处位置的出洞口不是大谷村，那么，他们别想在六十多公里范围内找到其他出洞口。即使现在往回走，这五个多小时的河道，按他们现在的身体状况，是走不到了，绝对走不到了。三个人能再支撑一两个小时就谢天谢地了。

米月的身子冻得发抖。她完全体验到了什么是饥寒交迫、筋疲力尽，更感受到了面临的恐怖处境。

“不能再往前走了，我们就等在这里。等着小李带人来营救吧。大谷村出口，我已布置了人在守候。我跟他们说了，如果到了中午我们还没有出洞，他们午饭后就组织营救。”刘所道。

小伍看了看表，一脸无奈：“午饭后？你看看现在几点？现在正好是中午十二点。他们如果现在出发，到了这里，也得五个小时，我们这身体，怕早就冻僵了。”

米月觉得有些昏沉，眼皮在打架。

“都怪我，是我连累了你们。”米月吃力道。

“哪能怪你，是我们把事情想得太简单了。”小伍道。

刘所忙捅了捅米月：“不能睡！睡了就真会冻僵了。”

“如果我们都死在这里，就太不值得了！”米月惨笑。她似乎有些幻觉了。

“不会的米姐！”小伍凑了过来，想拉她一把。

米月摆了摆手：“难道那孩子不是在这洞里丢的，那还能在哪儿？”

刘所道：“也许，那个洞口，会有另一个出口。”

“就是有出口，也还在茫茫群山中，出不了这大山。”

“除了那个洞口，那孩子不会还有另一种可能，不可能的……”

“那就真的见鬼了！”

米月喃喃地念叨着。

她有些语无伦次，真的要闭上眼了，她的幻觉真的来了。她的眼前，闪出一道光来，那是一道五彩缤纷的光，像一道彩虹，射向无边的天际，她就随着那道彩虹飞了起来。飞呀飞呀，只觉得身边寒风呼啸，远处似有清亮悦耳的钟声传来。她朝着钟声飞去，她似乎看到了翰墨站在远处向她招手。她高兴得不得了，便向他招手高喊：翰墨！翰墨！她也听到了翰墨在喊她：米月！米月……

米月在小伍剧烈的摇晃中惊醒。

“米姐，米姐！”小伍一面喊，一面摇晃着米月的身体。小伍头上蓄电池的电快用完了，灯光一阵强一阵弱，刺激着米月的双眼。

米月吃力地睁开眼，怔怔地盯着前方，那里是从无边的黑暗中淌过来的河水。她看到了一个物件从前方漂流下来，那东西渐渐近了，却是一个篮球。她怀疑自己在做梦，嘴里却在喊：“球！球……”

小伍听见了米月的叫声，顺着米月的目光看了看水面。他看清楚了，真的是一个篮球，顺水面滚滚而来。他费尽吃奶般的气力，扑了过去，抓住了球。

篮球上贴了一张纸条，上面写着字：“米支，你们到哪里了？如见字，请安心在原处等待，我们已派人前来接应，保重！吴昊 6 日 12 点 28 分。”

“米姐！刘所！”小伍的叫声有些歇斯底里。他把篮球上的字条递到两个人眼前。

米月一看，问：“小伍，现在是什么时间？”

小伍看表：“12 点 40 分。”

米月惨白的脸吃力地苦笑：“你看看，12 点 40 分，吴昊写的时间是 12 点 28 分，这球漂过来的时间，也才十来分钟！我们坐在这里等死，却不知道洞口距离我们才十来分钟的路程！”

……

中午 1 时 10 分，米月等三个人拖着疲惫不堪的身子出现在大谷村地下河洞口。

二

米月事后才知道，东州市地质勘探队曾经在 20 世纪 80 年代初，对大谷村到黄江源的地下河进行过一次勘探。勘探结论是，这一段地下河水路全长 20.4 公里，呈 Z 字回形路线；同时，还有一条旱路，可直通进出口，路程约 8 公里。

米月找到了当年探洞的勘探队队员王守山，他五十多岁的年纪。

“你们也太冒失了，应该问问我们呀!”他埋怨道。

“我问过大谷村的老支书，他说，谁都没有见过有人勘察过那地下河。”

他苦笑：“他们当然不知道。我们出洞到了大谷村后，考虑到走的是旱路出洞，还没有走水路进洞。又看到天也不早了，就没有来得及进村通知村里人了。那个时候，村里正在搞双抢，他们也没有工夫接待我们，所以我们直接又从水路往回赶。唉，哪里会想到，那水路一趟就是二十多公里。我们好在是顺水，比你们走得快一些，也走了有四个多钟头。从黄江源出洞时，已是半夜了。当时我们出洞的时候，一个个都只剩一口气了。”

米月一时也哭笑不得。

她想，这么看来，抢走孩子的人，肯定是沿着旱路走的。

米月心中的谜团，渐渐地有了眉目。

洞内的食品垃圾被取了出来，提取了指纹和DNA。看食品包装纸上的日期，是2014年到2015年。

有了食品包装纸上的指纹及DNA证据，米月接着便是排查在案发期间进洞的疑犯，还要找到格子，或许能从格子那里挖出同伙来。

米月自从在地下河走了一遭后，才明白自己这两年的身体是不如当年了。刚从学校毕业那几年，她还参加过冬泳，地下河那点低温算得了什么。这两年，她总觉得有些心力交瘁，晚上睡得不安稳，吃饭也没有胃口。现在在现场或单位办案子时，虽然有很多菜式的盒饭替代了方便面，但她一见到盒饭就没食欲。自己的口味是越来越重了，只有辛辣的味蕾，才能刺激她的食欲。

好在有刘翰墨，他懂她的胃，会时不时给她这个特殊的吃货一个美妙的惊喜。

这一次，翰墨约她去的是一家叫“食甘味”的湘味店，一家在明河区繁华商业城的小馆子。

米月一进来，刘翰墨已等了半天了，每次都是这样。米月工作忙，但她也知道，刘翰墨不会比她轻闲。有时十天半个月也见不到他一次，要不一个律师，也不会在这个省城大都市十多年的打拼中，为自己置办了一套数百万元的别墅，还有一辆保时捷。

菜上来了。米月一看，是一个瓦钵，鲜红的是泡椒，碧绿的是香蒜，还有就是一只只的鱼嘴，裹在浓浓的红油之中。

刘翰墨夹了一块鱼嘴递到米月碗里。

“听说过长沙有道老街鱼嘴巴的菜吗？我想你是没有工夫去那里吃的，这不，我在这里给你找到了。”

“这是鲤鱼嘴吧？”

“看出来了？”

米月试吃了一口，啧啧点头，笑道：“你不记得了吧，小时候在老家，什么鱼好吃，老人有这么一句顺口溜，鳙鱼头，草鱼尾，鲢鱼肚皮，鲤鱼嘴。那时候，我还不明白，问过爹，说鲤鱼嘴有什么吃头。爹说，你就晓得吃，这说的只是各种鱼有各种鱼的特征，你看那鲤鱼嘴，不是比别的鱼嘴巴长，嘴须长吗？没有想到现在还真成了一道菜了。不过那个时候，我特喜欢吃的，还是鲢鱼肚皮。”

“那不尽是鱼油吗？”

“我现在要是说，用猪油拌饭，味比佳肴，你不会信吧？道理一个样，家里穷，每天吃的菜，没有肉，更没有油，那鱼油和猪油一样，就成了我们的山珍海味。”

刘翰墨点了点头，静静地看着坐在他对面的米月吃着。米月也习惯了，刘翰墨每次为她点的菜，他自己不一定喜欢吃，但只要看米月吃得津津有味，他也就满足了。米月知道自己的吃相不好看，吃速过快，饿狼抢食似的，常常一嘴油也不擦一下。她也弄不清是不是自己的职业习惯造成的毛病，还是别的什么原因。她甚至怀疑，刘翰墨能看上自己，是不是恩师的力推。

刘翰墨是一个胸有城府、不露声色的人。米月也从他平时不苟言笑的脸上，看出了他铁一般的沉稳和刚强。但米月也看懂了他那温柔的心。

“你有好些天没有去看妈了吧？”

米月咂着一张油嘴，道：“说实话，我最怕妈那双看我的眼睛。她每看我一眼，我就明白她想说的话，我却实在难开口。”

“妈年纪也大了。“

“我知道。”

“我还是那句老话，这样的事，不应该是你一个女孩子干的。”

“这样吧，干完这两宗，就打报告，换岗位。”

“你这话，说了快五年了吧？”

米月沉默。

“命案必破，我知道，但这个压力，会把你摧残得未老先衰的。”

米月苦笑：“你是不是现在就看出我未老先衰了？”

刘翰墨沉着脸：“我真的不想看你这样。”

米月吃好了，两个人一道出门。米月问：“你的车呢？”

刘翰墨道：“我打的来的。这前面不远，有个公园，虽然小，却也精巧，小湖小山小径小亭。你算算看，我们多长时间没有静下来散散心了。”

米月抬头看了看天，天上挂着半月。

公园内，有一座小庙，庙内一位头发花白的老人正跪在一尊佛像前，手持香烛，虔诚祝拜。

米月看一旁的墙上，写着一句佛语："我问佛，我从哪里来，又到哪里去？佛答：你是从泥土中来，终将又回到泥土中去。"

刘翰墨道："这句话，有几千年了吧，知道它的真谛吗？"

米月是很赏识刘翰墨的睿智和博识的。

"此话怎解？"

"人体是由什么组成的？碳氢氧氮钙等元素吧？这些元素从哪里来，是从泥土中来，是植物从泥土中汲取了这些元素，通过复杂的光合作用，合成蛋白质，由蛋白质形成核酸，由核酸组成生命的个体细胞，这些细胞为了生存，而又按各自分工，形成组织，各种组织再分工，形成器官，各种器官再联合工作，形成系统。你看，我们的生命体共有十大系统，包括呼吸系统、消化系统、神经系统、生殖系统，等等，这人一死，肉体腐烂，蛋白质分解，又分解成碳氢氧氮钙等元素，回归到泥土中。"

米月还是第一次听到这么新鲜的解释，问："那么，佛讲的生命轮回，你也信吗？"

刘翰墨点了点头："是的。我接着上面的话题讲吧，人从泥土中来，又回归到泥土中去后，这植物又重新从泥土中汲取这些元素合成生命，最后生命又回归到泥土，这是不是生命的一次又一次轮回？"

米月陷入了深思。

三

米月决定再探大谷村地下河。

吴昊苦笑："看来上次还没有吓到你。"

米月道："如果第一次是探险，第二次就是漂流了。我想了想，我们走的是水路，而如果是他们的团伙，来回一定走的是旱路。旱路虽然距离短多了，但最快也要一两个小时。也许，在旱路上，我们能发现一些蛛丝马迹。想想看，如果带着那孩子，孩子一定是一直在惊吓中；惊吓中的孩子，就有可能在一路上有遗留物，比如拉屎撒尿，哄他吃东西，或者在挣脱时掉下什么东西。至少可以让我们弄清楚，这孩子是不是通过地下河劫走的。”

吴昊一听，点了点头：“行，我同你一道去！”

米月笑道：“行了吧，我背不动你，还是原来的人马，你做好接应就是了。”

吴昊只得做好她探洞的准备，备好照相机、多波段光源和勘察箱等行头。

米月先到了大谷村，这次要从大谷村顺河面而下，走旱路出口。令她欣喜的是，市勘探队王守山听说米月要探洞，主动要求参加。

米月的这次探洞，由于有王守山的参加，行程十分顺利。在旱洞内，发现了一只儿童塑胶凉鞋，沿途还有三个烟头。出洞后经孩子奶奶辨认，正是丢失孩子的凉鞋。三个烟头上没有提取到指纹，却在一个烟头上提取到了 DNA 样本。

米月悬着的心总算落地了，两次探洞都不虚此行。现场的铁证，证实了她的判断，孩子是通过地下河被劫走的。

王守山说：“探这样的地下河道，除了对这方面有特殊爱好或者猎奇的人外，就是犯罪分子为盗宝而来。如果只为抢一个孩子，犯不着冒这么大的风险。而作为盗宝团伙，要抢孩子，无非就是一种可能，就是在出洞口恰好碰见，临时起意，顺手牵羊。”

米月好奇：“你说的盗宝，盗什么宝？”

王守山道：“地下河道宝物多了。别的不说，不少地下河道，会有水晶石钟乳石以及有观赏价值的各种冰晶花等矿石。这些东西过去不被人重视，现在都成了贵重的工艺品原材，有些甚至比玉石还贵重。有人觉得这样的探险，比挖墓盗宝更可靠。你们如果要查这个案子，最好还是在有盗宝动机的团伙中排查。”

米月点了点头：“王师傅听说过这方面的团伙吗？”

王守山道：“这些盗宝的团伙要探洞，当然要有专业人员的指引。我听说过，这些年也有人到我们勘探队挖人，估计就是干这一行的。这样，我向你推荐一个人，省地质勘探队有个退休的老专家，叫钟小洋。全省所有的这方面专家，他心里都有数。各市的勘探队他都有熟人。我联系你去拜访钟老一下，一定会有收获。”

米月感激不已。

米月见到的钟小洋，已是八十多岁的老人，却精神矍铄，听了米月的来意，朗朗笑道：“这个事，你来找我就找对了。我也正好在呼吁政府加强对地下溶洞矿物资源的保护工作，公安机关也要加强对这类违法犯罪人员的打击力度。你说的这些团伙，应该是有不少。目前活动比较多的，都集中在清源县。那里有一伙人，名义上是挖矿的，以采矿为名进行探矿，他们哪里探什么矿，其实就是盗宝。包括地下古墓在内，都是他们的探盗对象。这伙人的路子很广，活动范围也广，你要找他们，不要到处去打听。清源县有一个叫刘耀威的，你去找他，他都知道。”

钟老说着，找出了一张刘耀威的名片，递给米月。

钟老道：“刘耀威原来一直在我身边工作，现在也退休了。那些团伙老缠着他，他到现在好像还没有出山。”

米月有些不解：“既然明知道他们在进行非法盗宝活动，当地政府为何不予以打击，反而听之任之？”

钟老道：“他们是钻法律的空子。法律禁止非法盗取国家资源，却没有明文禁止这类探矿探险的行为。他们还可用开发旅游资源等种种借口，进行探查，当地公安机关和相关执法机关无从下手。”

米月便赴清源县拜访刘耀威。接待她的是刘耀威的儿子，叫刘运石。

他抱歉道，来的不是时候，老爸出国了。

米月不免失望。不想刘运石一番打听，打听明白了，笑了笑道：“这事你还等我老爸干什么，你问我呀。我老爸知道的事，我全知道；老爸不知道的事，我也知道。”

米月欣喜不已。

“你要找的是个矿老板，叫黄金贵。在这个县城里，探矿探洞的事，全是他说了算。他手下有几个马仔，各管一摊，探这个地下河的，不会是别人，一定是那个方脑壳。方脑壳真名叫方世河，四川石河县人，手下也有十几号人，专门干钻地洞的活。”

“我怎么找他？”

“好说，我一个电话，保证他屁颠屁颠地跑过来。”

米月摇头：“这样不行，我还得先从侧面摸摸情况，不能惊动他。”

刘运石道：“那也好办。这家伙经常去的地方，是银色月光K厅。你要是去那里，准见得着。”

米月道：“有照片吗？长的什么特征？”

“方脑壳嘛，当然头大。一个大光头，个子不高，身子肥。这家伙既贪财又好色。像你这么年轻漂亮有气质，只要往那里一坐，让他看见，他包管立马会黏上来。”刘运石一面说，一面打开手机，找到一张方脑壳的照片给米月看。

米月笑了笑：“未必吧，我可没有这么大的本事。”

这两年来，在东州等大都市，K 厅的生意渐渐低落了，但在县城，却依然红火。银色月光卡拉 OK 厅，在县城东面商业街中心的 20 层高楼银河大厦的第一层至第三层。第一层大厅，是占地八十多平方米的歌舞厅，厅内劲歌轰鸣，射灯摇曳，人头疯晃。米月仗着自己身材好，便穿了一件玫瑰色旗袍，略施粉黛，从容进入大厅。

在舞厅等了两个晚上，米月没有见着方脑壳，倒是招惹了不少好色之徒。为了不暴露自己，只好逢场作戏，巧妙周旋。米月烦恼不已，想着若是第三天方脑壳还不来，她就要另想办法了。

到了第三天，方脑壳真来了。

一共来了三个人，要的是 V6 包厢。方脑壳刚落座，米月趁他还未点小妹的工夫，主动寻上门来。

方脑壳看到进来的是一位亭亭玉立的美女，从着装和气质看，不像是舞厅里的小姐，一时有些发蒙："你找哪个？"

米月微微一笑："方老板，我是刘老介绍来的呀！"

"哪个刘老？"

"刘耀威。"

方脑壳一惊，忙站了起来，头点得像鸡啄米："啊，刘老介绍来的，贵客贵客。"忙请米月坐了。

米月向方脑壳递过去一张名片。方脑壳看了看：中国奇艺工艺品总公司华南分公司经理，谢婷婷。

米月坐下来时，旗袍下摆的开口有些高，露出了丰满白皙的大腿。方脑壳的双眼不停地瞄过来。

"这个刘老，平时不好打交道，我们老大，都请不动他。他介绍谢总您亲自来找我，莫非有什么要我办的事？"

米月笑道："我也是同运石熟，才认识他爸。我们初次见面，哪敢冒昧来麻烦老板，不过认识些道上的朋友，疏通疏通财路，大家发财而已。”

“我们能发什么财？”

“方老板见笑了，我是做石头生意的。”

“我这里也没有石头呀？”

米月嘻嘻一笑：“方老板，你说玩笑话了。我知道现在地下溶洞里的货，红火得很呢。水晶雪花矿，价格见天涨。”

方脑壳似乎明白过来，哈哈笑了：“哦哦，你说的是这个，哎呀，好说，好说！”

米月大喜：“看来，方老板手头有货？”

服务员端上酒来。方脑壳要了一瓶洋酒，服务员斟了酒。

米月暗暗庆幸，幸好是洋酒，每次斟的酒分量少，忙又给自己的酒里加了几块冰块，端起酒杯，主动向方脑壳敬上：“刘老看人没错，方老板就是个爽快人。”

方脑壳忙起身碰杯：“我看谢总也是个实在人。只是你现在想要的东西，我手头没有，不过，今后有的是机会，来日方长。”

米月笑了笑：“方老板不会跟我留一手吧？我听刘老说，前不久你们还探了一个洞，好像在黄江源那块，不会没有宝贝吧？”

方脑壳连连摇头摆手：“咳！莫说这个事了，兄弟们折腾了大半天，一毛值钱的东西都没有弄到。”

米月道：“难道有人先下手了？”

“这个我不是吹牛，在江东这一块，这地下的东西，还没有人能抢在我们前面做的。就说黄江源这个洞子，我知道20世纪七八十年代地质勘探队勘察过，但那个时候，他们就是看见有水晶、雪花乳石什么的，也不会去动。当时这些东西不值钱呀，就跟普通石头差不多。自那以后，哪里还有人去冒险？”

米月撒娇道：“方老板，那个洞子有多深呀，下次有机会，能不能带我开开眼界？”

方脑壳哈哈笑了：“好呀好呀，谢老板只要有这个胆量，下次有新洞口，一定带上你。”

“黄江源那个洞子，你们不去了？”

方脑壳摇了摇头。

“你怎么断定没有别人进去过？”

方脑壳道：“我的谢总，你以为是在地面上探山路探水路呢，这种事，没有专家出主意引路，进的就不是洞，是阎王殿、鬼门关。不是随便什么人想进就能进的。在江东这地块，你要是能找出另外一家能进这些洞的，我方脑壳的名字倒着写。”

米月想了想，道：“其实，有些洞子，我们也不一定要去寻宝嘛。既然探过了，如果人员可以安全出入，可以承包下来，开发成旅游资源，不是照样可以赚大钱？”

方脑壳道：“看来谢总还真有眼光。黄江源这个洞，要开发也是可以的。从黄江源出口处，可以通向那个什么大谷村，七八公里的路程，都很顺的。出口的下游，已经开发出了漂流点，只是洞子出口那个地段，水面以上的空间太小，光这一段两百多米，就没有人敢进去。”

……

四

米月没有想到的是，方脑壳不抽烟。她取到了方脑壳等三人喝酒使用过的杯子和纸巾，提取了他们的 DNA。经检测，证实方脑壳等三人与大谷村小孩失踪案无关。

虽然如此，米月还是认定，除了方脑壳的这队人马，很难想象还有另一队人马能进洞。按照她的安排，拘捕方脑壳在银色月光卡拉 OK 厅进行。

拘捕和初审均由吴昊负责，米月不出面。米月有个顾虑，在嫌犯不能明确以前，她不想这么快就在方脑壳等人面前“出卖”刘耀威父子。

第二天晚上，方脑壳在银色月光卡拉 OK 厅被吴昊悄然带走。

吴昊立即开始审讯，米月在暗室旁听。

“这绝对没有，我们只是寻宝，我要那孩子干什么？这种丧尽天良的事，我会去做吗？我要是做了，你们枪毙我好了！”

“你没有做，你能保证你手下人没有做？”

“都是一起进出的洞，我保证都没有做。”

吴昊取出了孩子丢失的塑胶凉鞋，递到方脑壳手里。

“洞里发现的。”

方脑壳看也没看：“这跟我有什么关系？”

“鞋子怎么会到了洞里？难道这洞里还有别人能进去？”

“你问我，我问谁去？这洞谁都能进去。”

“据我们掌握，这个洞，除了你们，没有别人进去过。”

“我们是进过洞，可我们没有弄那孩子。”

“8 月 28 日，也就是农历七月十五日，你们在干什么？”

“……想不起来了。”

“那好，你好好想想。哪一天进洞，把那天进洞的名单告诉我，姓名、年龄、籍贯、详细住址、联系电话。”吴昊说完，取了纸笔递给了他。

名单写出来了，共四个人。

专案组立即组织当地民警前往方脑壳提供的三个人住所拘人，结果全部扑空。

次日，方脑壳按正常手续被释放。

方脑壳出来后，叫了一辆出租车，来到一个公用电话亭下了车，开始拨打电话。

“你个龟儿子！老子当初怎么劝你来着，你当老子放屁！现在老子被公安盯上了，差点进去了！你赶紧给老子滚得远远的。还有，你赶紧用公用电话告诉那三个龟儿子，叫他们闭嘴！孩子的事，绝对不能向公安透露一个字。要是把老子牵连进去，活剥了你们的皮……”

米月立即查到了这个电话。不在方脑壳供出的名单上。

有了接电话人的手机定位信息，米月很快在县汽车站抓获了此人：陆国方，男，27 岁，四川石河县人，与方脑壳是同乡。

溶洞里的样本 DNA 与陆国方的 DNA 比对结果出来了，正是陆国方。

陆国方供述：

“我们五个人探洞，快到出口的时候，老大让我出洞看看洞口有人没有。如果没有人的话，就出洞歇息歇息；如果有人的话，就不出洞了，原路返回。干我们这一行的，能不让人知道就尽量不让人知道。洞口这一段水很深，我会游泳，穿的又是气垫衣，出洞口一看，一个老太太带着一个两岁左右的孩子在向观音菩萨磕头作揖。孩子回头看见了我，我当时就掏出身上的巧克力逗孩子过来。那老太太一直在念念有词地磕头。我顺势就将孩子抱了过来，堵了他的嘴，回到洞里。”

“为什么要偷抱孩子？”

“我当时也是鬼迷了心窍！我有个姑妈，远房的，我听她说过，她认识一个卖孩子的女的，小孩一转手就是好几万元。当时看见了这个孩子，我才起了这个念头。如果被老太太发现了，我也就不会干了。偏偏她一点儿都没有觉察。我抱回孩子后，老大还劝我不要做这样的事，让把孩子送回去。我说，抱这个孩子的时候，老太太连头都没有回，完全是神不知鬼不觉。这不是老天爷给我们送来一笔横财嘛。其他人也劝老大，说我们这一趟也不容易，既然孩子抱来了，就不要再送回去了，老大才同意的。”

“你把孩子卖给谁了?”

“我姑妈联系的，叫格子，一个五十多岁的妇女。”

米月一惊。又是格子!

“张定富家这个孩子，竟然在格子手中转卖了两次!”吴昊心里也是大吃一惊。

“你姑妈是怎么认识格子的?”

“她们住在同一个大院里。”

“怎么卖的?”

“我把孩子给格子看时，她当时很惊讶，问孩子怎么来的，我说出孩子的来历后，她才要了。我要十万元，她只给五万元，多一分不给。我没有办法，只好收了她五万元。这笔钱，我拿了两万元，老大拿了一万元，剩下的分给了另外三个人。”

“格子的住址和电话?”

“阳明县临河街56号院，具体什么楼什么房号不知道，我姑妈知道。”

米月当即找到陆国方的姑妈，按其提供的住址抓捕格子。但已人去楼空。

通过查住户登记记录以及走访调查大院人员，米月终于查到格子的真实身份：孙运秀，女，56岁，万峰县丁沟镇河界村农民。

河界村!

米月打了一个激灵。她想：“难道她是‘1·26’案的漏网之鱼?”

三年前，市局侦破“1·26”特大贩卖儿童案中，团伙共22

人，其中来自河界村的就有16个人。

米月曾参与“1·26”案的侦查，团伙中没有孙运秀。但孙运秀的前夫林茂生，系拐卖团伙主犯之一。林茂生与孙运秀有一个女儿叫林嘉丽，专案组当时怀疑林嘉丽是另一个贩卖团伙的骨干成员。因林嘉丽在逃，警方没有掌握作案证据，同伙也没有交代，所以没有列入。

过了两天，阳明县G78高速公安检查站的检查人员发现了孙运秀和她驾驶的白色丰田车。孙运秀随即落网。

米月接着又得到一个意外收获：经小街道早点店老板辨认，此人就是邹红艳失踪那天，拉邹红艳上车的女司机。

米月看着坐在面前的孙运秀。她一头齐耳烫发，描眉涂唇，因身体发福，穿的是一件宽松的黑色长裙，打扮干净得体。

“你卖给张定富家的孩子，现在在哪里？”

孙运秀铁青着脸：“话不要说得这么难听，我是在做善事。人家夫妻没有孩子，我费心费力给人家找一个，人家给点钱，表示感谢，我也不好意思不收呀，怎么就成了卖孩子了？”

米月道：“好，就算你是费心费力给人家做善事，我只问你，那个孩子是怎么来的？现在又在哪里？”

孙运秀哼了哼：“这个我可不能说。孩子是人家的心头肉，她不想带了，托我找个好人家，自然有她的隐私。专门嘱托我的，不要向别人泄露。你们公安见多识广，这年头，有私生子的，多了去了。”

“那我现在问你，陆国方卖给你的孩子，你又卖给谁了？”

“什么陆国方，我不认识。”

米月一股怒火升腾上来。这个女人把自己当成小丫头来对付了。

但她强忍了忍，努力让自己冷静下来。

“看来你是什么都不想说了？”

“你要我说什么？总不能让我平白无故编瞎话吧？”

米月笑了笑：“你不说也没有关系。我知道，你 1987 年就与你男人离婚了，离婚的时候，你有个三岁多的女儿，叫林嘉丽，今年 30 岁左右。你应该记得‘1·26’特大贩卖儿童案吧，你和林嘉丽当时都没有在案犯名单中。现在我有理由怀疑，你女儿也是拐卖儿童团伙的骨干成员，等我找到你女儿再说吧。”

米月说完，便站起了身，收拾纸笔。

出门之前，米月对吴昊道：“现在立即搜捕林嘉丽，给你们三天时间把人找出来。”

刚出审讯室的门，米月便听看管的人员赶过来道：“孙运秀说，她愿意交代。”

面对米月，孙运秀低着头说：“这个事，与我女儿一点儿关系也没有，她从没有参与过贩卖儿童的事。我什么都交代，但请你们不要为难我女儿。”

米月道：“只要你女儿与这个事没有关系，我们决不会为难她。”

“都是铣头叫我干的。那孩子当初是铣头交给我的，孩子后来我又交给铣头了。”

“铣头是谁？”

“我也不知道他真名叫什么。他那伙有三个人，其中还有一个女的，为头的就叫铣头。”

“他们是哪里人？”

“铣头应该是四川人，四十多岁，四川口音很重。还有还有一个也是四川口音，那个女的我就听不出来了。”

“有他们的联系电话吗？”

“我不知道他们的电话。都是他们打过来，固定电话打的，说好地点，我就去那里。后来又来电话，换了另一个地点，才交了人。”

“他们开什么车？”

“灰色的面包车。”

“车牌号码？”

“没有留意记，前面的字头好像是本市的。”

“他们说过孩子是从哪里来的吗？”

“这事，我们从来不问，他们也不会说，只谈价钱。第一次我要那孩子，他们拿了我 5 万元。第二次孩子交到他手里，我要了他 8 万元。”

“你怎么认识这些人的？”

孙运秀有些支支吾吾：“村子里的人跟我说的。”

“村子里的人是谁？”

“反正他们有家里人关在牢里，他们也是听牢里人说的。是哪个说的，我记不清了，反正我回城里，就注意打探，就打探到了。”

“你怎么打探到的？”

“我，我自已找到他们的呀！”

米月看出来了，孙运秀在极力掩饰。这个人是谁？难道是她的女儿林嘉丽？如果是的话，这应该是她的底线，她不会说的。

“邹红艳是怎么回事？”

“我这些年都在干拉客的活。那天一早去车站拉客，偶然在路上看到她，一个人大清早慌慌张张地走，就上前问她去哪里。她说，去汽车站。我说，正好我也去汽车站，带你去吧。她当时还犹豫，不敢上车。我说，你看我一个女的，还能把你怎么样，我也不像是坏人吧，你上了车，几分钟就到了。她这才上了车。说实话，我当时是真要送她去汽车站的。只是她上车后，我问她是哪里人，她说，她是清源县石塘镇黄家村人，要回家。我见她一个人，又没有带行李，一双空手，模样长得又好，又是远方村里的人，就怀疑她来路不正。我问她，你带钱了吗？她没有吭声。我看她身上也没有放钱的地方，连身份证好像也没有，就把车拐到了小街道，买了早餐吃了。我这才有这个念头，想把她转了人。我便对她说，你要是身上没有钱和身份证，哪里能回得了家，我反正也闲着，干脆好事做到底，直接把你送回家，到了你家里，你给我点油钱就是了。她开始不情愿。我好说歹说，她才答应了。我说，这样吧，我先到家取些东西，车子加满油，再上路。我就把她拉回我家里。之后，我找铣头。铣头说，你先把人给我弄昏了。我便给她服了安眠药。后来铣头带人过来，看了人，给了我 4 万元钱，就把人带走了。”

“那铣头的长相记得吧？”

“记得记得，剥了皮也记得。”孙运秀见米月不再穷追猛打追问介绍人了，松了一口气。

“那好，你描述，我来画。”

铣头的头像比对结果出来了。

经孙运秀辨认，确认无疑。经查证，此人实名赵显龙，男，42 岁，四川南川县人，无犯罪前科，在阳明县有一套住所，住于城中心地带开源小区 3 号楼 8 层。

米月随即带人前往抓捕。邻居反映，这房间很久没有住人了。

第五章 攻克铣头

一

米月在全省各交通卡口布控缉查灰色面包车及铣头。

三天后，在罗浮市 G324 高速公安检查站，查获一辆从广西过来的灰色面包车，车上有一男一女，抱着不到 1 岁的男婴，自称是一家人。而车上的男子，正是铣头。

米月看了看幼儿。他们竟然给幼儿服用了大量安眠药，怕孩子惊哭而暴露。米月一时恨得咬牙切齿。

铣头个头不高，瘦猴样的身材，一头披发，刀削般的脸，嘴上稀稀拉拉布满灰色胡须，穿一件米黄色暗花衬衣，一条灰色牛仔裤，双腿不停地抖动。

“你手上的孩子，是从哪里来的？”

“朋友的孩子，不想带了，托我找个好人家，我就给带过来了。”

“既然是朋友的孩子，还不到 1 岁呢，给他服了这么多安眠药，你们也下得了手！”

“孩子太吵，我们也实在哄不住，有哪个法子嘛！”

“要是你的孩子，你会这么做吗？”

“反正死不了的……”

在米月十余年的刑警生涯中，审过不少疑犯，但从来没有像这次一样，胸中怒火一阵阵涌向脑门。

她眼中闪出怒火：“我再问你一遍：孩子是从哪里来的？”

铣头默不作声。

吴昊气得突然站了起来，抡起了胳膊。米月竭力让自己镇静下来，对吴昊道：“你回来！”

吴昊看了看米月，她向他点了点头。吴昊回到座位上。

米月做了几次深呼吸，声音平缓下来：“我问你，家里有老婆孩子吗？”

铣头还是不说话。

“你要是家里有老婆孩子的话，你不为自己想想，就想想家里的老婆孩子吧。这起拐卖案不是你一个人，你不说，自然有人会说。”

一阵沉默后，铣头说话了。

“孩子是一个女的交给我的。”

“谁？”

“我哪个晓得，只晓得叫阿丽。”

“林嘉丽？”米月一惊。

铣头哼了哼：“这个女的，你们抓不到她的。你们不是她的对手。”

米月看了看他，继续问：“这次是在哪个地方换的人？”

“广西。”

“孩子是谁的？”

“真不知道。”

“大谷村那个孩子，在你的手里吧？”

“什么大谷村？我没有听说过。”

“认识孙运秀吗？”

铣头摇了摇头。

米月敲了敲桌子：“铣头！想清楚再回答。孙运秀都交代了，你还想抵赖？”

铣头沉默。

“邹红艳在哪里？”

“那是给麻秆秤介绍的女朋友。”

“麻秆秤？他在哪里？”

“沙坪村，离县城二十多公里，那女的跟他回老家沙坪村去了。”

“他给了你多少钱？”

“人家是老光棍了，我是给他介绍对象。”

“介绍对象，要给人家吃安眠药，把人家弄昏？”

“麻秆秤在我手下干活，我还能收他的钱？我收了麻秆秤4万元给了孙运秀，麻秆秤还要给我两万元辛苦费，我说不要。他说我不收钱，他就不敢要人，后来我才收了。”

“邹红艳愿意跟他走？”

“怎么不愿意？还是她主动说的，她说只要对她好，她也情愿了；还说要喝个喜酒，见见亲朋好友才算的。我们就把兄弟们都叫了来，在阳明大酒家喝了一顿。完后她说，回他老家见见爹娘吧。麻秆秤欢喜得不行，喝完喜酒就带她回老家了。”

……

米月开始重审另一嫌疑人黄珊珊。她原名黄香香，阳明县大冲镇茅竹村人，37岁，高中文化。

米月第一次预审时，黄珊珊一直委屈地哭，说是铣头强逼她干的，她只是铣头的马仔。还说，铣头自己在四川老家都有老婆孩子了，还强占她。

米月问她一些事，她不是摇头，就是说要问铣头。

再次看到黄珊珊楚楚可怜的样子，米月心头涌上一股被人愚弄的怒气。她强压在心底。

“认识孙运秀吗？”

“不认识。”

“那孙运秀的孩子去哪里了？”

“你问铣头就是了嘛。”

“我们当然会问他。可既然你参与了，你不会想让铣头把罪名都放到你的头上吧。”

“那孩子送去广西了，铣头要我做的。”

“为什么要送去广西？”

“孙运秀把孩子送来后，吓了我们一跳，那还是当初从阿丽那里要过来的小孩啊。没想到三转两转，又转到我们手里了。好在她说了孩子的来历，我们才放了心。可这个孩子要再卖给人家，一定不能卖给附近的了。干我们这行的，也有规矩，甲地的孩子卖到乙地，乙地的孩子卖到甲地，一般都是跨省的。”

“阿丽是谁？孩子最初是哪来的？”

“铣头要过来的，只有他知道。”

“你们怎么去的广西？孩子给了谁？”

“铣头同我带着那个孩子开车去了凭祥，在凭祥高速收费站，有个叫阿龙的男的来接，开一辆灰色面包车。他核实我们的身份后，把我们带到一个村子的四层楼里。吃了午饭，安排休息，说是阿丽晚上到。等到晚上 11 点多钟，才见一个女的抱着个孩子来了。铣头与那个女的把孩子换了，连夜赶回来。”

“阿龙和那个女的长什么样？”

“男的二十多岁，个头不高，一米六五左右，黑瘦，穿件米黄色T恤。女的二十五六岁，宾馆服务员打扮，穿一套黑色制服，脸比较白，偏瘦，身高一米六四左右。”

“女的讲话什么口音？”

“她同我们很少讲话，口音不明显。”

“阿丽是开车来的？”

“这就不晓得了，我是在房子里见到她的。”

“你们和阿丽谁先离开的？”

“我们先离开的。”

“你们走的时候，有没有见到楼下停了什么车？”

黄珊珊想了想：“出来的时候是半夜，没有看到有什么车。”

“知道阿龙的住址和电话吗？”

“不知道。铣头应该知道。”

“还见到了什么人？”

“还有一中年妇女，四十五六岁，估计是楼房的主人。我们吃的两顿饭，都是她给做的。”

“中年妇女与他们是一伙的吗？”

“好像不是。好像是临时租的这个房子。”

……

米月从审讯室出来，麻秆秤的照片和简历传过来了。

照片上的人，是个独眼龙，长脸，布满胡楂儿，秃头，露出一口大黄牙，看上去像七十多岁的人。

吴昊道：“我已经布置人去沙坪村了。”

米月笑道：“邹红艳找不到了，她早已跑了。”

吴昊不解地看着米月。

米月指点着麻秆秤的照片道："邹红艳会跟他吗？主动说去他老家，就是为了逃跑。"

吴昊问："要跑，在县城也可以跑，为何还要去乡村？"

米月道："她没有身份证，在城里寸步难行。她是乡村人，一到乡村，那就是虎入深山。"

米月的估计没有错，邹红艳当夜就逃了。

过了一天，清源县王局来电话，说邹红艳在回家的途中，在镇汽车站一下车，就被两个男子绑架了。

米月的头嗡地一响。

"据目击者称，上午 9 点钟左右，她从镇汽车站一辆货车上下来，上了车站洗手间。从洗手间一出来，就被两名男子劫持上了一辆黑色丰田吉普车。两名男子一高一矮，高的一米八左右，矮的一米六左右，都是三十岁左右。我们查了 9 点钟左右离开镇宾馆的旅客，发现有一个与高个子相貌体形相似。这名男子登记的名字叫谭伟，身份证登记显示，黑龙江人，33 岁，没有留下电话。我们正全力追捕黑色丰田吉普车和谭伟。"

黑龙江人？

米月的头先是一阵发麻，而后才慢慢醒悟过来。这件事，看来还是与吴重九有关。从吴重九，到王玉山，再到邹红艳，这些人被追杀劫持，只有一个动机，就是那个神秘团伙要灭口！王玉山被杀，是害怕吴重九向王玉山泄露秘密，现在追截邹红艳，是担心王玉山向邹红艳泄密。

"怎么办？"吴昊问。

米月看了看表，叹息道："报告省厅指挥中心，请在省内各路口布控黑色丰田吉普车和谭伟。这事让王局他们先弄，我们还是先找孩子吧。”

二

米月有一种预感，广西这个阿丽，应该不是林嘉丽。林嘉丽如果是一个拐卖儿童团伙首犯，多年不露踪迹，不会轻易露头亲自来干这件事的。她决定试探着找找林嘉丽的父亲林茂生，看能不能从他嘴里套出些线索来。

林茂生作为拐卖妇女儿童案团伙的主犯之一，被判有期徒刑12年。他被抓时，在其家中搜出了他与孙运秀、林嘉丽的全家合影。当时，照片上的林嘉丽才两岁。

米月来到三河口监狱，查看了监狱近年前来探望林茂生的亲属登记和监控视频，没发现有林嘉丽的踪影，前来探望的只有林茂生的妹妹林茂秀夫妻俩。

米月在监狱见到了林茂生。

“我想也瞒不了你们，我就实说了吧。其实，我同运秀的这个女儿，也不是我们亲生的，也是从人贩子手中买来的。我们花了所有的积蓄，还借了不少钱，凑齐1万元买来这个孩子。我也是通过买这个孩子，认识了人贩子，才走上这条道。不光自已走了这条道，还带着村里人走上了这条道。”

孙运秀的孩子也是从人贩子手中买来的？米月一时竟愣住了。

“知道孩子是从哪里来的吗？”

林茂生摇了摇头：“他们哪里会告诉我，我们也不想知道。”

“你们后来怎么又离婚了？”

“运秀看出我没有生育能力，才跟我离的婚。离婚后，孩子她也不要了，我只好把孩子交给我妹茂秀带。我就出去干这个事了。

是茂秀一把屎一把尿把孩子带大的。运秀后来又结婚了，生了一个男孩，可惜不到1岁，落水死了。那男的也跑了，听说也死在了外头。运秀又回来要我这个孩子，当时孩子已十多岁了，依然同她亲，一声声叫娘，运秀这才把她当心头肉一样。孩子高中没有读完，就跟着茂秀去城里打工。当时，听说在一家制鞋厂工作。后来，我们就没有联系了。我被抓了以后，更见不到她了。"

"你妹妹茂秀现在在哪里？"

"就在市里，同她老公开一家小吃店。茂秀说，嘉丽在厂子干了不到一年，就自谋生路去了。头两年还与她有联系，后来就越来越少，这两年再没有了联系。"

"她同孙运秀还有联系吗？"

"我让茂秀去找过运秀好几次，要嘉丽的电话，她都说，她也没有女儿的电话，也没有同她联系过。我们也不知道是真是假。"

"你这里有她的照片吗？"

"只有她两岁时候的照片。"

米月问明了林茂秀的地址，来到一家路边小吃店。

这是小吃一条街的东头，店门上方挂着"柳茂瓦煲饭"的牌匾。下午4点左右，来客不多。米月一进门，就看见一个中年女子从柜台中走出来，热情地同她打招呼。

从林茂秀这里了解到的情况，与林茂生交代的基本一致。

"我也想不通，从小到大，我一直都对她这么好，她现在一个电话也不来呀。她既然对我都这样，我想她妈那里，也不会有联系的。"

"你们想过没有，她会不会被人贩子拐跑了，或者她自己也跟着这伙人干贩卖儿童的事？"

林茂秀两眼红了："谁晓得呢！这都是有可能的。毕竟村子里有那么多人干这个事，有被抓起来的，有还没被抓的，她都认得。这些人也都认得她。你不知道，那些人贩子什么事干不出来！要不然，她怎么会不联系我……”

“你有她的照片吗？”

“当初来城里时，我们照了一张合影，现在也找不到了。”

……

米月回到局里，将林嘉丽的情况整理上报省厅，并开始查找全国失踪儿童档案，与两岁时的林嘉丽进行比对。孩子的照片比较模糊，而且年龄差异很大，林嘉丽的样本是两岁，可大部分检材都是一岁左右，无法进行细节特征核定。

但米月还是筛选出了十二张相似的儿童照片，来到鉴定中心。鉴定中心经过技术鉴定，也无法确定是同一个人。米月同时上报了省厅打拐办，但也没有确切消息。

米月将大谷村“鬼”案案情整理出一个报告，商请广西壮族自治区公安厅协助查找阿龙和阿丽。

广西壮族自治区公安厅刑侦总队有米月一位同学，叫董铭。瘦黑瘦黑的高个子，人很机灵，学习也不错。但在公安大学本来就少的女生眼里，董铭不会引起注目，尽管他总会不失时机地向女同学献殷勤。让米月注意到他的，是他一口的广西忻城腔。

米月通过公安网查到了他的电话，打了过去。她没有煲电话的习惯和时间精力，都是直截了当。

刚自报了家门，就听到董铭惊喜的声音：“米月大美女，今天怎么想起我来了！”

米月笑道：“今天想起你，我天天想起你呢，只是没有机会来看你。”

董铭嘿嘿直笑："别给我灌迷魂汤，一定有事要我办吧。"

"怎么，不想办？"

"你要是没事，我八抬大轿也请不动你。"

"少废话，协查函我通过省厅发传真过去了，到时候少不了要你操心。"

"能为米大美女效劳，万分荣幸。"

过了两天，董铭查出了结果。

"你要查的这个阿丽，名叫姚美兰，女，26 岁，贵州黔南人，广西凭祥市南环宾馆服务员。她在宾馆发现一名女子将幼儿遗留在宾馆，便联系了她的同乡，就是阿龙，实名叫宋来运。宋来运便与铣头联系，在凭祥一个叫柳板村的民宅里换了孩子。现在，阿龙带着孩子不知去向。"

米月明白，案件的突破口还是在铣头这里。

如何才能打开铣头的嘴，找到突破口？

米月一时心里也没数。

审讯是一门很深的学问，是审讯者与被审讯者的心理较量。想到对犯人心理的研究，米月便很想去拜访一个人，著名犯罪心理学教授储茂年。

在大学时，犯罪心理学这一科，储教授是主讲，令米月受益匪浅，对储教授敬佩之至。现在储教授已退休，回到东州颐养天年。

米月知道，储老不好烟酒，唯一的爱好就是茶。米月手里没有名茶，却有父亲从老家捎来的自家种自家制作的茶。米月也不知道老教授喜欢不喜欢，只好带上。

储教授的家，是银河区盛天大厦四楼一个普通住宅，一套 120 平方米的三室二厅。储老的独子在北京工作，家里就两位老人。

见了米月，储教授欣喜不已。米月递上了茶，歉意道："这是老家父母种制的土茶，不知道教授嫌不嫌？”

储教授接了茶，打开来，闻了闻，忙招呼老伴过来，对老伴道：“你看，米月就是有心，这种茶，才是真正的上等好茶！”又对米月道，“你那么忙，还来看我这个老头子。我看你是无事不登三宝殿吧？”

米月笑道：“我要真没有事了，二老只要不嫌我，哪怕天天来求教呢！”

米月把铣头以及审讯情况向储教授作了介绍。

储教授笑了笑，摇头道：“现在的年轻人，我们这些老朽是看不懂了。我的这套老把式，跟不上这代人的节奏了。”

“不管怎么说，从犯罪心理学角度看，有些东西是万变不离其宗的。比如说这个铣头，您老给分析分析，他是个什么心理状态，我们如何才能在他身上取得突破？”

“你说的这个铣头，是个四川人吧？”

米月点了点头。

储教授道：“我最近正好看了一些关于四川人抗战的史料，感触很深呀！中国抗战以来，作为一支出川作战的军团，他们在国民党军队中是受歧视的，装备极差，一杆老枪，一双草鞋。然而正是这支军队，却成为日军闻之胆寒的军队。淞沪会战，川军第26师四千余兵力，血战七天仅剩六百多人，没有一个人退缩；滕县保卫战，全师伤亡五千人，战到最后，战场上的伤员不愿做俘虏，以手榴弹与日军同归于尽，击毙日军四千余人；台儿庄战役，川军全师苦战四昼夜，五千人部队仅活十七人……整个抗日战争，川军投入兵力达三百万人，甚至出现娃娃兵，阵亡达六十四万人，平均每四个人中就有一个川军。你要知道，四川还是没有被日军侵略，直接遭受日军残暴的省份。所以，从这一点上，我看到了四川人的血性。当然，我们不能以地域来评判人，有血性的人，全国各地都有。但从整体上看，吃软不吃硬，是很多四川人的个性特征。”

米月惊叹：“储教授，您这是在夸四川人呀，可我们面对的，是一名罪犯。”

储教授笑了笑：“难道罪犯中就没有血性的人吗？”他一手指点着米月，“我看你呀，还是改不了急性子的毛病。对付罪犯，还是缺乏耐心。初审的时候，你就犯了一个错误，想用硬的一套使他屈服。对一个吃软不吃硬的家伙来说，这是大忌！你这样做，到头来，这家伙如果是个直性的血性汉子，他就会同你死磕到底。如果是个诡诈的血性汉子，他就会用一套鬼话来捉弄和应对你。他们死都不怕，还怕什么！更何况，看你还是一个年轻女同志。”

米月惭愧地点了点头：“当时，也实在是把我气极了。”

“拐卖妇女儿童这类案件，在20世纪八九十年代比较猖獗，主要是当时农村人员流动大，城市人员户籍管理难度大，再加上我们公安机关受侦破技术手段限制，破案率不高，对这类案件防范和打击力度不强。这些年，随着人员管理的加强和公安侦破技术手段的提高，加大了对拐卖案的侦破力度，破了不少陈年积案，找回来很多被拐卖的妇女儿童。你所接触的这类案子，我估计，应该是还没有被公安机关发现的少数遗留案件。他们逃避了打击，便心存侥幸，一旦有机会，还会伺机作案。只是这样一来，他们更学会了保护自己，所以即使被你们抓住，他们也会竭力逃避你们的追查。因为他们知道，很多都是十多年前的陈年往事了，只要他们不说，你们要揭出他们的老底，难度很大。从这个心理上讲，他们也不会轻易说实话。”储教授喝了一口茶，接着道，“但是，每个人都有共性和个性，再强悍的人，也有他的软肋。比如这个铣头，老江湖了是吧，应该是个不容易中招的人。对于这类人，要从正面攻破他，很难。

你可以从侧面试试，让他服软。”

“怎么让他服软？”

储教授笑道：“让你做这个事，太难为你了。但你要去试，这其实是两种意志在较量。你没有让他服你的东西，也没有能镇住他的东西，你是对付不了他的。你是聪明人，不要让我来点破。”

……

从储教授家出来，米月似乎明白了一些道理。

三

米月召集侦查人员进行案情研判，就如何破局，商议对策。

吴昊道：“我们对铣头的家庭情况作过调查，他老家在四川南川望云镇槐花村，家里老奶奶八十多岁，父母亲六十多岁。父亲有些痴呆，一条腿残了，母亲长年卧病在床，是个药罐子。铣头的老婆生了两个孩子，大的十多岁，小的七八岁。一家人，现在全靠他老婆打理。一家人的生活费用，全靠铣头一个人。”

米月倒吸了一口冷气。铣头这一抓，一家子人的生计就艰难了。

“铣头的社会关系很复杂。阳明县的白道黑道，都与他熟。在全国各地也有不少熟人，查他的手机号码，有上千个。他主要从事货运，拉载客，或到乡下倒腾些农产品到城市集市卖。不少做小生意的，集市摆摊的，都认他做老大。从调查情况看，铣头没有犯罪记录。凡认他做老大的，都说这个人很讲义气，仗义疏财，愿意帮助人，所以朋友多。”

“电话号码查出些名堂来没有？”

“已对筛选出的200多人进行了核查，大多是亲戚朋友、四川老乡或生意伙伴，没有发现有犯罪前科或可疑人员。另外，我们到监狱寻访那些因拐卖罪被判刑的罪犯，没有排查到与铁头或阿丽有联系的人犯……”

米月道：“那个宋来运，就是叫阿龙的，也是生意上的伙伴？”

“电话里没有找到这个人。”

“凡是与犯案有关系的人，他是不会留下记录的。通过电信再查，查他手机上删除的联系人。”米月看了看大家，接着道，“从铁头的作案手法和套路看，他极有可能是隐藏已久的拐卖妇女儿童团伙成员。这个团伙到底有多少人，分布在全国什么地方，谁是团伙的首犯？林嘉丽是不是团伙首犯？这是个谜。而只有铁头，才能解开这个谜。”

吴昊道：“可只要我们拿不出让他信服的证据，他就会同我们死磕下去。他很明白，只要交代了，就什么都完了。”

“这家伙不光不交代，还跟我们耍滑头，没有一句真话。”

“像这样的陈年积案，他不开口，我们真的无从查起。”

……

听着大家的议论，米月暗自下定了决心：去一趟四川，到铁头的老家看看，或许能了解到她需要的东西。

米月在四川省公安厅有位女同学，叫李淑千，在省厅治安总队。在赶赴铁头老家之前，米月与李淑千取得了联系。

李淑千激动不已，道：“正好我还没有休假，我休几天假，全程陪同！”

在公安大学读书时，米月与李淑千住在同一宿舍，两个人关系形同闺蜜，出入成双成对。两个人都是吃货，只是米月来自农村，家境贫寒，淑千却是大都市来的，家境殷实，淑千便常常抢着埋单。

李淑千是开着私家车来机场接的米月。米月原本打算从机场直接去铁头老家南川望云镇，可上了李淑千的车，等于上了贼船。

淑千道："你一个吃货，来了我们地界，不尝尝这里的一道口味，我能让你走吗？现在是下午 4 点半，到城里是 5 点多钟，我们吃了晚饭，你也不要住宾馆，就在我家住。这里去南川 300 公里，接近南川地段，有 50 多公里的山路，山路陡峭，晚上不好走的。我们明天一早动身，到南川吃午饭，下午就可以到望云镇。"

李淑千的红色宝马车拐到一个小街道前停了下来。面前的店铺，挂着"天府锅魁"的匾牌。门面不大。进得门来，却是一片水池花亭；花园四周，是红柱曲栏；曲栏一侧，是一间间包厢。

淑千将米月带进一间叫"谢月"的包厢。

"我是根据你的口味，专门挑了这么个地方。我要让你吃了以后，做梦都想来这里。"

火锅来了，看了配菜，米月就忍不住要流哈喇子。

淑千道："你知道这道菜的菜名吗？"

米月摇了摇头。

"它名叫灵魂出窍。"

果然，米月吃到一半，就像泡在生猛的麻辣料中一样，浑身都发起热来，脑壳里有些晕糊，头皮上像有无数只蚂蚁在钻，感受到了与喝醉酒时不一样的兴奋。

次日清早，米月与淑千动身出发，到南川是中午 1 点。匆匆吃了午饭，到槐花村时，已是下午 4 点。

一进村里，不知道是哪家在办丧事，锣鼓唢呐鞭炮声震耳欲聋。

米月一打听，愣住了。原来办丧事的正是铣头家，铣头的奶奶去世了。

米月是农村人，知道八十多岁的老人去世，对村里人来说是喜丧。在乡村能活到这个年纪，算是高寿了。但米月却心事重重。因为村里人告诉她，铣头奶奶去世，是得知铣头被抓而突发的。奶奶同铣头的亲情，胜过铣头对父母的亲情。

米月原计划如果一切顺利当天谈完话就往回走，现在看来，既然千里迢迢来了，达不到目的就不能回去。

老奶奶是当天出殡，淑千把镇派出所罗所长叫了过来。

罗所长一听是厅治安总队分管派出所的顶头上司来了，闹不明白什么名堂，忙把镇里的何镇长也请了来，还说镇里周书记去县里开会了，要不然也要过来。

米月只好表达谢意。

何镇长把米月和淑千介绍给铣头的家人，说是代表不能前来的铣头参加吊唁和送葬。

老奶奶入土为安。丧事办完，一家人同米月等人坐了下来。

躺在床上的是铣头娘，患的是心脏病加糖尿病，每天要打胰岛素。这笔费用可不少。

铣头媳妇黄小英抹着泪道："老人家走了，虽然少了一个负担，但这次办丧事，我们不敢大办，精打细算，也花了四万多元。家里没有了一点积蓄，还欠三万多元。现在铣头又是这个样子，这一家子人，怎么活下去！"

看着眼前的衰败景象，听着铣头媳妇的哭诉，米月不觉心酸起来。她看了看淑千，淑千看了看罗所长，罗所长看了看何镇长。

何镇长道："省厅的领导亲自来这里，说明上级对你家的困难非常重视。这样，为配合上级领导做好你家的工作，我们决定想想办法，解决你家的困难。"

罗所长感动地看着何镇长，道："这样好不好，镇里有一家超市，店主老严说是要搬去省城，店铺要转让。我看，要不镇里出面担保，把它盘下来。黄小英完全可以打理好。"

何镇长道："给他转让费就是了，还要担什么保？"

罗所长忙解释："超市门面加转让费不少呢，共六十万元。每月门面出租十万元，先要交一笔两个月的门面费，一次交清共需要八十万元。这镇里的人，要一时凑齐八十万元，也不容易，所以一直没有出手。后来老严说，拿不出现钱也没有关系，只要有人担保，先欠着，以后慢慢还就是了。"

何镇长想了想，道："这样的事，政府哪能做担保人。这样吧，老罗，我看你就来当这个担保人嘛！"

罗所长苦笑："你以为谁都能担保吗？担保人要是没有至少八十万元的家产，就没有资格来担保的。我要有这笔钱，我自己就盘下来了。"

何镇长道："好好，担保这个事，我来办。老罗，你负责盘店铺的事。有了这个店铺，这一家人的生活就没有问题了。"

黄小英听了，扑通一声跪了下来，对着何镇长、罗所长、米月等人就磕起头来。米月、淑千慌忙上前把她搀扶起来。

黄小英只是哭，已说不出话来。

米月看了看两个孩子，问："孩子上学没有问题吧？"

罗所长道："两个孩子一个上小学，一个上初中，学习成绩都好，都很正常。"

黄小英含泪点了点头："两个孩子年年都是三好学生，只怕这爹出了这个事，对孩子有影响。"

罗所长摇头道："不会的，学校老师，我去做工作。大人的事，与孩子无关，要保证孩子不被歧视，与正常孩子一样成长。"

说完了正事，何镇长对米月、淑千道："你们能到我们镇里，真是难得！平时请都请不来的，晚上就不要走了。在镇里待一个晚上。条件是差点，但吃的都是农家土菜，城里是吃不到的。明天一早，我送你们直接上高速回城。"

米月正想晚上好好同黄小英聊聊，便点了点头。

何镇长见米月答应下来，高兴得呵呵笑，对罗所长道："既然两位肯给我们面子，我们好事做到底，晚上这顿饭，你干脆把那店主老严请来，我也把担保人请来，把这个事拍板了，让两位领导走得安心。"

罗所长点头说好。

四

米月没有想到何镇长办事这么爽快，只好一再称谢。

待他们走了，米月便到了黄小英的房间，说起了铳头的事。

黄小英道："他做的那些事，原来家里的人，只有我晓得。他是瞒不过我的，我也晓得这种事迟早有报应，所以他叫我去他那里，我死也不去。每一次收到他寄来的钱，我的手都在发抖，心里都不安。要不是这一家逼得我实在是没有办法，我才不想用这昧良心的钱。他奶奶最心疼的就是他这个孙子，天天念叨着什么时候回家。没承想孙子没有回来，却听到了孙子被公安抓了的消息。想瞒也没有瞒住。一个病恹恹的老人，哪里受得了，不到两天就咽气了。娘也是气得晕过去几次，好在挺过来了。"

米月问："他干这种事有多久了？"

"快二十年了吧。好在这近十来年慢慢就少了。他们那伙人，现在大多都同他一样，改行了。不是他们不想做，而是现在公安抓得紧了，做不下去了。我也正谢天谢地呢，没想到他们还是没有收手。"

"他之所以还没有收手，据我们掌握，他还有一个上线，是个女的，他到现在还在听这个女的指使。这个事，你知道吗？"

黄小英摇了摇头："这倒没有听说过。不过，他回家时，我从他的电话里听到过他跟对方说话，叫什么阿丽的。我听到是个女的，问了他，他只说是生意上的人，我听他与对方说话也不像是有亲密关系的人，也就没有在意了。"

米月心中涌起了对这个女人的敬意来。家里有这样的妻子，铣头却还在外面有别的女人，真是罪过啊。

"显龙的罪重吗？不会判死刑吧？"黄小英悲伤地问道。

"这要看他认罪的态度。拐卖妇女儿童，民愤极大，量刑很重，但只要他能主动交代罪行，主动举报犯罪分子，让更多被拐卖的妇女儿童得到解救，是可以减轻或减免罪行的。可是，你丈夫现在不但不主动交代罪行，还处处与我们作对，这样下去，对他以后很不利。"

黄小英听了，恨恨道："我就知道，他是要一条道走到黑的。"

米月叹息了一声："其实，他是一个聪明人，可为什么在这件事上这么糊涂？他以为他不交代，就能隐瞒自己的罪行，这是纸包不住火的事。到头来，吃亏的还是他自己。"

黄小英恨得咬了咬牙："米警官，我能不能去劝劝他？"

"劝他有用吗？"

"他的孩子在我手里，有病的老妈和老爹在我手里，他要是不听我的，除非他不要这个家了！"

米月想了想，道："劝他可以，但你现在不能去。何镇长不是说了吗，要给你办盘店铺的事，这是大事，不能让它黄了。这店铺离不开你，这一家人更离不开你。这样，你就在这里劝他。我把你的话，用手机拍下来，回去后放给他看吧。"

黄小英听了，便说："你看我穿的还是一身孝服，我去把衣服换了？"

米月道："不用换，就穿这身吧。"

黄小英迟疑了一下："那我整整头发，擦擦脸吧。"

米月点了点头。

不一会儿，黄小英一边双手护着头发，一边走过来，在米月面前坐正了。

对着手机镜头，她刚喊了一声显龙，就止不住哭了，竟越哭越伤心起来。

米月也不阻拦，开着视频，让她哭。

小英哭够了，才抹了把眼泪，道："显龙，你知道今天是哪个来我家里吗？有市公安局的领导，有省公安厅的领导，还有何镇长，派出所罗所长，都来了，他们是来吊唁奶奶并送葬的。知道你把家里的生路断了，何镇长和罗所长亲自给我们家担保，为我们家盘了一家超市，说是今天晚上就办这件事。家里有了这个超市，我们一家人的生活就有着落了。家里的两个孩子，学习都很好，年年都是三好学生。他们还说，孩子在上学，不能让你的事影响孩子。罗所长要亲自去学校老师那里做工作，说大人的事，与孩子无关，要保证孩子不被歧视，与正常的孩子一样成长。家里的事，不用你担心了。"

黄小英说到这里，又抹了一下泪："显龙，你知道吗？奶奶多疼你，天天念叨你。她说，这一家人，她最疼的就是你呀！这一家人，也全都靠着你呀，你是家里的支柱，你要是倒了，这一家人就全倒了。你做的事，我一直是瞒着奶奶的。她是知道你做了这样丧良心的事被公安抓了，被活活气死的呀！显龙，你要还是个人，你要是想让奶奶在九泉之下原谅你，你要是还想这个家和上学的孩子，还有你有病的父母亲，你就好好同政府配合，向政府交代自己的罪行，也好减轻你的罪过，少判几年，好不好！好不好呀！我们都在盼你早些回家。你不是很聪明吗？你以为你不交代，就能隐瞒自己的罪行吗？那些杀千刀的拐卖妇女儿童的罪犯，你还要包庇他们吗？还要替他们担罪吗？纸是包不住火的，现在公安什么样的案子破不了，你跟政府对抗，到头来，吃亏的还是自己呀……”

米月举着手机录像，自己早已忍不住眼睛都红了，眼眶里泪珠直打转，看黄小英的视线都有些模糊了。

听黄小英说完，米月忙上前把她抱住了。她明显地感觉到黄小英瘦小的身子在微微颤抖。

从黄小英家出来，米月松了一口气。

太阳快要落山了，一抹夕阳把四面青山染成了金色。

罗所长早就在门外等候，忙把米月和黄小英叫上车。

黄小英想推辞，罗所长道：“人家店主老严都来了，你这个接盘的不去哪行。”

黄小英只好上了车。车子在村里的道路上七弯八拐走了半天，来到一座水库边。水库边开了一家农庄，青瓦木屋，屋前一群大鹅嘎嘎叫，有一圈竹栏围着鸡，还有水库里一大群鸭子正在归巢。

米月等人进得屋来，只见一间大屋内，摆了一张大圆桌，桌子边围了七八个人。何镇长早已在此恭候。

何镇长见米月进来，忙介绍给严店主。严店主六十多岁，中等身材。

严店主见了米月，忙站了起来，道：“我儿子就在东州，我正要搬去那里安度晚年。没有想到，今天来的却是东州的父母官。这以后，还要多多关照呢。”

米月笑道：“严老板帮了我们的大忙，得好好谢谢严老板才是。”忙把黄小英介绍给严老板。

黄小英道：“严老板救了我一家的命呢。”

严老板呵呵笑道："看你这话说的，表错情了。我们都得感谢何镇长和罗所长，还有两位远来的贵客。要不是他们，我这店子还不知道要拖到什么时候。我那儿子，早就催我去抱孙子了。"

众人上席。何镇长挥手上菜。很快端上三个脸盆大小的大瓦煲来。一个瓦煲中是足有十多斤的大鱼头，另一瓦煲中是鹅肉，还有一瓦煲的鸡肉。

何镇长对米月和淑千道："这鱼，是今天刚从这水库捕捞的。这鹅和鸡，也都是刚杀的。你们尝尝，看看同城里的菜有没有不同。"一边说一边给米月和淑千夹菜。

米月吃了一口，啧啧道："真是不一样！比城里吃的肉紧实些，味道鲜多了。"

看黄小英端坐着不敢伸筷子，米月忙夹了鱼肉、鸡肉给她，对严老板道："这黄小英，虽然我们刚认识，却既能干又贤惠。她一家子人，都被她照顾得清清爽爽。这个店子，给了她，没有给错人。"

严老板道："你放心，她只要好好经营，我也不急着让她还钱。店里所有的进货渠道，都定好的，缺了货，只要一个电话，他们就会送上门来。店里的两名服务员，也是熟工，工资不变就是了。你只需管好账，看顾看顾。虽然每天只是小赚，但细水长流，几年工夫，捞回本钱没有问题。"

黄小英连连点头："请放心严老板，欠下的这钱的利息，我一分都少不了你的。"

米月从四川回来，将黄小英的视频发给了吴昊，让他给铣头看。她要让铣头先慢慢消化，免得在面对米月时太突然和尴尬。

过了两天，米月想，该是她着手审讯铣头的时候了。

可就在她准备审讯铣头的这天凌晨 5 点 20 分，米月的电话响了，她接到了一个令她十分震惊的消息：

铣头在拘留所割脉自杀了！

米月握着手机的手，久久没有放下。

她疑心自己是不是在做梦。

拘留所里，米月看了现场。铣头是关在小号里的，床上铺着软草凉席，一套棉被褥，被褥上面，是一大块的血迹。

“这两天，我们突然发现铣头心事很重的样子。晚饭后，他说要写交代材料，我们就拿了纸笔给他。这是支签字笔。碰巧晚上下暴雨，电闪雷鸣的，铣头就伏在床上一直在写。有时他提着笔发怔。一直到下半夜，天蒙蒙亮的时候，看守发现睡在床上的铣头身边好像有血，忙下来检查。他是把签字笔咬破了，刺破了脖子上的动脉。发现的时候，因失血过多，人已停止了呼吸。我们在他身边，发现了他写的遗书。”

拘留所所长说完，把遗书递给了米月。

米月打开一看，只见上面写道：

米警官：

首先，我要真诚地对你说一句谢谢，你救了我一家。

我有几句话，向你说明一下。

一、既然我家里的生活有了着落，我也没有什么担心的了，可以安心地走了。

二、我之所以要走，是因为我知道，我要坐很久的牢，我不想让我的孩子在成长过程中，一直在我这个服刑的罪犯的阴影之下。这个阴影会影响孩子的前途。我只有这一走，才能让孩子摆脱这个阴影，才能让孩子有光明的未来。

三、你说的林嘉丽，她以前确实是我们的老大。那时在她手下，被拐的儿童确实不少。只是在十年前，我们就断了联系了。她说了，既然这事做不成了，大家就各奔前程吧。我现在真的不知道她的情况，我说的是实话，请你相信我。我只知道，她对她的姑妈很好。其他的，我就不知道了。

四、阿龙，真名叫宋来运，他只是我手下的一个马仔。你们要找他，就去广西崇岭市，那里有个佛秀路佛来小区，25 号楼 2 单元 801 室，那是他的家。

五、请转告我的爱妻小英，我对不住她。人如果还有下辈子，我下辈子再报答她吧。

除此之外，我没有可说的了。

赵显龙　19 日绝笔

米月只觉得头嗡嗡地响，一时意识模糊起来。

她强力定了定神，冷冷地说道："拘留所这么严密的地方，怎么还会发生这样的事！"

"这是我们的严重失职。实在抱歉。但客观地讲，如果一个人铁下心来要自杀，他会有很多的方式方法，我们也是防不胜防。"

"防不胜防！这就是你们的理由！"米月简直要疯了，声音尖厉，歇斯底里。

第六章　寻找林嘉丽

一

银河北路一家酸菜鱼餐馆，米月面对刘翰墨，一杯接一杯地喝酒。

米月伤心地说道：“储老教授提醒过我的，四川人，很多是有血性的，我只是想找他的软肋，我就没想到，找到软肋后会出现这种可怕后果！”

刘翰墨道：“你用不着自责。他毕竟是一名罪犯，自寻死路。无论从道义和法律上讲，你都不受良心谴责。”

“人都死了，我们能无动于衷吗？”

刘翰墨叹息：“当然，毕竟是一个鲜活的生命。但对自杀者来说，它就像一种疾病。这种病态，在人的遗传基因里，有一种容易放弃生命的基因，比如说抑郁症，就是容易引起自杀的因素。自杀的类型，有好多种，有失调型、宿命型、自我型、利他型，等等，这个铣头，如果像他遗书中所说，应该属于利他型，为了孩子的前途而自我牺牲。”

米月道：“你能理解吗？一个随意剥夺别人骨肉亲情的人，却愿意为自己孩子的前途献出生命。”

"所以对这种人，你大可不必为他自责和伤感。这是一个变态的人，对别人的情感极度冷酷无情，而对自己的亲情又极度大爱无私。对这种人，不值得为他惋惜。"

……

第二天，米月带着符婷婷赶往广西崇岭市。她要赶在铣头自杀的消息还未公开之前，将阿龙抓捕归案。

米月没有想到，还在赶赴南宁途中时，等待她的噩梦就开始了。

一家网站发出了一个帖子："东州看守所疑犯赵某自杀身亡，疑办案民警利用亲属施压所致。"

很快，跟帖及评论达千百个。有不少评论是谴责罪犯的，如："拐卖人口，死有余辜……"

但也有评论为死者鸣冤和质疑办案民警："这样逼死疑犯，与刑讯逼供有何区别……"

吴昊把这一消息告诉米月时，她刚到南宁。

她打开手机想看看帖子时，帖子及评论内容已被删除；百度搜索时，那些标题还在，红红的十分醒目，还出现人肉搜索办案人员米月的关键字。

紧接着，孙副局长的电话来了："我问你，消息是怎么传出去的？这才两天多时间，知情面很小，我们查了，他们都没有向外透露过这事。"

米月一时无语。她晚上只跟翰墨说了，除此之外，没有向任何其他人透露过。难道是翰墨透露出去的？

紧接着，孙局通知她速回单位，接受局纪委对她的调查。

米月在南宁，距离崇岭市还有一百二十多公里，她不能放弃抓捕阿龙的机会。如果放弃了，再找阿龙就是大海捞针。只要抓到了阿龙，找到了被拐的孩子，虽然不一定能挖出整个团伙，挖出林嘉丽，可对这个案件本身，也可以结案了。

米月对孙局道："我现在要去抓人，无法速回单位。等我抓到了人，你们怎么处理我都行。"

孙局道："你要冷静，这关系到你自己的前途。你还是先回来吧！"

米月冷冷地答道："我还是这句话，抓不到人，我绝不回来！"

符婷婷气哼哼道："现在的一些领导，这都什么年代了，没有见过帖子似的。一见有帖子上网，就不得了了，天就要塌下来似的，不分青红皂白，就一味要调查。这事我们有没有过错，一清二楚，还用得着纪委出面！"

米月叹息了一声："其他事都好说，上了网就不一样了，知情面太大。下至普通百姓，上至厅里部里，甚至中央领导，都看得见。既然在人身上抹了屎，又臭得这么远，总得有人来查一查，搞清楚，要不谁都会嫌臭的。"

符婷婷道："抹屎容易，洗干净就难了。就是洗干净了，没有臭味了，还会有人嫌的。我看，这抹屎的人，一定别有用心。"

崇岭市佛秀路佛来小区，是一座新建的住宅小区，在呈正方形面积为 1.5 平方公里小区内，矗立着六十余幢二十层的高楼。

米月找到了 25 号楼 2 单元，看 8 楼的阳台，有晾晒的衣服，好像是女人和孩子的衣服。在没有确定阿龙是否在家之前，不能打草惊蛇。

米月正盘算用什么法子接近这一家人，正好看到有个快递小伙子到了楼下，她忙上前打招呼。

"有没有 2 单元 801 的快递？"

快递小伙子下了车:“叫什么名字?”

“宋来运。”

“没有他的。”小伙子回答得十分肯定。

米月看小伙子取了一个快递件,就要按门铃,忙向小伙子亮出警察证:“我是刑警队的,请配合一下,你按一下801,就问是不是宋来运,有他的快递。”

小伙子道:“你们自己问就是了嘛!”

“你们来这里送快递的,有女的吗?”

小伙子笑了笑:“我怎么说?”

“就说有个快递,要向他本人核实。你们平常怎么问的,就怎么问就是了。”

“明白,明白!”小伙子笑笑点了点头,按了按801房门键。

话筒里传来女人的声音:“喂!”

“请问是宋来运吗?有快递,我想核实一下,是不是他的。”

“他不在。”

“请问有他的电话吗?”

“电话停机了。我自己还想找他呢。”

“他什么时候回来?”

“鬼晓得他什么时候回来!”

……

米月分析道:“听口气,房间里应该是阿龙的妻子。看来,我们得守株待兔了。”

符婷婷看了看周围,四面都是高楼,要蹲守,只能从25号楼对面的32号楼找个地方,最好在一楼或二楼,便于发现目标后立即接近目标。对面的楼是背面对着的,有左右两套房间,每套房各有两个窗户,从窗户内可看到对面楼的正大门。

佛来小区共有东南西北四个大门，25号楼和32号楼靠近东门。米月便到东门，向保安亮了身份，说明来意。

保安查了查，道："32号楼一楼靠近25号楼两套住房，目前只有靠东的一家，住着两位老人，都是八十多岁了，家里有个保姆照顾；靠西的一户现在还没有出售，房子还没有装修，不过水电都通的，厕所可以使用，只是连个床都没有。"

米月当机立断："就是西边这一户了，借用几天。"

保安道："好的，我给物业打个电话。你们去找物业就是了。"

米月从物业处取了房门钥匙，带着符婷婷到超市买折叠床等生活用品。

一切刚安排好，孙局又来电话了。

"米月，纪委刚才通知我，请你立即回来，接受调查。而且按惯例，在纪委调查期间，暂停你的副支队长行政职务以及两个专案组负责人的职务。你的职务，由支队黄杰政委兼任，大谷村鬼案及黄家村血面人专案，交黄杰政委负责组织侦破……"

"好的……我马上回去……"

米月只好在回东州前，电话联系吴昊，请派一名侦查员赶赴崇岭市，同符婷婷一同蹲守抓捕阿龙。

纪委对米月的调查，进行了一个多星期。其间，铣头尸体火化时，黄小英带着孩子来进行遗体告别。黄小英要见米月，被纪委拒绝了。

黄小英戴了一身孝，便要闯局长办公室，怎么劝也劝不住。几个保安也没有料到这个瘦弱的女子怎么会有这么大的气力，在公安局门口哭诉：

"你们瞎眼了！米警官这么好的人，你们也抓她！是她救了我们一家人！是我家的救命恩人！你们不让我找局长，我就去找厅长，我要替她伸冤……”

黄小英一闹，惊动了不少围观的人。她这个视频，很快被人发到了网上，网上点赞的帖子径直向米月一边倒。

米月被调查结束后，她才知道，符婷婷蹲坑的第三天，阿龙在归家时落网。根据阿龙的交代，警方找到了失踪的孩子，大谷村的鬼案可以结案了。只是孩子究竟是谁的，阿龙不知情，铣头也没有交代。

米月想，也许只有找到林嘉丽，才能弄清真相。

对米月的调查虽然结束了，孙局找米月谈话，意思是已经报上级领导同意，决定在米月停职期间，安排在省委党校培训三个月。

孙局说，现在很多同志，因为业务工作需要，没能集中长时间系统地进行政治学习和培训，能有这个机会，非常难得，对个人来说，也非常重要，希望你好好珍惜这个机会，不断提高自身政治理论水平和思想道德修养。

米月明白孙局的良苦用心。即便纪委调查她没发现问题，暂停的职务，也不可能很快恢复，没有半年至少也得三个月。米月参加党校培训，局里原来就有计划，只是她办案一拖再拖。这下好了，她能静下心来好好让自己回回炉了。只是血面人案悬而未破，让她如鲠在喉。

孙局安慰道：“……至于你手头的案子，不用着急，着急也没用。我们已接到通知，公安部统一组织的天网行动，现在已进入收网阶段，这是打击欺行霸市、破坏市场经济秩序的黑恶势力的全国性大行动，要求我市刑侦支队全体同志全力配合这个统一行动。所以，血面人的案子先放一放吧。”

二

米月的党校培训是封闭式管理，白天上课，晚上做作业。上课期间，手机全部关机，对米月来说真是难得的清静。只有到了周末晚上，米月才有时间出来同翰墨享受美食和美好时光。

三个月党校培训结束，已到了年底。米月接着又参加由公安厅举办的为期半个月的“智慧新警务”培训班。

“智慧新警务”是厅里筹备已久的一项重要培训，旨在网络日新月异的今天，随着大数据、云计算、人工智能突飞猛进的发展，公安机关传统的情报获取渠道及指挥模式、社会治安管理模式、公路交通指挥通畅模式、刑事侦查高科技方式，等等，均需随之大变革大创新。

米月深深知道，面对大数据新智慧时代的大变革来临，公安机关只有把握先知，才能赢得主动。

培训班特别邀请了华为、阿里巴巴、腾讯等几家电信科技巨头，对如何利用大数据、云计算及人工智能，创新社会管理模式，构筑各类社会应用平台，提高社会管理效率进行了授课讲座和互动对话，使米月受益匪浅。

米月还参观了深圳市公安局率先建立的旨在防范企业金融风险的“深融系统”平台。该平台通过分析近年来各类网络金融诈骗案的人员特征、行为特征、网络特征，以借贷理财、私募股权、虚拟货币、消费返利等“高回报、低风险”为诱饵，通过互联网站、手机 APP 途径公开实施网络金融诈骗等种种手段，通过打破行政机关的大数据壁垒，收集行政、互联网、公安机关的三大数据库资源，进行数据整合，依托腾讯的技术力量，引入腾讯金融风险态势感知系统数据，建立了“深融系统”平台，实现对金融风险的实时感知、实时预警、实时防控。该平台以人员背景、企业背景、违规行为等8大维度26项指标为参数，实时进行数据碰撞和融合分析，每项指标形成分值，分值量化为风险指数，自动产生出红、橙、黄三色预警。并对三色预警分别提出相应处置措施，比如出现黄色预警时，进行网上反制，由腾讯公司通过电脑管家、手机管家和QQ浏览器等客户端，将风险信息通过网站以及APP应用向用户弹出风险提示，提醒群众识别风险，抵制不法分子的诱惑；出现橙色预警时，由公安等相关执法单位上门核查，对违规行为依法做出行政处罚措施；出现红色预警时，便依法实施打击。“深融系统”在互联网上线后，已提醒200多万网上用户，成功拦截访问超过900余万次，使市民有了一道资金流的“红绿灯”。

培训班还不失时机地开展了“智慧新警务”的创新发展活动。

“建模”一词，随即便在省厅机关部门流行开来。

大数据是什么？就是计算机和网络能够大量捕捉到的关于人流、物流、资金流等组成的期待人们去管理、处理、挖掘、利用的信息流资源。它涉及社会生活的方方面面，通过打造大数据示范平台、大数据集聚平台、大数据应用平台、大数据交易平台、大数据金融服务平台、大数据交流合作平台和大数据创业创新平台等，实施数据资源汇聚工程、政府数据共享开放工程、综合治理示范提升工程、大数据便民惠民工程、大数据三大业态培育工程、传统产业改造升级工程、信息基础设施提升工程、人才培养引进工程、大数据安全保障工程和大数据区域试点统筹发展工程等。公安部门利用的大数据，则是充分利用数据库打造的一套安全防范和指挥、情报、执法、刑事等技术革新的体系平台。大数据是一个取之不尽、用之不竭的巨大宝库，公安机关必须不失时机地挖掘和提取宝库中关于安全工程的所有信息，组成可以发挥事半功倍效益的操作平台。相对社会面的大数据，公安工作还有更多的专业数据库，比如警务云和视频云，形成更优越的对“智慧新警务”的支撑。

省公安厅指挥中心率先垂范。以建立可视化、扁平化、快捷高效指挥平台为目标，充分利用情报、网安、技侦、科信以及相关警种的“四+N”数据，建立由省到市、由市到县区的高清视频指挥系统平台，实现厅领导与县区公安机关指挥中心以及案发中心现场的即时可视化指挥。案发中心现场需要即时解决的问题和需要提供的资源，均由“四+N”即时负责解决和提供，使处置工作更精准、快捷、高效。

治安总队也不能落后。社会治安管理体系，是一个十分复杂的治理体系，包括人员户籍制度管理，社会面公共安全安保系统管理，社会面巡防系统管理，社会面重点部位及居民小区安全防范系统管理，社会面精神病类人员、高危人员等重点人员管控系统管理，社会面药品、食品安全管理，社会面环保安全管理等。这些都要通过“建模”工程，来实行高效快捷的人机自动操控管理。

米月所在的刑侦部门，以提高破案率为目标，雄心勃勃地着手网罗各地高手人才，建立更贴近实战的相关平台：一体化刑侦指挥作战平台，刑侦数据研判中心，涉案视频自动化侦查平台，声纹数据库系统，人脸数据库及人脸自动识别系统，指纹、虹膜等数据库及自动比对识别系统，指脚鞋印等痕迹物证数据库及比对识别系统等，同时，还相继建立反诈、侵财、反黑及刑侦相关专业的查控平台。

如果说指挥系统在于“处”，治安系统在于“防”，那么刑事系统则在于“破”。相对其他系统的“建模”，“破”的系统建模，更注重实战运用，把烦琐的人工比对交由计算机来完成。比如人脸自动识别系统，可以在分秒时间内，自动对全国十多亿人员数据库的人脸进行比对识别。全国人口指纹库，可以在分秒时间内，自动对全国所有人员数据库的指纹进行比对识别。而识别的精度和可靠性，则来自于人员的经验与计算机人工智能的高度融合。建立起来的人员流动识别系统，来自全国各旅馆业和民航、火车、汽车、码头等交通业的大数据达数亿条。通过相关程序指令，可以查出每个人的出行记录，包括乘坐的交通工具、舱号、车号、座位号，到达目的地、住在哪个旅馆、哪个门房号、何时结算退房等。还有医院收治病人数据、学校教学和学生成绩数据、企业队伍数据……

培训期间，米月就像吸水的海绵一样，疯狂地吸收着各方面的知识。

米月参加培训结束时，已到了新年。米月的职务在新年元月初得到恢复。血面人专案仍由她接手。

眼看春节就要来临，米月得到一个重要线索：林嘉丽的姑妈林茂秀一家人将回老家过春节，而林茂秀的生日，恰好是春节这一天；而这一年，正好是林茂秀的五十大寿。

米月知道农村的风俗，如果说林茂秀是林嘉丽最亲的人，在过年和五十大寿的双庆之日，林嘉丽应该会回来为姑妈庆生。即使不回来，也应该会打电话来祝寿。

这是个千载难逢的机会。米月决定亲自去一趟林茂秀的老家，探一探林嘉丽的踪迹。

林茂秀的老家，在万峰县丁沟镇河界村。该村因“1·26”特大贩卖儿童案，在江东已是远近闻名。米月光顾过好几次。

大家都要过年了，米月只好挑选两位连男女朋友都没有的女侦查员符婷婷和技术人员何小宇，与自己一同前往。

三

离春节只有几天了，城市的回乡民工如潮水般汹涌，铁路人满为患，公路车流拥堵，所有车票早已售罄。

米月三人驾车前往，路上堵了一夜，才到达万峰县丁沟镇。当晚，他们在镇里一家宾馆住了下来。

镇里的宾馆，价格倒是便宜，但房间设施却让三个人直皱眉头。打开房门，一股带着冰冷的霉味袭来，空调一开，声音响得吓人，却半天没有暖气。床上的被褥好像半年没有洗过，一股霉味。

米月也顾不上这些，一到宾馆，便打开笔记本电脑里的卫星地图，向两个人介绍河界村的情况。

“从镇里这条公路往北，大约十多里的路程，到达这块盆地，这村四面都是山，东面是金沟河，有两个公路出口，是沿河的南北两条公路。这个村有 1300 多户，大约 7000 多人口，平时在家的都是老人妇女儿童，有 2000 人左右。现在快到春节了，在外打工或工作的人基本上都要回村，村里人就多了。

“林茂生与孙运秀一家住在塘山自然村，村里有十五六幢楼房，都是近几年才盖的，林茂生的楼房靠东面，房间住着的是林茂生妹妹林茂秀一家。孙运秀与林茂生离异后，在塘山村靠西边盖了一栋两层小楼房，现在没有人住。”

符婷婷道：“要是林嘉丽回来过年，就应该住在林茂秀或孙运秀家了？”

米月点了点头：“如果是林嘉丽一个人回来，住在林茂秀家的可能性会大一些。毕竟有林茂秀一家人，会热闹些。如果林嘉丽带老公或者孩子回来，便有可能住在孙运秀家。”

“我们的布控点设在哪里好?”

米月摇了摇头：“这个村子虽然人口多，但村里的老人妇女们平时走家串户惯了，对村里人没有不熟的。我们几个要是进了村，会引起他们怀疑的。”

何小宇道：“何况你们俩还是城里来的大美女!”

“那是!”符婷婷自信地白了何小宇一眼。

米月接着道：“这个村的情况很复杂。已有16个人因拐卖案，现在还在坐牢，这些服刑人员家属对外来人员十分敏感。他们会不会与林嘉丽有联系，我们也弄不清楚。要是我们猫在村里哪个房间不出来，一定会有人过来问长问短的。特别是过年，走家串户的就更多了，想不露脸，绝对做不到。乡村里虽然盖的是楼房，但有不少楼房不一定有自来水或室内厕所，用水要到室外打井水，做饭要烧煤或烧柴，上厕所得到室外的厕所房，这些都不适合我们蹲守。”

符婷婷想了想：“既然这样，我们只好假扮哪家的亲戚，一起到村里过年。”

米月点了点头：“这倒是可行。比如假扮谁家在外工作小伙子的未婚妻，女孩子的男朋友什么的。只是我同婷婷已在村里露过面了，那个林茂秀，我们也见过面，她一定认得我们。”

符婷婷看了看何小宇：“小宇，就看你的了。”

米月摆摆手道：“我们得找镇派出所的同志帮忙，看所里民警有没有老家是这个村的，不管有没有，都只能请他们派民警来完成这个任务了。”

第二天一早，米月一觉醒来，窗外十分亮眼，连忙往窗外看去，原来昨夜下雪了，地上已铺满厚厚一层棉絮般的大雪。天空中，仍飘散着片片雪花。

米月是南方人，难得见到这么大的雪，不觉惊喜异常，忙叫醒还死猪般睡着的符婷婷。婷婷咕哝着醒来，往窗外一看，不禁惊叫："呀！好大的雪！"

两个人忙叫醒何小宇，洗漱完毕，惊喜异常地跑到室外去拍雪景。有一个小山包全被白雪覆盖，遍山洁白无瑕，三个人爬上了山头。远处村落尽收眼底。一座座山峰银蛇飞舞，玉树琼花，一层层梯田亮光闪闪，被雪装饰的房屋上，飘出一串串炊烟。三个人开心够了，才想到要去派出所办事。

丁沟镇不大，二十来米宽的沙河直穿而过。从镇头到镇尾，不到一公里。三个人到了镇政府门口，工作人员正忙着装过节的灯笼和贴对联。

派出所在镇办公楼的一楼，几个门都关着，只有值班室一位肩上扛着二杠三星冬大衣警服的民警在打电话。放下电话，他突然发现身边站着三个人，不禁愣了愣。

"陈所长，这么快就不认得我了？"米月热情地伸出手道。

陈所长仔细一看，马上反应过来："你看看，你穿上了这厚大衣，戴上帽子，我还真就没有看出来！上次见面，天太热，你是穿的单薄的衣服呢。"

米月介绍完身边两位同事，道："本来不想惊动你，可现在案子需要你协助，就临时决定来找你了。"

陈所长一面热情倒茶，一面说："我这个所长，其实就是个光杆司令。"

米月问："他们都回家过年了？"

陈所长一脸苦笑："能回家过年就好了。镇里书记、镇长都带队去村里慰问，贫困户、军属、老干部，都要在节前走完。书记、镇长急得不行，一个人带一组，天天起早摸黑地赶。几个民警全都压到公路上指挥交通去了。"

何小宇不明就理："那不是交警的事吗？"

陈所长摇着头："这些年，从外地回乡的，家家都有车了。没有车的也会租一辆回家，都赶在这十来天。乡里的公路大多是单行道，双行道的地方少，能不堵嘛！这一堵，派出所所有人就只得全都上路疏导交通。今天又下了雪，一大早，通往乡下的十四条道路全被堵了。"

正说着，电话又响了。陈所长接了电话，忙站了起来："老书记！是是是，我马上赶来处理。我马上过来！"

收了电话，他苦笑道："市里退休的老书记，在回老家的路上，被堵了三个多小时。这样吧，你们有什么事要办，我先把你们的事办好。"

米月简要说明来意。

陈所长道："这个林嘉丽，我知道，你们上次也来调查过的。我这里只有她出生时的资料。她是高中没念完就去城里打工，以后就没有消息了。这些年，没有听说她回过老家。你们要布控，这好办，今年分配到所里实习的大学生林琳，就是河界村人。我给她布置任务，把她交给你们就是了。"

米月听了，点了点头。

陈所长又道："不过，我担心她还在实习阶段，让她单独执行任务，怕是经验不足。需要有人引导她，一道配合才行。"

米月此时心里早已有数了，连忙说："没事没事，有个人给我，我们就好办了。"

三个人踏着积雪回宾馆，等着林琳。

米月边走边对符婷婷道："看来，只好便宜何小宇了。"

符婷婷道："你想让这家伙扮林琳的男朋友？"

何小宇有些得意。

米月道："你别高兴得太早，人家一个还未毕业的实习生，还不知道人家愿意不愿意呢。再说了，这男朋友也不好做哟，你钱带够了吗，第一次上门，你好意思空手？农村风俗，新去的未来姑爷，总得给人家的老人孩子拜年，拜年就要送红包，这里的红包，最少也得二百元。我算了算，怎么也得三四千元吧……"

"这钱，公家总能报销一些吧？"

符婷婷立马回击："报销，你做梦吧！你有发票吗？你就是有发票，不是用公务卡，一分钱也别想报。"

何小宇只好低头道："出就出，我豁出去了。"

到了下午，林琳到了。三个人一看，都惊呆了，活脱脱天上掉下个林妹妹。

米月问了问林琳的情况。原来她是省警官学院在读本科生，治安专业，今年夏天毕业，正在一面实习，一面写毕业论文。听说厅专案组让她到村里蹲坑，高兴得不得了。

米月道："为了确保工作顺利完成，还需要一个人与你配合。让小何假扮成你的男朋友，一道回村看你父母，你看行吗？"

林琳没有丝毫犹豫："好呀！我一定好好配合！"

米月瞪了何小宇一眼。何小宇有些不好意思起来。

米月道："何小宇，你有什么想法？"

何小宇忙点头："行行。"

米月于是挥了挥手道："我们现在研究下一步行动。"

何小宇打开了地图。林琳用手指了指。原来她家并不在山塘自然村，而是在金沟自然村，离山塘自然村还有三四里路程。

林琳看到米月眼里闪过一丝遗憾，道："不过，我姨父住在山塘村。姨父姨妈虽然在城里工作，但姨父父母老两口还健在，表妹也在镇里念书，我们经常到姨父家去的。"

米月问："你总不能天天住在姨父家吧？"

林琳道："没关系，我有办法。表妹正在念高中，原来我每年寒暑假都到姨父家辅导她作业，她很崇拜我的，对我交代的事，从不打折扣。我让她盯着，随时与我联系。"

米月有些犹豫："可靠吗？"

林琳拍了拍胸脯："她是我的死党，绝对可靠。"

米月点了点头，叮嘱道："发现了林嘉丽，及时向我报告。"

一切部署妥当。晚上，趁林琳不在，米月把3000元钱交到何小宇手里。

米月说："这钱，是我和婷婷凑的，你拿去用吧。"

何小宇一听，生气了："你们也太小看我了吧！我何小宇在乎这些钱吗？"

米月道："总不能我们一起办公事，让你一个人花钱。"

何小宇笑了："我现在假扮她男朋友，说不定弄假成真呢？"

"何小宇，你做梦哩，现在的女孩子，可物质呢。"符婷婷冷笑了一声。

米月正色道："小宇，我是让你去执行任务的。你可不要想邪了。要是任务没有完成，还弄出什么事来，我可饶不了你。"

"我是那号人吗？反正，这钱我一分都不要。"何小宇急了。

米月只得罢了。

次日一早，何小宇开了陈所长弄来的一辆长城越野车，带着林琳上了回金沟村的路。

临行前，林琳见何小宇带了大包小包的礼品上车，便问："你这是干吗？"

何小宇笑道："第一次回家见你父母，总不能一双空手吧？"

林琳惊道："怎么能让你破费呢？"

米月道："这个你就不用管了，我们早就定下来的。再说了，他不还得在你家白吃白喝，你总不好收他的伙食费吧。"

林琳嗔怪道："看你们把我当什么人了！"

四

长城越野车行进在雪后一片泥泞的公路上。道路两旁的积雪，如白云般铺在田野里的低洼地带，庄稼地里的萝卜白菜绿油油的，一丛丛青翠的小葱大蒜飘来诱人的清香。

何小宇向林琳打听家里的情况。原来她父亲是村里的支书，他以身作则，响应计划生育号召，只生她一个女儿。母亲在镇里百货商场当售货员。

从镇里到金沟村，只有六七公里的路程，却因堵车走了一个多小时。

到了金沟村，林琳带着何小宇来到一座砖瓦房前。

林琳的爹娘早已在门前等着了，见二人过来，忙点燃了一挂鞭炮。

何小宇看林琳父亲年纪虽不大，头发却已花白。林母看上去却只有四十岁左右，显得年轻干练。林琳父母接过何小宇递上的礼品，笑得合不拢嘴，将二人领进堂屋。林琳娘忙着筛好酒，端了一盘糖果瓜子出来，请何小宇上桌喝酒吃瓜子。

林琳一家正热闹着，门外传来一个女人的声音："姐！说是林琳的男朋友来了呀，我来看看。"

原来是林琳姨妈一家人来了，大家忙让进屋。

林琳对何小宇道："正要去找他们呢，他们却先来了。"

正说着，却见一位十五六岁的身材瘦削、一脸清纯的女孩子，惊喜地叫了声“姐”，便扑到林琳身上。她看了看何小宇，向林琳使了个眼神。

林琳便向何小宇介绍：“我表妹，小红。”

众人一道上桌。

姨父姨妈缠着何小宇问长问短，林琳便拉了小红到了卧室。

小红问：“姐，你们是怎么认识的？真是你男朋友？你不是说，不想这么早找男朋友吗？”

林琳没有回答，却轻声问道：“姐问你，林茂秀一家人回村了没？”

小红疑惑道：“回来了呀，问这个干吗？”

“你听没听说过，她哥哥林茂生有个女儿，叫林嘉丽？”

小红摇了摇头。

林琳道：“姐交给你一个任务，如果这个林嘉丽回来，你告诉我。”

小红仍然莫名其妙：“我也没有见过这个人，你打听她干什么？”

林琳这才把自己带何小宇来的目的一五一十向她说了。

小红听了，既惊又喜：“真的？”

林琳道：“姐才多大，还没有毕业呢，找什么男朋友，姐是带着任务哩。”

小红满脸都是对林琳崇敬的表情，道：“可是，我同林晓霞还是同学好朋友，你却让我来抓她姑姑。”

林琳解析道：“林嘉丽是我们一个村的人，我们与林茂秀也是低头不见抬头见，你以为我想抓她！可你知道林嘉丽有多坏吗？她拐卖人家孩子，让好多个家庭都成了失独家庭，妻离子散，家破人亡。你是高中生，应该有这个觉悟吧。”

小红点了点头。

林琳嘱咐：“这件事，你千万要保密。除了我，任何人都不能说，包括姨父姨妈。你和林晓霞是同学，这样更好，你可以请她到你家或你到她家一道做作业，她家有什么事，就都知道了。还有，把她家所有人的电话问到，告诉我。”

“我有林晓霞和她妈的电话。”

“还有她爸的，要到后发给我。”

小红点了点头。

林琳又郑重嘱咐：“千万千万不要向任何人说。林晓霞一家人如果不知道这个事，我们抓林嘉丽，与其他人一丝一毫的关系都没有；要是让林晓霞一家人都知道了，让林晓霞家人走漏了消息，这就是向罪犯通风报信。这就真是害了林晓霞一家人，也害了我，懂不懂！”

小红连连点头：“懂了，姐，你放心，我死也不向任何人说的。”

第二天，林琳便带着何小宇来看姨父的父母。姨父的父母欢喜不已，放了一挂鞭炮。

鞭炮声把隔壁家林茂秀也惊了出来，认得是林琳，笑盈盈道：“是林琳呀！听说带了男朋友回家了？”

林琳忙同小何上前打了招呼。

林茂秀道：“你爸妈真是好福气。有时间到我家坐坐呀。”

林琳忙点头：“好的好的！”

林琳同何小宇在姨父的父母家坐了一阵子，真的就同小红来到林茂秀家。

林茂秀欢喜得不得了，一面忙叫老彭点燃鞭炮，一面张罗装碟子筛酒，请二人上桌，彭有强上桌来陪。

林茂秀一边斟酒，一边感激道：“林琳，我没有想到你们还真到我家里来，看得起我呢。自从这家里我哥出了事，村里不沾亲不带故的，哪个还到我家来。”

林琳听了，心里不由升起一股内疚，道：“你哥是你哥，你是你。”

茂秀道：“听说你念的是公安学校，一毕业就是公安人员，这是我们村出的第一个公安呀。要是我们村早有像你这样的公安，我哥也就不会出事了。”

林琳说：“你哥的女儿林嘉丽现在怎样了，好多年都没见过她了。”

茂秀道：“我也到处找她，不知是死是活呢。你在公安门路广，能不能给我打听打听？”

林琳、何小宇一听，心里顿时凉了半截。

林琳点了点头：“好的，我打听打听。”

转眼就到了大年三十。

丁沟镇这些天又下了几场冻雨，冻雨夹着北风，打在窗户玻璃上沙沙作响。在米月和符婷婷待的宾馆里，没有生火，空调也不管用。两个人冻得只好成天钻在又潮又霉的被窝里，等着消息。

听了何小宇的报告，米月心里也没有了底。

陈所长打电话请米月和婷婷到他家去吃年夜饭，被米月谢绝。

到了下午，就见陈所长带着妻子孩子一起来到宾馆。

陈所长道：“我知道电话请不动你们，只好带着老婆孩子一起来请了。我家领导说了，你们要不到我家去，我们一家就在这里陪你们过年吧。”

米月看那孩子，也有十五六岁了，长得胖墩墩的。

陈所长妻子叫伍小娥，对米月二人道：“我们乡下不比城里，来了什么客人，都是请在家里吃饭留宿的。你们要是嫌我们家里埋汰，我也就不好说什么了。”

米月看了看婷婷。

婷婷对伍小娥道："嫂子一家好不容易过个团圆年，我们过来打搅，哪里过意得去。"

小娥道："这话说反了。是我同老陈看你们俩在宾馆连个年夜饭都没有地方吃，才过意不去呢。"

二人不好再说什么，只好上了陈所长的车。

米月原以为陈所长家就在镇里，没想到车子一动，竟往乡下开。

陈所长见米月疑惑着不断往外看，便笑了笑道："这是回我们村里老家呢。镇里这个家，能吃上什么？老家吃的肉，是刚杀的猪；吃的鱼，是刚从塘里捉的；吃的菜，是刚从地里拔的。这才叫猪吃叫，鱼吃跳。我那个婶子，也弄得一手好菜，就不晓得合不合你们俩的口味。"说得米月直吞口水。

通往乡下的路虽是新修的水泥路，却被汽车挤满，一辆接一辆的车犹如一只只乌龟在爬行。在穿过一个村庄时，干脆全停了下来。

陈所长等得不耐烦，说："我到前边去看看。"

米月也好奇："我也去。"

婷婷一见，也跟了上去。三个人往前探了近两三里地，发现原来是住在公路边的一家死了人，棺材摆在门口公路的右侧。公路左侧是一口池塘，这棺材左侧的公路本来是够车通过的，只是一个司机不知是嫌棺材晦气还是有些惧怕，不敢靠近路右边的棺材，方向盘往左打多了，整个车左侧就有一半悬空在池塘上空。车子里一男一女紧贴在车里右侧坐着，只要人一下车，车子就会翻到池塘里。

一时间聚过来的人越来越多。

陈所长往后面看了看，叹息道："就是来了吊车，也开不过来呀！"

婷婷道："这棺材往前移一移，不就行了？"

只听有人说：“农村习俗，老人如果死在外面，就不能入室的，只能摆在外面。这棺材既然摆好了，哪能说移就移!”

陈所长无奈，只好去找这家主人。主人是兄弟四个，大的已是一头白发，穿一身的孝，四兄弟见了陈所长，忙一齐跪下。

陈所长上前扶了，问：“老人家高寿有九十多了吧，几时走的?”

大儿子道：“前天早晨走的，脑溢血。”

陈所长点了点头：“老人家有福呀，走的时候一点痛苦都没有。”

说着，陈所长到屋里取了线香纸钱，在棺材前烧了，磕了三个头，默默念叨了不知什么话，起来对四个儿子道：“我刚才向老人家说了，请老人家让个道。老人家一生积德行善，不会在这里挡了这么多车的道，让这么多人不能早些回家过年。”

四个儿子一齐发愣。

陈所长便不容分说，吆喝了十多个杠夫，七手八脚把棺材往前移了五六米，让出了道。他这才挥手让后面的车子一辆接一辆穿过。

陈所长的老家在一处山脚下。前面是一片稻田和水塘，一群孩子正在看几个人在水塘里网鱼。门前的猪也是刚杀的，正在热火朝天地褪毛。没有褪毛的地方是黑色的，褪下毛的地方却如羊脂般白。

陈所长的父母都七十多岁了，见了米月和婷婷，亲热得不行。一个中年媳妇取了挂鞭炮放了。在鞭炮噼里啪啦的震响和青烟中，米月和婷婷同陈所长一家人打了招呼，便来到水塘边看网鱼。

到了下午2点，村里到处响起爆竹声。屋里喊吃饭了。

米月同婷婷上席，看满桌堆得像小山似的鸡鸭鱼肉，早馋得不行。满桌的新鲜佳肴，对吃了几天快餐面的米月来说，是出乎意料的幸福。

米月看了看满桌坐着的人，却不见了陈所长，便问：“陈所长呢?”

小娥道：“刚才接了个电话，去开渠村了，说是一家放炮仗，炸坏了邻居孩子一只眼。”

婷婷惊道：“这年夜饭，也吃不成了！”

小娥叹息道：“这算什么，都习惯了。你晓得刚才来的路上，那家死了老爹的四个儿子吗？那年也是在吃三十年夜饭，四个儿子都在外地打工回来过年，为了赡养爹的问题，四个兄弟发生冲突，相互殴打。他爹制止不了，就打了电话给老陈，说再不来，就要出人命了。老陈正要上桌呢，只好赶了过去。回来的时候，天都快亮了。”

米月恍然大悟：“怪不得陈所长说要移动棺材，他们能那么乖乖听话。”

小娥道：“那老爹是看四个儿子打架，一气之下，喝了农药，是老陈把那老爹背上车，往镇医院送。你想想，这大年三十，镇医院哪里有人？都回家过年了。没法子，只好又往县医院送，才把老人家抢救过来。”

陈所长的婶子，原来就是放鞭炮的中年媳妇，热情地给米月二人夹菜。

婷婷一边吃一边点头：“现在才知道什么叫猪吃叫，鱼吃跳了。这样的美味，城里人哪有这口福！”

吃过年夜饭，门外有阳光射进来。小娥领着米月同婷婷出了门，只见对面山上的积雪被阳光抹出一层金色。村庄到处是孩子放炮仗的噼啪声。

米月正在感受着乡村年味，手机响了，是何小宇打的电话。

“米姐，林嘉丽有消息了！”何小宇的声音抑制不住激动。

米月道：“你别急，慢慢说。”

“刚才村里有位在外打工的女的来看林茂秀，给她捎来了一个包裹和一笔钱，说是林嘉丽托她捎的，还说了些林嘉丽在外很好，不要惦念的话……”

给林茂秀家送包裹的女子叫郑小青，29岁，娘家是高咸村人，丈夫是河界村人。两口子一同在外打工，有一个四岁女儿。高咸村与河界村有二十多里路，按照农村习俗，郑小青在过年的第二天便要全家人回娘家。

为了不打草惊蛇，根据米月的布置，选择在她一家人回娘家的半路上，截住郑小青问话。

何小宇很快在河界村与高咸村之间找到了一个必经之地。这是一道南北方向有七八百米长的山沟，叫箭冲沟。山沟里，一条乡村公路穿沟而过。山沟南面距公路十来米高的半山腰上，有一座独立院落。这家人已举家去城里过年，托了住在附近的七十多岁大爷照看房子。

陈所长当即开车，将米月和婷婷送到箭冲沟。何小宇和林琳随后赶到。

五

郑小青一家回娘家，骑的是一辆电动摩托车。

这时候的公路上，来来往往的人不少，有小汽车、三轮车，但大都是骑电动摩托车。路边的积雪已融化，路上一片泥泞。电动摩托车一闪而过，溅起一道道泥水。

陈所长同何小宇、林琳站在路边，一辆车一辆车地辨认，生怕错过了。泥水溅得三个人几乎都成了泥人。

上午9点左右，陈所长认出了郑小青一家人骑的电动摩托车，忙挥手叫停。

郑小青认得是陈所长，便下了车，一脸疑惑。

陈所长不由分说，将一家三口带到山腰处的房子里。

米月向郑小青亮出市刑警队的身份，她还没有反应过来，婷婷就收了二人的手机，交给何小宇。

何小宇一查，便将郑小青的手机屏幕给米月看，上面记载了叫“嘉丽”的手机号。

米月长长地舒了一口气：“林嘉丽，你终于浮出水面了！”

郑小青听米月说到林嘉丽，就明白是怎么回事了。她说：“我又没有干什么违法犯罪的事，你们是不是弄错了？”

米月道：“我劝你还是在这里把林嘉丽的事说清楚。我给你面子，你孩子也在这里，我们不想伤害到你孩子，也不想在大过节的，让你一家人难堪。”

陈所长也对郑小青说：“这次为了抓林嘉丽，我们在全国各地撒网，这几位市里来的民警在村里已蹲守好几天了。你就是不交代，抓林嘉丽也是早晚的事。你还是说了吧，也好换来宽大处理。”

郑小青沉着脸，半天没有说话。

何小宇在找林嘉丽手机的机主和定位，却发现这个手机号已停机。

米月看着一言不发的郑小青，道：“你既然不想在这里说，那好，你们已涉嫌窝藏包庇犯罪嫌疑人，现在就对你们二人执行拘留，随同我们回市局接受讯问。你们的孩子，想交给哪方父母？我们可先带你们去送孩子。”

郑小青丈夫叫张德才，一听就急了，嚷道：“干吗我也去，我又没有犯法！”

米月不再说话，示意符婷婷给郑小青戴上手铐。郑小青女儿已四岁，一看妈妈被戴上手铐，吓得叫了一声妈，便哇地哭了起来。

张德才看了看郑小青，忍着气道：“你就说了吧，用不着害了我们一家人。”

“你懂个屁!”郑小青怒吼道。

张德才一下子被彻底激怒了，指着郑小青吼道：“她是你什么人？是你亲爹还是你亲娘！你干脆就不要这个家了，跟着她一起蹲监狱吧！我还能同你过吗？孩子还能跟你受罪吗？我们离婚！现在就离婚!”

米月紧盯着郑小青的表情，看出了她的痛苦和委屈，便对张德才道：“你发什么疯！郑小青不说，自然有她的苦衷。她想清楚了，迟早会说的，不要动不动就说离婚离婚的。孩子都这么大了，当着孩子的面，这是当爹的该说的话吗？”

米月拉了拉郑小青的手：“我们走吧!”

郑小青看了一眼女儿，却一动不动。

“我来的时候，她再三嘱咐我的，千万不要说，对任何人都不能说。我也在她面前信誓旦旦保证过的，我要是出卖了她，会遭报应的……”郑小青眼里含着委屈的泪水。

米月一字一句地严肃说道：“郑小青！你闭上眼睛好好想一想，她是什么人？是贩卖儿童案首犯，是一个让多少人骨肉分离、家破人亡的罪犯，一个民愤极大、遭人唾骂的罪犯！她做下的事，那才是伤天害理呢。真要遭报应的，应该是她！你现在包庇她，好坏不分，是非不分，糊涂啊！这是讲姐们儿义气的事吗？你想跟她一样，背上千古骂名？”

“蠢得像猪一样!”张德才在一旁愤愤道。

郑小青长长叹息了一声，开始交代：“我是同嘉丽一同到东州打工的。当初都在一家制鞋厂工作，后来她就没有在厂里干了，之后也没有什么联系了。这一次我回老家过年之前，不知道她怎么就联系上了我，同我在电话里聊了大半夜，最后她让我帮她这个忙。”

“她对你说了什么?”

“还不是问她姑妈和她爹妈的情况。我问她现在在哪里，在干什么工作，为什么不见爹妈和姑妈。她才告诉我，其实这不是她的亲爹妈，她也是从小被拐卖来的。她已找到了她的亲爹妈，她的亲爹叫李大川，亲妈叫郑云香，老家在贵州黔南。”

米月、婷婷、何小宇面面相觑。

“她为什么同你说这些?”

“我也不知道。那天晚上，她好像喝酒了，后来说到她的身世，非常伤心。我一直劝她回去看她爹妈、姑妈，她不回去，才告诉我她不回去的缘由吧。”

“她还说了什么?”

“她说，她现在叫李满枝。”

“你们见过面吗?”

“在车站见的面，她给了我要捎的钱和东西，反复叮嘱我，她的身世和改的名字，只告诉了我一个人，千万不要把她的身世和改名的事告诉任何人，特别是她的爹妈和姑妈。”

“知道她的工作单位和住址吗?”

郑小青摇了摇头。

“你有她的照片吗?”

郑小青还是摇了摇头：“我们见面才几分钟。”

……

近半个月的辛苦布局，换来的却是这么个结果，米月不免有些失望。

何小宇问：“要不要请贵州省厅协查?”

米月摇了摇头：“不急，先把情况弄清楚再说吧。”

第七章　娱乐城之谜

一

米月回到市里，脑子一团乱麻。邹红艳被劫持案，到现在还没有丝毫线索，活不见人，死不见尸。她越来越感觉到有一个高智商的罪恶团伙在神不知鬼不觉地运作着，禁不住脊背阵阵发凉。

米月思来想去，要解开这个谜，还得从吴重九那里下功夫。

吴重九的出租房，在城东区的曲河村光明街。这里原是城郊的一个村子，虽然离市中心较远，却能直通地铁，交通方便。村子大都是20世纪八九十年代的建筑，村民在自家的房地基上盖楼，栋栋如插筷子般拔地而起。楼层四层到六层不等，因没有统一规划，楼座之间几乎没有空隙，楼与楼的窗户伸手可触，一家吵架，四邻都听得到。吴重九租的那套房，位于四层，约60平方米的两室一厅，楼的四周，一面临街，其他三面都是伸手可及的窗户对窗户。楼下的光明街，是一条繁华的商业街，三步一家小餐馆，五步一家小超市，还有美发洗浴歌舞娱乐等店铺。

吴重九所租房屋楼下门对面，是一家小餐饮店，由夫妻小两口经营。

米月带着吴昊来的时候，是上午10点，小餐饮店正清闲的时候。女店主正在剥葱蒜，旁边坐着一位约七十来岁的老大爷，正在吧嗒吧嗒抽水烟。

米月热情地上前与女店主打招呼，寒暄了几句，便打探吴重九。

“你们上次不是来问过了吗？我们什么都不知道。”

米月笑了笑：“这个人在对面楼上住了好几年，来来去去的，你怎么会不知道？”

“我与他无亲无故，哪有闲工夫管他是什么人！”

“他没有来你这里吃过早点？”

女店主摇了摇头。

米月见大爷在一旁默默地抽烟，便问：“大爷，这是您儿媳吧，好能干呀！”

大爷笑着点了点头。

“大爷好福气，你老高寿？”

“今年虚岁八十了。”

米月连声夸赞：“看不出来呀大爷，身体还这么好。”

大爷吧嗒着抽了口烟，对米月道：“你呀，不要问她。”抬手指了指街前面，“去前边二三十米，看到没有？那个五金店，有个谢老板，问他就晓得了。”

女店主见大爷答话，立即埋怨道：“爹！您管这闲事！”

米月心里明白，便问：“那谢老板与吴重九是什么关系？”

“能有什么关系，那老板会摆弄家电，疏通水道，跟着姓吴的往楼上跑过几次。”

米月向大爷道谢后，来到五金店。

店里没有人，在店对面一家餐馆里，有两男两女在门口打麻将。

“你要什么？自己拿！”对面正打麻将的一个三十多岁的女人朝米月打招呼。

米月便走了过去。那个女人言语间带着俏浪风流，紫色旗袍合身地显出窈窕的身材，胸部鼓得有些夸张，旗袍下摆开口处，露出雪白丰腴的大腿，惹得一边的男人不时偷看。

米月想这个女子不是一般人，便对她道："我找谢老板!"

"找他嘛事?"

"问问吴重九的事。"

"就是死了的那个九筒子?"

米月一怔，看了吴昊一眼，点了点头。

女店主刚刚和了一手牌，正在兴头上，一边摸牌一边道："你找他没用，你要找，去找谢大麻子。"

"谢大麻子是谁?"

"谢大麻子都不知道? 前些年，这一带的人哪个不晓得!" 另一个女的道。

"他叫什么名字? 现在在哪里?"

另一个女的指着店老板道："知道她是谁吗? 在当年的金碧辉煌娱乐城，人家可是那里的头牌!"

米月只好把女店主带回店里问话。一问才知道，女店主名叫胡玉，当年在金碧辉煌娱乐城外号叫玉妹子，是当红的歌星。谢大麻子是她老公的大哥，名叫谢小乐，她老公叫谢小庆。谢大麻子在娱乐城主管歌舞厅这一块。

"这是六年前的事了，在娱乐城停业前，九筒子分管洗浴业这块，与谢大麻子混得熟，两个人称兄道弟。后来为了我的事，他们两个人闹翻了。九筒子还要带着我另起山头。我讨厌九筒子，这个人贪财好色，见了女人就骨头软。后来娱乐城歇业了，我便跟了谢大麻子，嫁给了他弟。"

"吴重九后来做什么去了?"

胡玉摇了摇头："鬼晓得他去做什么！我只知道他搬来这里住，还是想打我的主意。我成天躲他还来不及呢，我老公是个本分人，也不想去管他那些烂事。"

"谢小乐现在在哪里？"

"自从九筒子死后，鬼晓得他躲哪里去了。"

"他躲什么？"

"还不是那个九筒子！听说他死了，害怕了吧，怕公安来查他。"

"有他的电话吗？"

"你要他的电话没有用，早停机了。也不知道他这一天到晚搞什么见不得人的事。"

"当年金碧辉煌娱乐城那些人，现在都去哪里了？"

胡玉一声叹息："老大一死，树倒猢狲散，各自奔前程。谁还会过问别人的事，我也懒得问。这些年，都没有联系。"

……

二

米月选了一个晚上，避开胡玉，单独约谢小庆在一家茶馆的包厢见面。

这是个清静的地方，见面有些神秘，谢小庆不知米月搞什么名堂，有些战战兢兢。

"喝酒吗？"米月笑着问。

"你？你陪我喝？"

"好呀！"米月喊了声服务生，看了看酒单："来瓶老窖吧，53度的。再来几个下酒菜。"

酒菜上来，米月什么话也不说，就接二连三地对谢小庆灌酒。

“你是想打听我哥的事吧？”谢小庆几杯酒下肚，忍不住了。他想打破这尴尬局面，主动问米月。

米月皱着眉道：“我知道，自从九筒子死后，你就再也没有见着你哥。他也没有同你联系了吧？”

谢小庆明白，他哥经常几个月不和他联系，他也习惯了，但一听米月的口气，觉得有些不大对头：“怎么，我哥不会出什么事了吧？”

“你想没想过你哥会出什么事？”

“他不会被人杀了吧？”

“你觉得谁会杀他？”

谢小庆有些慌乱起来，一双红眼怔怔地盯着米月。

米月也直盯着谢小庆看，看得谢小庆更加慌乱。

“我哥身边，有一个女人，叫伍小米，我问问她看。”谢小庆拿起手机拨打电话。

电话响了六七声，对方没有接电话。

“她原来是做什么的？”

“还不是娱乐城卖唱的。”

“你哥同她相好几年了？”

“七八年了吧。”

“她现在还在卖唱吗？”

“她不靠那张脸卖唱，还能干吗！”

“在哪家娱乐城？”

“银河歌舞厅。”

……

米月同吴昊来到银河歌舞厅，不料伍小米没有上班。从她的舞厅女伴那里了解到，伍小米住在市郊一家出租房。二人立即赶往出租房，结果堵个正着。

伍小米，27 岁，高中文化，河南新乡人。她同谢小乐是在金碧辉煌娱乐城相识的，九筒子死后，谢小乐对她说，他的手机丢了，让她给他买部手机，手机卡是用伍小米的身份证登记的。谢小乐拿了她买的手机就出去了。从此，她再也没有见到过他。这几个月，连电话都联系不上了，说是已停机。

“你这几天怎么不去上班?”

“我父母看我来了，我陪了几天，昨天才走的。我不想让父母知道我在那个地方上班，说是向公司请了几天假……”

米月让何小宇查谢小乐手机的通话记录。

很快，谢小乐的电话记录出来了。手机只有二十多个电话记录，联系人不到五个人。其中，显示的第一个电话，就是王玉山死后的次日中午，从满江县呼入的座机电话。

米月判断，谢小乐在换电话前，就与这个人见过面或通过话，该人指示谢小乐换一个新的电话卡。而 2015 年以来，国内电信公司对公民使用电话卡有了新规定，电话卡实行实名制。谢小乐要换新卡，必须实名制登记，他不敢用自己的身份证登记购卡，而是用了伍小米的身份证。拿到新手机后，他不直接与对方通话，而是通过其他途径把新号码告诉了这个人，让这个人打他的新卡号。从电话拨打的时间段看，第一个电话是在王玉山被杀的当天中午；第二个电话则是邹红艳被劫持的时间。

这个谢小乐一定有鬼!

三

米月集中精力查金碧辉煌娱乐城，试图解开吴重九在娱乐城之谜。

金碧辉煌娱乐城在城东区的曲河村，地处东河路与三叶路十字路口西南侧，有四层楼房和两层地下室。第四层为住宿，第三层为歌厅，第二层为棋牌室，第一层及地下室为洗浴按摩室。娱乐城的四周，人口稠密，出租房屋最多，以租住的外地人居多。在距离娱乐城不到一公里的地方，还有一处货运车辆集散点，每天有成千上万辆入城运货车在此装卸。潮涌般的人流、车流、资金流，使金碧辉煌娱乐城生意红火非凡。

金碧辉煌娱乐城从开业到现在，换过两个老板。第一个老板叫张有道，黑龙江人，开业后，自认为与相关头头脑脑打得火热，胆子越来越大，纵容卖淫嫖娼吸毒，最后导致有人在娱乐城吸食毒品致死的命案，被判刑 3 年。第二任老板叫王必成，四川人，原是娱乐城的一名负责保安的经理。经营了三年后，王必成神秘失踪，娱乐城关门停业。十天后，1 月 14 日，在王必成住所半岛花园的平潭水库发现了他的尸体，被定为“1 · 14”案，案子至今未破。

那一年，负责此案的副支队长夏晓明到龄退休，米月刚任支队一大队副大队长。

“1 · 14”案，一直是笼罩在东州市刑侦支队的一团迷雾，对夏晓明来说，这是他挥之不去的心病和一辈子难以抹去的遗憾。他退休后，此案仿佛一块烫手的山芋，没有人敢伸手接它。

王必成死亡现场的平潭水库建于 1958 年，风景秀丽。近年来，房地产商在水库周围大兴土木，建造了半岛花园、湖光水色花园、翠亭园等别墅区，共有别墅楼及居民楼 8000 多栋，其中半岛花园最大，有别墅楼 4000 多栋。王必成的尸体现场，距离其居住的半岛花园 A 区八街 11 栋别墅不到 200 米。尸体从水库里打捞上来时，王必成身着藏青色夹克，黑色毛衣，内衣是深红色棉料衬衫，夹克内右侧口袋有一部苹果手机；身着保暖内裤，黑色西裤，系一条黑色牛皮腰带，西裤右侧口袋有一钱包，包内有12张百元人民币、4张十元币及3张一元纸币，身份证，以及三张分别为工商、建行和农行的银行卡，共有存款80多万元，钱包夹内有女儿照片，身上无明显外伤。经尸检，呼吸道有吸入的水库水藻等水污物，系溺水致死，血液内有酒精残留，死亡时间在1月4日清晨5点至7点。

此案件没有突破的主要原因，是没有收集到任何有价值的物证线索。王必成的房间，已多次被钟点工打扫，没有留下任何有价值的痕迹物证。通过走访调查，判断其不是自杀，但是否酒后失足落水或他杀，都不能确定。

此案的案发时间，正是吴重九在娱乐城工作期间。

米月现在要查娱乐城中有关吴重九的线索，就得先详详细细弄清楚此案。

展现在米月面前的“1·14”案案卷，有上百份案卷数千条线索记录——

王必成，男，1965年3月出生，初中毕业，四川峡州市成渝县广合镇沽西村人。1983年在东州市成川建筑工程公司做工，之后在市公安局当保安。2001年在金碧辉煌娱乐城当保安经理。2008年任该娱乐城总经理、法人代表。1994年与广西百色农村女青年顾小玲结婚，生育一女孩，2008年离婚。女儿由前妻抚养、未再婚……

李华婷，女，1979年出生，广西田西人，高中毕业。2004年与同村人李洋结婚，2006年离婚。2008年为娱乐城副总经理，为王必成未婚妻……

刘素素，女，1988年出生，山西台源县人，大专毕业。2008年在金碧辉煌娱乐城工作，为娱乐城会计。已婚，生育一女……

谢小乐，男，黑龙江伊化人，1979年出生，高中毕业。2009年为金碧辉煌娱乐城歌舞部经理，未婚……

吴重九，男，江东海平县人，1987年出生。2010年为金碧辉煌娱乐城洗浴部经理，未婚……

……

王必成死亡的当晚，在半岛花园王必成的房间内，有两个女人，一个是李华婷，另一个叫张小冰，是王必成娱乐城中的歌舞小姐，艺名叫盖妮。

米月打开夏晓明对李华婷的询问笔录：

……

问："你怎么能肯定王必成不是自杀？"

答："他怎么会是自杀！他还约我同他第二天去深源市，那里有一家娱乐城开业，请他去捧场，行程都安排好了。他也不可能是失足落水，他会游泳，经常进行游泳锻炼，怎么会被淹死？"

问："1月3日那天下午，你们两个人打完高尔夫球后，去了哪里？"

答："晚上我们一起吃过饭，饭后他就出去了。"

问："说得具体点，怎么吃的饭，吃什么，他饭后出去干什么？"

答："打完球后，我们去了一家湘菜馆吃晚饭。当时他点了一盘剁椒鱼头、一盘红烧牛腩、一盘青菜、一份韭菜水饺，他还在车上拿出一瓶红酒。他酒量不大，那天晚上他也没喝几口酒，说要开车。我们两个人共喝了不到一半。那瓶酒我还把它放回了车上。吃饭时，他接了一个电话，我听不清对方在说什么，他只是说了句，知道了，马上就来，就挂了电话。吃完饭后，他把我送回半岛花园房门口，自己就开车走了。”

问：“你当晚回到房间里，出去过没有？”

答：“我回到家，就坐在沙发上，想看会儿电视，没想到看了不到十分钟，就昏昏沉沉睡了。”

问：“有谁做证？”

答：“我单身一人，在自己的房间睡觉，还有谁来做证？”

问：“之后他与你联系过没有？”

答：“其实，平时他要是很晚不回家，我都会打个电话问问的。我那天不知怎么搞的，偏偏就喝了酒。一回到家就睡了，还睡得那么死。我要是打个电话问问，也许他就不会死。”

问：“你既然说他不是自杀和失足落水，那你想想看，有谁可能会杀他？”

答：“还有谁，一定是李洋！”

问：“李洋是谁？”

答：“我的前夫，我与他离婚，是因为他身边有了别的女人，还不止一个。那时他有公司，有钱。我为了与他离婚，净身出户。后来我认识了必成。李洋后来公司倒闭了，没有钱了，身边的女人也离开他了，他便要与我复婚，被我拒绝。有一次他来公司找我，我不在公司，他同必成打了一架。李洋当时说过，看他哪天不弄死他。”

问：“除了你说的那个李洋外，还有其他什么仇人或同行对手没有？”

答：“其他的，我就不知道了。”

问：“王必成平时有晨练的习惯吗？”

答："从来不会。他一般会在晚饭后出去散步，或者去游泳馆游泳，时间一小时左右。晚上睡得晚，早晨一般要到九点钟左右才起得来。起来后吃过早餐，才到娱乐城去。"

……

米月查到，李华婷提到的当晚吃饭时向王必成打电话的那个人，是王必成的前妻舅。此人叫顾杰，42 岁，广西百色人，在东州一家家庭装修公司工作。

查阅询问笔录：

……

问："你把当时向王必成打电话的事说一遍。"

答："当晚约他在清香茶馆见面，是谈他女儿王丽丽的事。王丽丽很快要中考了，必成想给我妹小玲一笔钱，接丽丽到他家附近的东州市念书。本来小玲还在犹豫，可是王必成出手大方，一开口就是一百万元。不谈这么多钱还好，一说出这么多钱，小玲反而不愿意了，说是好像把女儿卖给他了。这个事，就没有谈成。"

问："你与王必成什么时候分手的？"

答："12 点 10 分。记得他看了看表，说，这事以后再说吧，时间不早了。我也看了看表，送他到门口，看他自己开着车走了。"

问："车上还有其他人没有？"

答："没有。车停在茶馆一侧的路边，我送他到车边，看他开的车门，车上应该没有其他人。"

……

查阅李洋的询问笔录：

问（亮出王必成的照片）："认识他吗？"

答（看了照片）："这不是王必成嘛，剥了皮我也认识，他怎么了？"

问："他死了。"

答："死得好，这种人就该死！"

问："你这么恨他，你跟他见过几次面？你们很熟吗？"

答："怎么不熟，熟得很。夺妻之恨，还不恨。老天有眼，这是报应！"

问："可是据我们了解，你前妻是在与你离婚后，才认识的王必成。"

答："她的鬼话你也信？她早就瞒着我和那王八蛋勾搭上了。"

问："你最后一次见王必成，是在什么时候？"

答："最后一次，就是同他打架的那一次，有几个月了，大概三个多月了吧。那王八蛋下手狠着呢，我要跟他拼命时，他叫来保安，要不然，我会吃亏吗？"

问："1月3日晚上和4日清晨你在干什么？"

答："……怎么，你们怀疑是我杀的他？"

问："回答我的问题，3日晚上和4日清晨你在干什么？"

答："你们是不是听那个婊子说的是我杀的那王八蛋，天地良心……"

问："你只说那天晚上你在干什么就可以了。"

答："……我记起来了，是元旦放假的最后一天，晚上我在火车站拉客，那天去外面度假回城的人多，我拉客赚些外快。”

问：“拉客？”

答：“我没有了工作，总要混口饭吃，我有台车，放在家里闲着也是闲着，有事无事，就去火车站或汽车站跑个黑车，捞几个钱。”

问：“你从几点拉到几点？有谁做证？”

答：“拉了几趟，到了深夜2点多钟，我就回来了。有谁做证嘛，车站有个保安过来查我的车，我说是来接朋友的，我还送了他两盒红玫瑰烟。”

问：“记得保安长什么样子吗？什么时间？”

答：“记得，记得，时间嘛，大概晚上1点钟左右。”

问：“回家前，你还干了什么？”

答：“吃了个夜宵。回到家时，快2点了。”

问：“在哪个店吃的？”

答：“就在我家对面。那老板娘认得我，她外号叫夜来香。”

问：“回家后干了什么？”

答：“睡觉，一睡睡到了10点，还是被老歪吵醒的。”

问：“哪个老歪？吵你干什么？”

答：“就是小区的朋友，赵世外，他找我打麻将！”

……

查阅张小冰的询问笔录：

……

问："知道我们为什么找你吗？"

答："我昨天才知道，他死了。"

问："你是什么时候到娱乐城工作的？"

答："差不多有一年多了吧。"

问："谁介绍的？"

答："就是他把我带到娱乐城的。"

问："你说说1月3日至4日的情况。"

答："大概是3日下午4点多钟，我先给他打的电话，说我晚上有时间。他说，那你晚上来我家吧，你等我的电话，我去接你。到了晚上12点多钟，他来歌厅接我。到了他家，进房间客厅一看，华婷姐正躺在沙发上睡觉呢，我还轻声埋怨说，你家里有人在家，还要我来这儿。他说没事，她醒不过来的，不用管她。后来我们就去了楼上卧室。完了后，我洗了澡，让他送我回家。他说，明早再走吧。我看华婷姐在，担心被她发现，坚持要走。他后来叫了一辆出租车送我回的家。"

问："你们私自相会，为何不在娱乐城，还要去他家？"

答："他说了，娱乐城那地方，身边到处都是人，人多嘴杂，反而不便。"

问："他每次都是叫出租车送你回家吗？"

答："如果没有喝酒，他就会自己开车送我回去。他说那天他喝了点酒，深夜路上车少，担心警察查。"

问："他开车来接你的时候，就已喝了酒？"

答："是呀，当时路上车多，一般查不到，深夜车少，很容易被查到。"

问："你在王必成房间，发现什么异常没有？"

答："没有。只是我问过他，华婷姐会不会醒来。他说，我们就是搞得天翻地覆，她也醒不过来。我问为什么，他说，因为我晚上要去他家，他就在华婷姐晚上喝酒时，在她的酒里放了安眠药。"

问："你出来是什么时候？"

答："大概凌晨2点多钟吧。"

问："你回家后都干了什么？"

答："我回到宿舍，宿舍里住有4个姐妹，她们都刚下班，说好了我请客，出去吃夜宵。我们去了附近一家火锅店吃火锅，还喝了些啤酒，喝到差不多三四点的样子，回来睡觉，睡到中午12点多钟。我们平时都是这样子的。"

问："你回家后，与他电话联系没有？"

答："我一到家，他给我发了一条短信，就三个字：到家没？我回了两个字：到了。"

……

米月似有所悟。她想到了王玉山的死，也许是他一夜风流后，死在了女人的手里。

可是，这个张小冰，没有作案时间，手机有信息可查，不会有假。而王必成的死，是在第二天清晨，张小冰有不在场的证明。何况，也看不出张小冰有杀害他的动机。

米月整整花了一夜工夫，看完了案卷内她认为重要的人物线索。虽然没有发现与吴重九相关的线索，但她还是不禁感叹前辈们为此案所付出的心血，但又从内心深处为他们遗憾。费尽了心血，却在数百人中都没能找出涉及杀害王必成的作案动机、时间和相关证据。

米月觉得，在她看到的涉及这么多人中，她还得再重新认识一下张小冰。她甚至怀疑，张小冰与杀害王玉山的那个神秘女子，会不会有某种联系。

要了解张小冰，还得再找胡玉。

四

米月第二次见到胡玉时，她正坐在店门口与两个男子聊天。这次，胡玉穿件白地儿蓝色碎花连衣裙，V 形胸口有些低，露出深深的乳沟。

见米月来了，两个男子忙告辞。

“唉，你怎么又来了，该说的，我们都说清楚了呀！”

米月笑了笑：“这次来，想了解一下张小冰的去向。”

“怎么了，不会是她杀的人吧？”

“在没有查出真凶前，谁都有可能是怀疑对象。”

“我可以百分之百地肯定，盖妮不会杀人。”胡玉摆了摆手。

“你怎么能这么肯定？”

胡玉哼了哼：“我跟她一个宿舍住了几年，我还不晓得她那几道弯弯肠子？”

“王必成死的当天晚上，她去和他约会，你知不知道？”

“她的那点事，哪里能瞒得住我们。”

“她不是有男朋友吗？”

“你是说潘大荣吗？别提他了，那不是个东西，见她一面打她一次，有时还当着我们的面打人。”

“为什么打她？”

“还不是说她对他不忠，勾引野男人。”

“她与王必成相好的事，他男朋友知道吗？”

“哪能不知道。他放了话，再看见她与老板相好，见一次打一次。我们都觉得老板就是潘大荣杀的。这个人心狠手辣，什么事做不出来!”

米月查看过案卷，潘大荣自称当晚在自己的房间睡觉，没有作案时间，也没有找到任何当晚他到过王必成家和作案现场的证据，包括他与王必成的手机通信信息。

“知道张小冰现在在哪里吗?”

“老板死后，听说她回老家跟潘大荣结婚了。这两年，又听说她回城了，在一家娱乐城重操旧业。”

“哪家娱乐城?”

胡玉摇了摇头：“我也是听有人说在娱乐城见过她，是真是假都难说。不过我想，如果没有人阻止她，她是不会放弃这一行的。她太爱唱歌了，她唱得也好。不像我，只是为了混碗饭吃。”

在娱乐城找一个有名有姓的歌舞小姐不难，米月很快就有了张小冰的下落。

还是那家银河歌舞厅，正是周末晚上高峰期，歌舞大厅，轻歌曼舞，正中舞台上，女歌手正如醉如痴地倾情演唱，歌声中带着忧伤：

我独自在深夜里买醉
这种感觉谁能够体会
爱在崩溃的边缘
正在慢慢枯萎
最后剩下的梦境也支离破碎
突然之间恨透这个世界

现实的你带走我的一切

曾经完美的爱恋

此刻早已残缺

我的心就这样被你撕裂

……

米月来到吧台，眼睛则看着正在唱歌的女子。与案卷中的照片有些像。

张小冰下了场，米月把她带到了一个房间，向她亮了亮证件。

“你们还有完没完，还让不让人过安生日子！”张小冰一屁股坐下来，气呼呼地道。

“哪个想来打搅你，你知不知道，吴重九死了。”米月道。

“什么？九筒子，他死了？”张小冰惊异地杏眼圆睁，“什么时候的事？”

从张小冰的表情中，米月看出来了，她真的还不知道吴重九死了的事。看来，吴重九在张小冰的心里早已没戏了，她早已不是那个圈子里的人了。

“你能说说吴重九的情况吗？”

张小冰摇了摇头：“歌厅的姐妹们同他的关系都不好，这个人好色又下流，对他的情况，我们也很少知道，也不想知道。”

“吴重九和谢小乐的关系怎么样？”

“两个人开始还挺好的，后来为了女人争风吃醋，成了死对头。”

“为了胡玉吗？”

“不止她一个。”

“娱乐城停业后，吴重九去哪里了？”

张小冰摇了摇头。

“潘大荣认识吴重九吗？”

“我不知道，阿荣没有向我提过他。”

“我听说，娱乐城散了后，你回老家同潘大荣结婚了？”

张小冰低下了头：“现在离了。”

“怎么离了？多久以后的事？”

“婚后不到两年，就离了。那种人，我能和他过日子吗？”

“你当初为何又要同他结婚？”

“不同他结婚，他会打死我的。”

“后来他怎么又愿意同你离了？”

“那是他顾不上我了。”

“他找了别的女人了？”

张小冰摇了摇头：“他的心思根本就不在我身上。他要顾他的事去了，嫌我碍眼。”

米月一时怔了怔，没再问话。这张小冰是潘大荣追的女人，却在不到两年后离了，他嫌她碍眼，一定是有更让他上心的事，这个事连身边的女人都不能知道。难道潘大荣与吴重九是一个团伙圈子里的人？

米月试探着问：“潘大荣原来是做什么的？”

“他同我是一个村的。我们一同从老家到城里来打工。阿荣先是在建筑工地做工，我在一家童装厂做工。不久，厂里老板见我就贼眉鼠眼的，几次把我叫到他办公室要对我非礼。我当时非常害怕，就给阿荣打了电话。阿荣当天就在老板下班路上，把他痛打了一顿。打完后，老板报案，他被拘留了七天。我就不敢在那厂子干了，先在一家餐厅当服务员。后来，被王大哥看中，问我会不会唱歌。我说，上高中时学校歌咏比赛，我还得过奖呢。王大哥就带我到他这家歌厅工作。阿荣出来后，常到歌厅来找我，他把我当成他的人了。”

“潘大荣后来还在建筑工地吗？”

“他要是在建筑工地干就好了。他在拘留所认识了一帮朋友，出来后，就在黑道混了，经常干欺行霸市、打架斗殴的事，先后被公安抓了几次。后来听说他进了一家娱乐城，才消停些。我是又怕他，又不敢同他分手。我同王大哥认识后，他对我很好，很关心体贴我。后来我得知他已离了婚，单身一人，便有了与他长期生活的打算。没想到这事被阿荣知道了，把我暴打了一顿，打完后对我说，有两个选择，要么王大哥给他五百万元的赔偿费，他就与我一刀两断；要么就让王大哥永远消失。”

“他在哪家娱乐城干过？”

“就在这里。”

“在这里？”

张小冰点了点头。

“你这次来这里，是他介绍的？”

“我还用他介绍！”

“他后来找过王必成没有？”

“我也不知道。但我估计，阿荣没有找过他。因为王大哥没有向我提起过这事。”

“你会不会怀疑是潘大荣杀了王必成？”

张小冰摇了摇头：“阿荣这个人，心狠手辣，何况还放出了话来。要说是他杀的，我一点也不怀疑。但你们不是也查了吗？那天晚上只有我和华婷姐在王大哥家。王大哥晚上两三点钟还给我发了信息，阿荣当晚没有在王大哥家。”

“王必成被害后，你有没有发现潘大荣有什么异常？”

“那些天，我就一直没有见他来找我。后来我回了老家，才见他也回了老家，他才逼我结的婚。”

“你知不知道潘大荣现在在哪里，在做什么？”

张小冰摇了摇头：“我这一辈子都不想再见到他，我还管他去干了什么。”

……

五

凌晨2点，米月的电话响了。在市西城区曲路街出租房发现了潘大荣。

民警在上门带他去公安局协助调查时，潘大荣持刀行凶，砍伤了两名警察，受伤警察被迫开枪，击中他的右腿，现已被送往医院。

“哪个医院？”

“人民医院第四附医。”

米月忙给杨茹打了电话，火速赶往医院。

医院一时没有安排潘大荣的床位。潘大荣同被砍伤的两名民警都坐在急诊室椅子上包扎伤口。

米月到医院后，逐一查看，一名民警右手臂被砍了一刀，皮开肉绽；另一名民警被砍在头部，满脸是血；潘大荣右大腿中了弹。医生说，幸好都没有伤到骨头。

潘大荣身高一米八五左右，身体魁梧，头发胡须浓密，一听说米月是市刑警队的，哼了哼道：“我不跟你说，你把夏晓明叫来，我跟他说。”

米月感觉到了一些异常，但她不露声色，冷冷道：“夏支是我的师父，他已经退休了。现在是我接替他的工作，你要对他说什么，跟我说也是一样的。”

“这么说，我杀人的证据，是你弄到的了？”

米月心里一惊，心突突地跳。一刹那她自己都糊涂了，难道杀害王玉山的是他？她很快反应过来，含糊其词道：“你知道的，这叫老天有眼。”

潘大荣叹息了一声：“从我一开门，看到警察站在门口的时候，我就知道，我的大限到了。这六年，哪一次我不是在噩梦中惊醒。”

六年！米月心跳得更快了。她想到了“1 · 14”案，难道他就是杀害王必成的凶手？

米月试探地接过潘大荣的话头：“梦既然醒了，索性就痛痛快快地说出来，这么些年，你熬到现在不容易。”

“你们是怎么找到我杀王必成的证据的？为什么现在才找到我？”

米月竭尽全力不让潘大荣觉察出破绽。证据？她看完了“1 · 14”案的整个案卷，却没有找出潘大荣作案的任何可疑线索，更别说证据了。但如今他已承认是他杀的，那么证据只能在他自己那里。

清晨、库岸、水里，尸体内的酒精含量……

米月在快速搜索证据……

刚才从他身边闻到了一股浓烈的酒气，不用说，这家伙喝酒了，难道这家伙喝多了在发酒疯？米月不经意地问了句：“你喝酒了？”

“哈哈哈……”潘大荣突然放肆地大笑了起来，一只手指着米月，“我想来想去，你们一定是从酒瓶上发现了我的指纹！”

酒瓶？王必成家里的酒瓶？米月看了王必成家里的照片，客厅里是有一个小酒吧台，吧台背后，是一整墙的酒柜，酒柜里，摆放着各式各样的瓶装酒。

米月一时又怔了怔，但她很快镇定下来："你也别支支吾吾了，说说你的作案过程吧。"

潘大荣显然已经完全认输了，他开始交代：

"那天快半夜了，我去娱乐城找小冰。到了歌厅门口，看到停着王必成的车。王必成下了车，站在车边透着气。从门口出来的正是小冰，王必成向她招手。我当时也是灵机一动，就悄悄在车背后上了王必成的车，伏在车后排座位下面。小冰开了前车门，坐在王必成副驾驶位置。估计天太黑，他们没有发现我，车子就这么开进了他家楼房的车库。"

"他们下车时，没有发现你？"

"他们一下车，又搂又抱的，哪里顾得上车子里面的事。看他们两个人进了门，那是防盗门，我进不去了，就在门口等她出来。等了两个多小时，他们出来了。我趁着王必成送小冰到路边上出租车，房门没有关上的工夫，钻进了他家。"

"你这么人高马大，车子能藏得下吗？"

"那一年我挺瘦的，现在发福了。"

米月点了点头。

"王必成进来后，看到了我，又惊又火。他要拨打电话，被我把手机抢了过来。他说，他只想问问小冰到家了没有。我说，不用你问，我来问，就发了一条信息。我对他说，你不用发火，发火也没有用，还不如坐下来，心平气和地谈谈。他就坐了下来。我看到他那面墙的酒柜里全是各种名酒，就说，喝点酒吧！我便自己过去找酒，找了一瓶洋酒。他说，他喝不了酒，我说，那不行，不喝酒办不了事。强灌他喝了，我自己也喝了不少。"

米月道："你灌了他多少酒？"

"有好几茶杯吧。"

“你既然说要心平气和地谈，为何还要杀他？”

“这家伙不是个人！是他该死！我说，小冰是我的女人，你既然弄了她，我也不为难你，你拿出两百万元，这女人我就不要了。他说，两百万元，这么一个女人，值两百万元吗？他的歌厅有多少漂亮女子，他想要谁就要谁。他接着说，你说她是你的女人，你要去就是了，我又不同你争不同你抢！说着喝着，没有想到这王八蛋这么不经喝，一下子就不省人事，倒在沙发上，像一摊烂泥。我也喝多了，想起他同小冰鬼混的事，还有他刚才说的那些话，我就想弄死他……”

“你怎么杀的他？”

“我知道他家的房门口就是水库，就把他扛出门，扔到水库里了。”

“你怎么想起来在酒瓶上留下证据？”

“我出门前，知道杀人不能留下指纹等证据，所以把茶杯上的指纹都擦洗了，依旧原样放好。看到那瓶酒，那是 3 升装的，6 斤酒，我们喝了一斤左右吧，就把那酒瓶盖子盖好，依旧放回原来的地方，才出的门。后来我仔细一回忆，当时只想到擦洗茶杯上的指纹，却没有想到擦洗酒瓶上的指纹，后悔死了。可当时你们竟然没有发现。”

米月知道，钟点工第二天一早来打扫房间时，已把房间打扫得干干净净，不光是茶杯洗了，连酒柜里的酒瓶也一只只抹了一遍，不可能留下指纹。

“你是怎么出来的？”

米月了解过，从半岛花园到市区有二十多公里的路程，专案人员查了几天的出入口监控，连一只老鼠都不会放过，却没有发现可疑人员出入。

“做完事后，天就亮了。我当时也喝多了，很困，就在附近山林子里睡了一觉。醒来后，天就快黑了，我想，既然我能这么进来，也就能这么出去。到了晚上，我看见一辆车要出门，是一个小伙子开的车，趁他不注意，我就悄悄钻进他的车后排，仍然躲藏在座位下面，被他拉回了市区。”

“什么车？什么牌子？”

“好像是黑色商务车，车牌不知道。”

……

米月疑心自己在做梦。她真的有些不相信，自己为了查吴重九，竟搂草打兔子，搂出这么个积压六年的大案来。

天一亮，米月带着杨茹急着去拜访师父夏晓明。

潘大荣已和盘供出，但光靠一个口供，难以形成证据链。现在必须要找到有说服力的证据。

夏晓明在退休前，就有严重的三高症。用他自己的话说，各项指标都带 8，血压 180、血糖 18、尿酸 800。每天靠打胰岛素降血糖。

看了米月递给他的讯问笔录，夏晓明强压着自己的心口，喘着粗气，半天没有说出话来。

米月有些担心：“师父，您要是不舒服，就去医院吧。”

夏晓明摆了摆手：“我们去现场！”

“现场？都六年了，现场还在？”

“案子没有破，现场就没有人去动。”

杨茹开着车，三人迅疾前往半岛花园。

王必成的车子还停在车库里，车上面已积了厚厚一层灰尘。

夏晓明对杨茹道：“这车后排，还能找出潘大荣的痕迹物证吗？”

“我试试看吧。”

米月道：“不是试试，是必须找出来。潘大荣身高体胖，头发胡须浓密，猫在车里至少有二十来分钟，身体各个部位都会与车身有接触，车内再没有人动过，不会不留下潘大荣身体的生物痕迹。”

杨茹点了点头。很快，她找到了皮屑和毛发。

三个人又来到王必成的房间。房间里也是一层灰尘，客厅面积约 60 平方米。酒柜里摆有四排各式各样的酒，都没有启开过。只有潘大荣供出的一瓶 3L 的轩尼诗 XO 开启过，瓶内少了近半升的酒。

夏晓明道：“我问过李华婷和钟点工，李华婷说，王必成当天吃晚饭时喝了点酒，在尸检时发现有酒精残留，我也就没有多想。看来，是这个误导了我。这个瓶子少了酒，我也看到了，问过钟点工，这瓶酒什么时候开启过，钟点工也不知道，说是酒柜里的酒，没有柜门，容易积灰，她每个星期擦一次，出事的第二天她正好把每瓶酒都擦了一次。”

夏晓明拉开了柜子下层的抽屉，抽屉里有几套酒杯，道：“当时钟点工说，这些酒杯是因为放在柜子里，不易积灰，所以她一直没有擦过。勘查人员对酒杯勘查时，已证实酒杯没有动过的痕迹，所以我们判断当天没有饮酒行为。除此之外，我们发现门窗完好无损，钟点工也说房间内的物品无损坏或异样。而且当晚还有李华婷在家，张小冰来过，凌晨 2 点多钟王必成还向张小冰发了信息，所以我们判断，当晚没有其他人在房间活动的可能性。”

夏晓明顿了顿，看了看米月，继续道：“当初我们是把重点放在出入小区的人员和车辆上。案发前夜，是元旦放假最后一天，第二天是新年上班第一天，出入半岛花园的人员车辆非常多，我们一个不漏地筛查，查了个昏天黑地。我们还全力排查王必成的社会关系和他接触过的人员，也是数百人。虽然潘大荣因为有杀人动机，我们把他列为了重点排查人之一，但在核对出入半岛花园的人员车辆中，没有发现潘大荣出入的踪迹，也没有查出他与王必成的通信信息，就把他排除了。哪个会想到，他竟是以这个法子出入半岛花园的。”

说到这里，夏晓明情不自禁地深深感叹道：“真是天网恢恢，疏而不漏啊！潘大荣作案手段并不算高明，但因为我们总会以常规的思维去推理，难免会受到局限。虽然我们时时提醒自己要以发散性的思维、超常规的思维去推理，但往往到了侦破的关键阶段，真正该发挥作用的时候，偏偏做不到。教训啊！深刻的教训……”

米月看着自己的师父眼睛都红了，重重地点了点头。

第八章　半岛花园

一

吴昊给米月打来电话，谢小乐找到了，是通过“智慧新警务”活动新投入运行的建模平台找到的。

全国公安机关依托大数据和人工智能开展“智慧新警务”活动如火如荼，公安部在东江省公安厅试行构建“天眼”工程，即人像自动搜索识别预警系统平台，在东州等市进行试运行。这个平台，汇集包括铁路、民航、公路、水路的交通安检监视系统，公园、广场、大型体育场地、影剧院等人员密集的公共场所的治安监视系统，政府机关、公、检、法等重要目标以及各居民小区等视频监控所采集的视频信息汇集入视频数据库，把这些进入数据库的动态人像信息作为样本，将需要寻找的人像信息检材输入平台数据中，平台即可自动进行识别比对，筛查出该人像何时何地出现的视频信息。

吴昊抱着试试看的心态，分别把谢小乐、李满枝的图片输入“天眼”平台，平台即弹出了数十个与两个人面貌相似的出现在各个地方的监控影像。

经鉴别，李满枝的活动影像核实后与真实姓名不符，被排除，却锁定了当天监控系统采集到的谢小乐出现在民乐路 229 号小区门口的视频图像。

得此意外之喜的吴昊当即来到229号小区，查寻谢小乐踪迹。

小区位于市中心密集的居民区内，原来是某机关单位的家属楼，单位整编后，本单位人员和家属越来越少，外来单位居民越来越多。小区面积不大，却有五幢20余层的高楼。

负责小区的保安一看照片，点了点头："好像是有这么个人，个头不高，半年前就在这里出入。具体住哪个房间，我们不清楚。"

正在大门口同保安说着话呢，吴昊突然见一个人从小区里走出来，这不正是谢小乐吗？待走到吴昊跟前，谢小乐还没有反应过来，就被按倒在地。

真是应了那句话，踏破铁鞋无觅处，得来全不费工夫。

米月见到谢小乐的第一眼，十分惊讶。谢小乐与谢小庆虽然长相相似，但体貌特征却差异很大。谢小庆身高一米七，很壮实；谢小乐身高一米六，骨瘦如柴，秃头，像个痨病鬼，眼里闪着狡诈的光。

米月一审，谢小乐便主动交代了伙同谭伟劫持邹红艳的过程。

"谁让你劫持邹红艳的？"

"我不认识。那天大概半夜两三点钟，电话把我吵醒了。我正要骂人，一听却是个女子的声音，声音很甜，问我想不想发笔财，我开始还以为是诈骗电话，没想到对方却叫出了我的名字，还知道我住的地方，然后她说，只要答应按她说的话做，可以给我四万元钱。我也没有当真，她就让我报银行账号给她，说是先转给我一万元钱。我刚好有个账号，里面也没有钱了，就告诉了她。第二天一早，她真的就打了一万元钱过来。在核实我收到的信息后，她说，剩下的三万元钱，做完事后再给。我就说，只要不让我杀人放火，干什么都行。这之后，她向我传来一个妹子的照片，叫邹红艳，还发来她在农村的地址，说，邹红艳很快就会在东州回老家，只要发现她，把她秘密带到指定的地方，剩下的三万元钱，她会让一个小伙子把钱送给我。她还让我把正在用的手机和手机卡扔了，用别人名义办个新卡，买个新手机，再找个固定电话，把新卡号码告诉她。我照着她说的做了。她用固定电话打过来，说让我在元铺路与青岗路口等着，有一个小伙子开辆黑色丰田吉普车来接我，一同去邹红艳的老家。小伙子叫阿谭，他一见到我，就给了我三万元钱。”谢小乐停了停，接着说，“到了邹红艳的老家，我们一打听，没有人在家。我想，她如果回来，一定会在镇车站下车，就让阿谭在车站对面找家旅馆住下来。后来果真发现邹红艳一大早被货车司机送到了车站。她下了车，便去了厕所。我马上给阿谭打电话，一同守在厕所门口，等她一出来，便把她带上了车，离开了车站。”

“你们走的哪条路线？”

“为了躲避收费站和公安检查站，我们一路走的都是县道乡道，走了大半夜，才到了省城。”

“阿谭现在在哪儿？”

“我们把邹红艳放到指定房间后，阿谭对我说，老板说了，完事后，把手机卡扔了，最好不要回家里和老家，不要与任何人见面和联系，在一个安全的地方租个房子住，不要外出，先躲几个月吧。说完他就开车走了，以后我们就没有联系过。”

“你听那个女子的口音，是哪个地方的人？多大年纪？”

谢小乐想了想：“口音听不出来，讲的是标准的普通话，年纪大概三十岁左右的样子吧。”

“你原来的电话卡真扔了？”

“我不敢留，怕惹祸。”

“你把原来用的那个电话号码，还有银行卡账号写给我。”

谢小乐接过米月递过来的纸，写下了电话号码和账号。

“阿谭长什么样还记得吗？”

“长形方脸，身高一米八左右，身材偏瘦，北方口音……”

米月心事重重地从审讯室走了出来。

二

查穿粉红色背心衣服的女子有了消息。

经查，该女子当晚从“常来常往”旅馆出来后，乘坐出租车到达景明宾馆，次日一早便从景明宾馆乘出租车到汽车站购票，上了一辆开往郏县的长途公共汽车。

技术室送来了穿粉红色背心女子画像的比对结果。由于女子戴着墨镜，比对难度较大，技术员从数百个形似者中筛选了二十多人，经洪丽秀、宾馆服务员和售票员等反复辨认，又通过电脑人像比对技术进行模拟鉴定，锁定了一个人：李满枝，女，身高 1 米 68，1986 年 9 月 5 日出生，离异，贵州黔南人。

李满枝？

众人面面相觑。

米月有些发蒙：不会是同名吧？

“贵州黔南人，不是她还有谁！”

米月还是有些不信。她联系了郑小青，把李满枝的照片发了过去。

很快，郑小青回话：“就是她！”

米月细细端详李满枝的照片。这是一个十分美貌的女子，米月在她的眉眼中看出了冷漠的目光。

米月办了这么多年的案子，她不相信总会有奇迹出现的，但世界有时就是这么小，此刻这个女子，让她似乎进入了一种云雾缥缈的意境。她觉得冥冥之中，一个强劲的对手出现在她面前。

米月带着吴昊赶赴阳明县长途汽车站，查找当天去郏县的长途汽车司机。

司机找到了，米月亮出了李满枝的照片。

“你回想一下，9 月 1 日那天，你的车上是不是有这个女子？”

司机仔细看了一下照片，点了点头：“她长得很漂亮，身材也好，我有印象。她在车上戴着墨镜，买的是去郏县的票，可她没到郏县，中途就下了车。”

“在哪里下的车？”

“我们是在满江县吃的午饭，饭后乘客上车，我清点人数，不见了她，有人说，她背了包，下车后没有吃饭，乘辆三轮摩托车往县城方向去了。”

满江？

米月想到了从满江打给谢小乐的电话。

“下车是什么时间？”

“12 点半左右。”

米月忙打开笔记本电脑的电子地图。满江是一个山区县城，距离阳明县约 180 公里。

“我们去满江！”米月对吴昊道。

“现在就去？这么远，不回家拿行李了？”吴昊问。

米月哼道：“你还打算在那里住下吗？这么个小县城，会是她的藏身之处吗？她要真在那里住上十天半个月，说不定半个城里的人都认得了。她是在那里临时下的车，我估计，十有八九会在那里买去另一个地方的车票，到她真正想去的地方去。”

到满江时，天已快黑了，满江县城两面是高山，只有一条南北贯穿的山谷，一条国道穿城而过。

米月来到车站，在当地派出所配合下，找到了当天的几名售票员。

一名售票员看了看李满枝的照片，点了点头道："就是她，戴着个墨镜，买了一张去东州的票。"

"东州？"吴昊有点儿不敢相信。

米月笑了笑："我们追了半天，她又回到我们身边去了。"

"真他妈的贼！"吴昊嘟哝道。

两个人连夜赶回东州。次日一早，米月与吴昊一道开始查省长途汽车站的视频监控，出站口的视频监控。人山人海，视频影像太模糊，可米月还是在密集模糊的人山人海中捕捉到了李满枝。

"她要是不戴墨镜，我们还真难找出来！"吴昊道。

米月笑了："很多事就是这样，弄巧成拙。再狡猾的狐狸，也有露出尾巴的时候。"

李满枝出站后，便往出租车接客点排队，上了一辆蓝色出租车，但看不清车牌号。

"查沿途监控，盯死这辆蓝色出租车！"

米月整整查了两天，出租车一路向北，沿内环路、人民南路、解放路，最后在通往半岛花园方向消失。

又是半岛花园！

米月在半岛花园南门入口的视频监控中找到了这辆出租车。只可惜整个半岛花园内的视频监控正在改造，将普通摄像头全部更新为高清摄像头，车子进了半岛花园，没了踪影。

"真是见鬼了！偏偏这个时候换什么监控！"吴昊气呼呼道。

米月只好到各出租车公司排查蓝色出租车。费了半天工夫，查出来了，是速达公司的车，车牌号为江 A89ER0，司机姓何。

何司机说，出租车进入花园后，他是根据乘客的指引到了她住的地方。花园太大，天又黑，到处都是整齐划一的别墅楼，车子转来转去，他也记不清在什么地方下的车。他转了半天才转出来。

“她有没有指引你走错地方？”

“没有。她对路线挺熟的。”

米月通过物业查业主及住宿登记，半岛花园4000多栋楼房，有房主及住宿登记的3100多户，没有发现李满枝的登记记录。

“要不要布控蹲守？”吴昊问。

“现在至少可以证明，李满枝就住在这个花园里。”米月打开笔记本电脑的电子卫星地图，对吴昊道，“半岛花园共有八个出口，进入市区的只有南门这两个出口，其他两个出口，一个是上253省道，一个是通405县道到水松口上105高速。还有四个出口，只是到附近村庄或山上的小道，当然也可以通到市里，但路途远，交叉口多，一般人不会走，我们可以不管它。只要对这四个出口进行监控，我就不相信，她能猫在这里一辈子不出来。”

吴昊点了点头：“那我们马上把李满枝的照片发给三个出入口的保安，发现李满枝出入，即时报告。”

米月摇摇头：“我判断，既然李满枝进入的是别墅楼，这里的别墅楼价格不菲，一栋至少在四五百万元以上，按现在时价，就是按揭，首付也得一百万到两百万元，每月按揭至少也得上万元。她一个年轻女子，能入住这个楼，又没有登记她的名字，至少可以说明，要么是有人给她买房，这个人很有可能与杀人案有牵连；要么这里就是她所在团伙的活动场所。如果是活动场所，我们现在绝对不能打草惊蛇。何况到目前为止，我们还没有找到李满枝杀人的足够证据，抓了她也很被动。”

“那怎么办？”

“如果有团伙在这里从事非法活动，他们就有在保安中安插人员的可能。所以这个地方，我们先放一放。只要在四个出入口再加几个高清摄像头，确保能看清出入车辆的车内人员；再让当地派出所每个星期查一次监控记录，发现有李满枝出入，向我们报告就是了。”

“加装高清摄像头会不会惊动他们？”

“花园正在进行高清监控改造，不会惊动的。”

“还有，半岛花园里的超市，应该装有监控视频，也要一起查。”

三

米月组织专案组开会，全力查找李满枝。她说：

“从目前的排查情况看，我感到，似乎有一个神秘的犯罪团伙，担心吴重九把团伙的事透露给了王玉山，便派李满枝杀王玉山灭口，得知王玉山救了邹红艳并将她带到了宾馆，邹红艳又逃走，所以在杀了王玉山后，又担心他把团伙情况透露给了邹红艳，便指使谢小乐和谭伟劫持她，企图继续灭口。”

“看来只有在这个半岛花园查人了。”吴昊道。

“可是，如果大张旗鼓，我们在明处，人家在暗处，她会老老实实等着查到她头上？”半岛花园小区所在地派出所肖所长说。

“燃气公司不是不定期进行燃气安全检查吗？我们是否以燃气公司的名义，上门到各家检查？”

肖所长听了，连连点头：“这样好。”

米月同肖所长商量定了，便去找燃气公司。

过了一天，燃气公司的通告就贴遍了半岛花园小区各楼门户前，通告某月某日某时到某月某日某时，对各住户进行燃气及管道安全检查，并核实住户实有人数。同时，还贴出了“关于对居民燃气使用量实行阶梯式收费的通知”，对公司按家庭人员数量，对燃气消耗量实行阶梯式收费的办法进行了说明，希望各居民家庭在安检人员入户检查时，要留人在家，配合检查，并如实申报家庭人口数量。

米月原计划只安排六个组，是担心燃气公司派不出什么人来，没想到分公司经理把这事往总经理那里一报，总经理十分赞成，一下子派出十个人配合。

米月大喜，便将人员分成十个组，每组三个人，一名燃气公司的人员加两名民警。这样三四天即可排查完。只是参加排查的人多了，抽不出这么多的刑警，就只好由其他警种的民警参加。

米月有些不放心，便组织排查人员进行一次简短培训，给各组人员传授入户核查技巧。

培训室里，李满枝的头像投影在宽大的屏幕上，成了巨幅头像。

“李满枝的反侦查能力很强，对燃气公司人员的检查，她不一定会露面，很可能隐藏起来，她不会在乎这点燃气费。”米月道。

“她不露面，我们怎么查？”

“那就采取她不露面的办法。别墅区楼房都是两层半的布局，有十多间房，我们不可能一间间房子去查，但有些地方，要特别留意。比如说，进门前，我们利用换鞋的机会，看看门前门后或鞋柜有没有女人的鞋。李满枝身高一米六八，南方这么高的女子不多，她的鞋应该在三十八码左右；阳台上有没有晾晒的女人衣服。每个洗手间我们都要去的，因为绝大多数住户洗手间安装的热水器都是用燃气的。注意仔细观察洗手间里的洗漱用具，女人的化妆品、美肤美容用品，家里有几口人，对应的有几条毛巾。如果观察到的与住户人说的不符，你们自己心里有数就行了，切不要打草惊蛇，出来后，我们再商定下一步计划。”

……

大排查是在一个周末假日的早晨9点钟开始的。这个时候，别墅里的人最多，十个组分头行动，每个组负责两个片区。

排查到第五天，发现了一家住户，是七横道G214号楼。

检查时没有人开门，也没有发现有人从外面回来入住，但每天都有水电燃气消耗，每晚还亮灯。

米月查了G214号楼住户登记，房主人名叫张鲁，男，68岁，本市人，一年多前，本人随夫人已赴加拿大女儿那里定居。现楼房出租，承租人名叫陈勤，男，43岁，贵州黔南人，系东州华奥通信设备器材公司董事长，法人代表。

贵州黔南！李满枝就是贵州黔南人！

“我们先找这个陈勤问一问？”吴昊道。

“不！”米月不想轻易惊动这个难得的目标，她说，“现在我们要做的，是两个方面的工作，一是在不惊动陈勤本人的情况下，摸清他的亲友、身份背景和社会关系，与李满枝有无关系；二是派人在G214号楼门口蹲守，密切观察楼内人员的一举一动。”

陈勤的相关线索很快就有了。陈勤与妻子同在公司工作，有一对12岁的双胞胎女儿，在读中学，一家住在城东明苑小区楼房内。陈勤的父母都七十多岁了，在贵州黔南老家，陈勤租的半岛花园G214号楼，是为了接父母来城里养老的，只是老人住了不到半年，不习惯，到了夏天又回老家去了。陈勤没有将房子退租和转租。陈勤及其公司经营合法，没有发现涉及违法犯罪活动。

那这屋里住的人是谁呢？

可以肯定，住的人是陈勤安排进来的。既然是他私下里安排的，米月更不能去惊动陈勤了。

到了晚上，翰墨来电话了。

“过来吧，横正街有家牛杂火锅，味道很正的。”

米月正忙得焦头烂额：“晚上还有事呢！”

“再有事，吃个饭的时间还是有的吧，吃完了，我送你回单位。”

米月从省厅培训完进入案子后，就没有同翰墨一起吃美食了。米月无法拒绝，匆匆赶到横正街牛杂火锅店。

翰墨一看米月，心疼道：“没有睡好觉吗？这么憔悴！”

米月取出镜子照了照，苦笑道：“又显老了吗？”

翰墨叹息了一声：“你当时停职的时候，多好的机会，完全可以退出来的，谁都怨不了你。”

米月一听，便想起网上被曝光的事来：“我正要问你呢，铣头自杀的事，是不是你跟别人说过？”

翰墨道：“怎么，怪罪到准老公头上来了？”

米月说：“这件事，当时知情的人很少，人家拘留所不可能自己透露出去，那样对谁都没有好处。除了拘留所，这一边就只有我们很少的几个人知情，他们都说没有同任何人说过。”

翰墨笑了笑：“这个事，纸包不住火，谁都无法证明自己的清白。现在事情已经过去了，还提它干吗！”

米月道：“刚才不是你提起来的嘛！”

火锅上来了，米月没有想到，一条牛竟会有十多道不同样品的牛杂，黄色的白喉、白色的百叶、黑色的蜂窝、粉色的小肠，汤料是麻辣的，上面铺着厚厚一层油，盖住了滚烫的汤料。

米月夹住食料往汤料里搅了两搅，直吃得哈气咂舌。

“听说你的案子就要结了？”翰墨问。

“你怎么会关心起我的案子来了？”

“你们在半岛花园兴师动众的，是抓人了吧？”

米月一惊：“你怎么知道的？”

翰墨叹息了一声：“看你这样子，好像我在探听你什么见不得人的事似的，你不知道半岛花园有我的楼房？你们连我的房间都查过了，我能不知道？我才不想去管你这些烂事。现在只是想，你能早些把这案子了结了，就是我们俩的事不急，我也不想让你把这身子弄垮了。”

“放心，我的身子垮不了。”

“好了，不说了。”翰墨夹了涮好的牛杂，一个劲儿往米月碗里放，“有时间，还是去看看妈吧。”

提到恩师，米月一脸歉意。是呀，她已有很久没有去看她了。

G214 号楼位于半岛花园南侧距离水库 80 米左右的地方，是一幢两层半楼的建筑，楼前有庭院后有花园，楼与楼之间绿树成荫。

米月一看地形，要在 G214 号楼门前蹲坑，只能选在楼对门的 G220 号楼。米月马上让吴昊去查。原来楼里住的是一家在市里开超市的老板，平时不在楼里住，只有双休日孩子放假时才带一家人回来。

这天是星期二，房主人不会在家。米月同吴昊在 G220 号楼转了一圈，看到屋前车库停了一辆白色马自达汽车，从车辙印看，刚停车不久。

米月疑惑地问吴昊：“不是说他家双休日才回来人吗？”

吴昊道：“也许，主人临时回来有什么事吧。”

既然主人回来了，米月正好找他商量，便上门前按了门铃。

门开了，没有看到屋内有人。

米月疑惑地进了门，吴昊也跟着进来了。

就在吴昊迈进门那一刻，两面门背后突然冲出两名黑衣人来，不由分说，随即关上了房门。

米月正在发蒙，却见从室内走出一个人来，看了看米月，叫了一声：“米月？”

米月定睛一看，不相信自己的眼睛了：

“杜支，杜峰？”

第九章 “1·08”专案

一

米月当即被杜峰副支队长带到省公安厅经侦总队。

经侦总队会议室里，灯火通明，坐着不少神情肃穆、穿白衬衣警监级别的警官，有省厅主管经侦的黄亚兴副厅长、经侦总队总队长莫大武、总队一支队支队长程贤才……

令米月更没有想到的是，自己的顶头上司东州市公安局副局长孙小明也在座。

到了会议室，米月还没有弄明白是怎么回事，就见黄亚兴副厅长站了起来，上前同米月握手。

他接着笑了笑，对孙小明道：“你们局的小丫头，可是差点给我们捅了一个大娄子！”

孙小明也笑了：“要不是这样，也不会把我们叫到这里来呀。”

黄副厅长回到自己的座位上，对在座的众人道：“在会议开始前，我声明一下，这次会议内容高度机密，请大家关掉手机。会议所涉及的内容，不得记录，不得拍照录音，出了这个会议室，不得向外面任何人泄露。”

接着，他转向杜峰：“开始吧，你先介绍一下情况。”

“好的。这次会议，是我总队为正在侦办的‘1·08’虚开增值税发票案召开的一次特别会议。之所以开这个会，是因为在案件侦破过程中，我们跟踪的对象，同东州市公安局正在侦办的‘血面人’系列杀人案追踪的对象重叠，差点导致我们正在追踪的对象，被东州市局的专案组人员抓捕，从而使我们正在进行的侦破计划破产。”杜峰介绍道。

黄副厅长听到这里，打断了杜峰的话：“这些我们都知道了，不用说了。虚开增值税发票案的案情，你给介绍一下。”

杜峰点了点头：“虚开增值税发票，是随着近年来我国经济迅猛发展，工矿企业如雨后春笋般增多，企业利税日趋增加，数额巨大，增值税发票的面值已达数以千百万元计，一些犯罪团伙，便盯上了增值税发票的漏洞，以各种空壳公司、假工厂欺骗税务人员，虚开巨额增值税发票，骗取国家的财税。

“当然，税务人员面对数以千百万元计的大面值的发票，自然要查清来历，要查这些发票是不是实实在在做了这么大一笔的生意，创收了这么大一笔的利润，出货家是谁，买货家是谁，一查就清楚了。但是那些虚开增值税发票的犯罪分子，有办法应对这一手，设置一道道防火墙来逃避税务部门的追查。他们通过非法中介，或者在他们分布开设在全国各地的空壳公司中转，最后到一些煤炭、矿区等实体企业进行‘洗票’。

“你不是要查吗，好！发票的来处多了，假如第一站是北京，接着就是昆明、上海、郑州，然后是山西，最后到煤矿。税务人员跨省异地办案，是要走复杂的程序的，特别是省级层面，有很多沟通障碍。时间拖得久了，本来就困难重重，办案经费有限不说，等查到煤矿等矿产，那都是些私人老板。挖矿虽是像挖石块一样，可拉出来便是钱，一天数十万元的买卖，发票能正规吗？查到最后，还是一笔笔糊涂账。就是查清了，一年半载过去了，人家早就赚得盆满钵满，携款到国外挥霍去了。

“这次我们侦办的‘1·08’案件，涉及虚开增值税发票达数十亿元，参与人员主要是以我省海平县以及所辖平坡镇、凤溪镇、大坪镇人员为主，估计有数十或上百人，在全国数十个大中城市开设有空壳公司，专门从事洗票工作。这些洗票的空壳公司通过 QQ 群或微信群相互联系，只要一个地方抓了人，他们便很快通知所有同伙第一时间销毁所有票据证据，让我们无从取证，给办案工作带来很大难度。为了确保万无一失，我们只有在悄无声息地摸清各地所有空壳公司人员情况和查清地址后，再统一时间通过统一行动收网，让他们来不及销毁证据，才能达到我们打击的目的。

“‘1·08’专案组成立后，通过从空壳公司的登记人员入手摸排，发现公司的登记人员都是在本市一家房地产公司建筑队施工的农民工。有一个送盒饭的小伙子，以每个身份证 200 元借用几天的方式，从农民工手中借到一批身份证。经过侦查，我们锁定利用这些身份证开公司的人，就是住在半岛花园 G214 号楼的李满枝。为了不打草惊蛇，我们在这栋楼的对面蹲守。今天下午，发现市局的办案人员也来抓捕李满枝，还到了我们蹲守的房间准备蹲坑，被我们及时‘抓捕’。”

众人忍不住哈哈大笑。

黄副厅长道：“米月，你说说，你是怎么找到这个李满枝的？”

米月有些尴尬，道：“血面人这个案子，首先是一个叫吴重九的东北人在清源县石塘镇黄家村被杀，经过我们侦查，认定是清源县石塘镇塘湾村农民王玉山干的。不久王玉山又被杀，经侦查发现，李满枝有重大嫌疑。而且她还是十年前拐卖儿童的团伙首犯，才锁定了她。同时，我们发现，清源县石塘镇黄家村妇女邹红艳被绑架，至今下落不明。将绑架者谢小乐抓捕归案后，他交代，指使他绑架邹红艳的，也是李满枝。我们判断，李满枝杀人和绑架的动机只有一个，就是害怕其团伙的违法犯罪行为被泄露，才杀人灭口。所以，在发现李满枝的可疑线索后，我们没有贸然行动，只是先布控蹲守，待进一步掌握线索证据后才行动。”

黄副厅长点了点头：“根据我们以往破获的这类犯罪团伙成员特征看，这类团伙内部都是由会讲当地方言的人员组成。这种方言，其他地方的人很难听懂。团伙组织相当严密，针插不进，水泼不进。李满枝不是海平县人，应该说不是这个团伙圈子里的人，或者说，她只不过是为这个团伙服务的外圈人员。”

说到这里，他看了看孙小明副局长：“这样吧，这个‘1·08’案件，是公安部督办的案件，也是省厅领导高度关注的重案，我建议，既然与东州市的‘血面人’案有重叠，那么就将两个案子并案，合并后还叫‘1·08’案；同时，建议将米月同志调入‘1·08’专案组。老孙，你的意见呢？”

孙副局长一听，嘿嘿笑了笑：“我们刑侦支队两个宝贝，一个是支队长张小鹰，另一个是副支队长米月，两个人都来省厅，我这个主管副局长，岂不成了光杆司令了？”

黄副厅长笑道：“你别急，开会前我已同刑侦那边商量了，张小鹰可以先放回去。不过，我有言在先，张小鹰放回去只是暂时的，这个案子破了，米月回到你身边，张小鹰再回来。”

说完，他转向米月：“你也说说，能不能留下来？有什么困难没有？”

米月点了点头：“我服从组织安排。”

“好！”黄副厅长道：“那就这么定下来。我还是讲几点意见：一是要认清虚开增值税发票犯罪的严峻形势，把此案作为特大案件来抓。国家财税几十亿元被骗流失，太让人心疼了。二是要部署精锐警力，各警种各部门要紧密配合，力争速破速决，把犯罪分子一网打尽，以达到震慑效果。在这一方面，东州市局要密切配合，充分发挥市局刑侦协调配合的主力军作用。三是要讲究策略，注意收集和固定证据。重要证据要形成铁证，决不能让犯罪分子钻公检法的空子，逃避打击。四是要严守保密纪律。案件侦破阶段，决不能让信息外泄，对因泄密造成不良后果的，将依法处置，决不留情……”

会议结束，“1·08”专案组的人留下来继续开会。

莫大武总队长向米月一一介绍了专案组成员后，说道：“这个专案组，黄厅是组长，我是副组长，具体工作由杜峰、米月、刘绍义来负责。你们三个人各负责一组，每组六个人。杜峰负责案件侦查，米月负责外围调查，刘绍义负责与省税务人员的沟通协调，着重票据查源和取证这一块。”

……

散会时，已是中午。杜峰悄悄对米月道：“请你吃个饭，赏个脸吧？”

米月道：“你把我莫名其妙地抓到这里来，给你打工，你高兴了！”

杜峰笑了：“这个你可怪不了我，谁让你与我撞车了！”

米月哼了哼：“你是省厅领导，你我撞了车，我只能凭你处置。”

杜峰道：“你要这样说，我今天晚上更要请你聚一聚了，消消你的气。”

米月说：“没有心情。”

杜峰神秘地说道：“这家馆子，别的不会做，只会做汽锅鸡。那味道，保管你没有尝过。”

米月道：“是不是翰墨告诉你的，说我是个吃货？”

杜峰真诚地说：“吃是其次。我们现在在一起办事了，相互总得交流交流，知根知底吧。你现在还带着情绪，叫我们怎么联手？”

米月一听，只得罢了。

那家店离公安厅不远，步行十多分钟就到了，店名叫汽锅鸡王。

米月吃了第一口就晓得，杜峰的话没有错，味道确实是一绝。

杜峰订的是小包厢，中午吃饭的人少，很安静。

“你同翰墨还经常聚吗？”米月问。

“哪里有机会呢，你看，都在一个城市，好像相隔千里万里。”杜峰笑道。

米月点了点头，心想，别说同学朋友了，自己要同翰墨吃顿饭都不易。

“你是怎么确定李满枝就在G214号楼的，见过她吗？”杜峰道。

“我那些天声势浩大地挨家挨户大检查，没有检查到你房间吗？”米月笑了。

杜峰想了一想，半天才反应过来：“该死该死！原来那燃气公司弄的事，竟是你的杰作，连我都被蒙了！”

米月道：“你还不如翰墨呢，翰墨都看出来了。”

杜峰有些吃惊：“翰墨看出来了？哦，对了，他那里也有房。也许，他是看见过你出现在那里，或者看到你对人指手画脚呢，他能不知道？”

米月埋头只顾吃。

杜峰道：“我问你个私事，你不介意吧？听翰墨说，你们认识快十年了，怎么还没有结婚呢？”

杜峰这么一说，米月却像是听到别人谈了十年恋爱没有结婚一样吃惊。

十年！米月屈指一算，真的是十年了。时间过得如此之快，连她自己都没觉得。这些年，她一个拖字诀，竟一直拖到了现在？一个人的青春有几个十年？她忽然觉得，这一切的责任在她，是她对不住翰墨，更对不住恩师。

米月接了杜峰的话道："像我们这些人，一沾上案子，整个人就不是自己的了！"

杜峰摇头叹息："翰墨生性就是争强好胜的人，在他眼里，欣赏的人不多，他能等你这么久，真不容易。"

米月一时无言，接着反问道："你同翰墨差不多大吧，听说你也是单身？"

杜峰苦笑："像我这样的人，可不想把人家年轻活泼姑娘的青春耽误了。"

……

二

第二天，米月起床有些晚，一看离上班的时间只有半个小时了，忙匆匆洗漱了，正要出房门，杜峰来了电话："目标不见了！"

米月一惊："哪个目标？"

"李满枝！G214 号楼现在已人去楼空！"

米月吃惊不小，迅疾赶到半岛花园 G214 号楼现场。

杜峰额头上直冒汗，脸都青了。

米月明白，杜峰担心李满枝若是探到风声出逃，不仅意味着之前一切工作都是徒劳，更会引起这个团伙警觉而采取行动，这样一切都将功亏一篑。

米月安慰道："你也用不着这么着急。我判断，李满枝的潜逃，应该是得到了什么风声。但她不是团伙圈子里的人，在她没有被我们抓捕前，这个团伙应该还不到采取行动的时候。即使抓捕了她，我们不一定能接触到团伙圈子成员，他们也不一定贸然行动。我们不能把赌注押在她一个人身上，还应该从其他方向寻找突破口。”

“从哪里寻找突破口？”杜峰问。

“向大数据，向‘智慧新警务’找呀！这个团伙的人，分布在全国各地，他们之间相互联系，很有可能是通过建立 QQ 群或微信群，这个群的成员都是同一地区使用同一种方言的人，我们可以在这些群里找线索。”

杜峰叹息道：“试过了，全国的 QQ 和微信群数以亿计，无异于大海捞针。”

“还有一个办法，这个团伙成员不是都来自海平县及所辖 3 个镇吗？我们可以要求当地派出所对各村外出打工人员进行一次核查统计，再筛查，总会发现一些蛛丝马迹。”

杜峰道：“不是我们对派出所不信任，是不能保证这个团伙在派出所没有安插耳目。以前有过教训，工作组入村调查，没想到人刚进村，他们的团伙就知道了。这条路行不通。”

米月点了点头，想了想，又道：“不过，我还是想，这个团伙成员如果都来自同一个县镇的话，一定会有不少亲属在里面，会有不少男女老少成员，他们的文化程度不一，沟通联系上不一定都用文字，会有不少语音信息。对这些语音信息，我们是不是可以通过声纹数据库对这些 QQ 群或微信群进行语音搜索，把它们筛选出来？”

杜峰道：“在文字方面，通过关键词，可以搜索 QQ 群或微信群相关信息，但语音这一块，没有试过。也许你说得对，我们有声纹库，通过语音关键词，也许能搜索得到。这样，我们分个工，追查李满枝这一块，你来负责，我去网安技侦及科通处试试。”

米月道：“不是去试试，你得死皮赖脸下功夫。李满枝这一块，我判断，她还没有走出这个花园，我想办法来对付她。”

杜峰连连点头，真诚地说道：“米支，你这一来，我真的很幸运……”

不待杜峰说完，米月忙挥手打断他的话：“我算是上了你这条贼船了，苦日子在后头呢，你不用这么酸我。”

米月亲自到各个出入大门看监控视频。不是对其他人不放心，而是她知道，“1·14”案杀人凶手潘大荣，就是躲在车后排，没有被布控人员和监控视频发现而出入的。

半岛花园每天出入车辆上千辆，米月看完所有监控，已是晚上11点多钟了。她双眼迷蒙看不清远处的东西，脑袋嗡嗡响。她实在是太困了，就在监控室打了个盹儿，醒来后，已是凌晨。

米月一直在想，李满枝潜逃，到底是怎么回事？

杜峰这边泄的密？省厅经侦的侦查人员都不是省油的灯，不可能轻易暴露。

知道真相的，除了办案人员，还有谁呢？翰墨是知道的，这不奇怪，只要他看到米月在这里，就会想到是在这里查案子。作为一个高智商的律师，自然有非凡的分析判断力。但她相信，翰墨应该不会不可靠，不可能也没有理由坏她的事。

那么，还会有谁？如果李满枝还没有出半岛花园的大门，她应该是钻到半岛花园另一栋楼房去了。难道半岛花园还有她的另一个窝点？

米月要做的，就是要锁定李满枝潜逃的时间段和路线，再从这个二维时空段里找目击证人。别墅区不同于街道楼房，各楼座相隔较远，四面全是花圃和树木林荫道，视线不好。但米月相信，总会有意外发现的。

米月开始对周围楼的居民逐一走访调查。结果是，周围几栋楼内，没有人发现附近有什么人员活动线索。

米月决定去找一个人，华奥通信设备器材公司董事长陈勤。既然李满枝已潜逃，对陈勤也就没有隐瞒的必要了。

现在一些公司的老总、法人代表，一般都不太欢迎警察上门。公司员工看到警察出入，总不是好事，搞不好动摇军心。只要觉得自己没有触犯法律，民警找他们了解情况，都得看他的态度，他要不配合，民警很难达到目的。米月最担心碰上这样的人，所以在调查之前，做好了功课。她要让陈勤主动把她想要的东西全吐出来。

米月给分管治安的陈副局长打了个电话，请他给陈勤“打个招呼通下气”。米月知道，陈勤这样的大老板，不可能不认识分管治安的副局长。陈勤可以不理会米月，却不能不理会陈副局长。

果然，米月一到公司，陈勤显得异常热情。

“出了什么事？让陈局派你们过来找我？”陈勤不等米月问话，主动提起话头。

米月先不答话，取出了李满枝的照片，递给陈勤。

“怎么，她，她出事了？”陈勤看了照片，一脸惊慌。

米月仔细观察着陈勤的表情，显然他的表情不是装的。

“她前些天还好好的呀！”

“你见过她了？”

“没有没有，我给她打过电话，问她还需要什么，我派人送去。”

“你最后跟她联系是什么时候？”

“好像是星期一，对，星期一给她打电话，她还好好的。”

“你是怎么认识她的？”

陈勤叹息了一声，道："她是自己以老乡的名义找到我的。我安排她在我的公司里做事。后来不知什么原因，不在我公司干了，不知道去哪里了。去年，我接父母来这里，在半岛花园租了房，她不知道怎么晓得的，跑去看我父母。我父母听说她没有地方住，又是乡里乡亲的，就让她在那里住下了。后来我父母回老家了，她没有走，我也就让她住下了。"

米月听了，思索着。男女之间有些事，陈勤是不会说的，何况对一个年轻貌美的单身女子。

但米月心里明白，有一点可以确定，"1·08"案所涉及团伙圈子，陈勤参与的可能性不大。他不是海平县人。

"她在半岛花园还有其他熟人或住址吗？"

"应该没有。更不会有其他住址。"

"可是，她失踪了。"

"失踪了？"

"要不，你打她的电话试试？"

"好好好！"

陈勤忙拨了一个电话，电话已停机。他无奈地摇着头。

"你一直用这个电话跟她联系吗？"

"不瞒你说，这个鬼丫头，电话卡是三天两头换。她原来在我公司，就是让她来经营不用登记的神州行等电话卡的，她手头不知道有多少这种卡。她说，电话用久了，就怕人骚扰。我看她呀，是换卡换出瘾来了。这不，肯定又换卡了。"

"李满枝在东州还有其他亲友吗？"

"没有。她父母都在老家。她到半岛花园时，一个男女朋友都没有，孤身一人。"

"她不是有个保姆吗？"

“保姆是我请的，请来照顾我父母的。父母走后，保姆没有走，被她留下了。”

“她叫什么名字？哪里人？”

“叫刘素芳，五十多岁，从我老家来的。”

“她有什么亲戚在这城里？”

“听说她有一个女儿，在城里打工，具体情况，我也不晓得。”

……

米月查了李满枝与陈勤的通话记录，电话截止时间正好是李满枝潜逃前才停机。令米月奇怪的是，这个电话除了跟陈勤通话外，再无其他人的通话记录。

米月想，是不是李满枝在使用手机时，每打一次电话，就换一张卡呢？要是这样的话，这个女子就太可怕了。

米月又到省厅户政处查保姆刘素芳的家庭成员。

户籍资料显示，她女儿叫胡运红，28 岁，在城东喜佳福超市做售货员，其丈夫是这家超市的保安，有一个 3 岁的女儿，住在城东郊的出租房内。

三

找到在喜佳福超市上班的胡运红，米月终于得到一个令人惊喜的线索。

胡运红说，半年来，她妈来看过她几次，却不准女儿去看她。李满枝收了她妈的手机，她妈只好偷偷用座机给胡运红打电话。最近打的座机电话是昨天上午。

昨天上午，这是李满枝潜逃后的电话！米月忙记下了座机电话号码，又从胡运红手机里得到了刘素芳的照片。

米月迅速赶到半岛花园，查电话所在楼房。座机电话查出来了，是在D区的佳乐超市的电话。

半岛花园有20个区，每个区200户左右。整个半岛花园共有8个超市。

D区的佳乐超市，米月来过，翰墨的住宅就在这个区。

米月找到了佳乐超市当天在电话旁的服务人员。服务员道："是有一个阿姨，五十多岁的样子，说她没有手机，借打个电话。"

"她在这里买了些什么东西？"

服务员摇了摇头："具体买了什么东西我没太在意，好像都是吃的，有菜、肉什么的。"

"她付钱的时候用什么付的？"

"现金。"

米月决定在佳乐超市门口建立布控点，派人蹲守。

米月整理出了距离超市最近的400户人员名单，来到省厅户政处，对人员一一筛查。她要找的，是来自海平县的，来自李满枝老家的，与陈勤公司有关联的人……

结果一无所获。

这时，杜峰的电话给她带来了好消息。米月提到的语音搜索，他们答应可以试试。不过，要先采集海平县城和三个相关镇的当地语音作样本，他们先建立一个语音搜索平台，捕捉搜索QQ群和微信群内这个地域的语音信息。

米月十分高兴。

"一般来说，乡村每个镇的口音都有区别，他们需要非常精确的各地语音样本，越多越好。看来，我只得去趟海平县偷偷采集了。"杜峰说。

"你不能去——"米月一边思索一边道，"你去目标太大，给海平县局布置下去，让他们负责搜集。”

杜峰道：“我想过了，这样不行。一布置到派出所，人多嘴杂，这种莫名其妙的事会让他们生疑。我怕又弄出事来。”

“要不，我去吧。”米月道。

“你去？他们要的录音样本，质量要求非常高。”

米月笑了：“我不像你，我是市里的人，没有你那么大的名气。再说了，我一个女的，总不像你们男的容易引起人家警觉吧。这事，你交给我好了，我有办法。”

米月要去海平县，不仅仅是为了录制当地语音。

米月来自农村，同农村人打交道，她太熟悉了。虽然有语言障碍，但她知道，其实即使在当前的农村，不管说什么语音，除了少数老年人，绝大多数人即使不会说普通话，至少听得懂普通话。她要亲自去那里，是想试试看，能不能打听出那个团伙成员的蛛丝马迹。

米月查看了海平县以及平坡镇、凤溪镇、大坪镇的卫星实景地图。海平县位于大岭山脉南麓，平坡镇、凤溪镇、大坪镇都在距离县城三十多公里的北面山区，呈品字形分布在三个峡谷中。

仔细搜索这些村落，米月惊讶地发现，在这些看似穷乡僻壤的山谷中，竟然有不少古村落群。较大的古村落群，面积竟达数万平方米。米月分别在三个镇选了三个比较大的古村落，有平坡镇的高家村，凤溪镇的凤凰溪，大坪镇的永兴楼。

米月心里有了底。她将以旅游者的身份，借考察这些位于深山老林的神秘古村落群，来接触这些神秘村落的人。

既然是考察旅游，米月得置办一套行头，比如摄影设备，要比较夸张的那种大部头、三脚架，让人一看就知道她是干什么的。枪不能带，但微型的电击器、喷雾器等护身器材还是要的。雨衣、登山靴、笔记本电脑，电话卡也要更换，一个双挎包……

一切准备妥当，米月登上了去海平县的长途汽车。

从海平县下车，已是晚上。米月已是饥肠辘辘，那套摄影器材太重，背着的双挎包走起来有些沉，但她始终得背着。

来到一个偏僻的小巷，米月找到一家“客家情”小吃店。饭店里没有顾客，一位少妇带着两岁多的孩子坐在门前择菜。看见米月来了，忙起身打招呼。

米月放下挎包，在少妇的热情招待下坐下来，看了看递上来的菜单。米月实在是饿了，点了一盘解馋的蒜香五花肉、一盘青菜和一碗米饭。

少妇是自己弄菜，端了上来。饿了的米月，吃得满嘴流油，五花肉特别香。

上完了菜，少妇站在米月面前，看她吃得津津有味，问：“你一个人出来旅游呀？”

米月点了点头。

少妇笑了笑：“我们这个穷地方，有什么好看的。”

米月道：“这地方不错呀，我是来看古村落的。”

少妇一听，道：“古村落呀，我老家就是一个古村落。听说还是晚清建的，不过都没什么人住了，去看的人倒不少。”

米月问：“你老家在哪个镇？”

少妇道：“大坪镇。”

米月笑道：“我正好要去大坪镇呢。”

少妇高兴道：“我要是走得开，就同你一道回去。”

米月道：“那倒不必，我一个人习惯了。别的不担心，只是你们那里的方言，我一句都听不懂。要不，你来教我学几句吧？”

“好呀！”少妇笑了。

米月忙打开手机：“我得好好录下来，怕记不住。”

……

米月录了音，想，大坪镇可以先不去了，明天去凤溪镇。

第二天一早，米月上了一辆去凤溪镇的大巴公交车。

开往镇里的公交车，车票上没有座位号。车上又乱又脏，上来的乘客都拎着一麻袋一编织袋的东西，鼓鼓囊囊的到处乱塞乱放。车上有人对话，米月也听不懂。米月把行李塞进了头顶的行李架上，选了前两排靠窗户的地方坐下。上来的人越来越多，过道上都堆满了行李，却没有一个人想坐在米月身边。最后一位老大爷上来，扛了个编织袋，看到米月身边的空位，有些迟疑。米月主动热情地向他招手：“这里有空位，大爷。”

大爷这才从过道中堆积的行李上跨过来，小心翼翼地靠在米月旁边坐下。

米月笑问：“大爷，您去哪里呀？”

大爷向她竖起耳朵，米月只好又大声重复一遍。大爷摇了摇头。

坐在米月身后的是位大妈，对米月道：“你讲普通话，他听不懂。”

米月点了点头。

大妈道：“你来这里看亲戚？”

米月道：“来看古村落群。”

大妈听了，有些不解。

米月道：“就是那些清朝民国时期保存下来的古建筑，很有考古价值的村落遗址。”

大妈似乎听明白了，笑了笑：“那些破烂房子，有什么好看的。”停了停，接着问道，“妹子要去哪里？”

“听说这里有个凤凰溪，我就去那里。”米月说。

“你看巧不巧，我就是凤凰溪的呀！”大妈说。

米月一听，十分高兴，看大妈年纪大概五十五六岁，便道：“大妈，那我就跟您走吧。”

大妈道：“好呀好呀，你不要客气，我姓张，我那里有的是地方住，就在我家吃，老房子大着呢，保管你好好看个够。”

在凤溪镇下了车。车站前停着不少两轮和三轮摩托车，还有小客车，见有人下车，便一窝蜂似的上前揽客。米月知道，公共汽车一般只通到镇里，往各村就没有公交车了。

张大妈把米月往车站外带，边走边说：“这些司机，欺负外地人，一听讲普通话的，就宰你。你要同他讲本地话，他们就不敢呢。”

米月道：“不会讲呢，大妈您教我吧。”

张大妈道：“好呀。”

张大妈带着米月一直往前走。这是镇里的一条主街道，两边都是商铺，先是各种农用车配件以及农用机械，再就是宾馆饭店。张大妈虽扛着个大编织袋，但走起路来仍健步如飞。

十多分钟，便走到了一家店铺，却是办丧事用的祭品类商店。店门口一位二十来岁小伙子，忙上前接下了张大妈的编织袋。见了米月，他还有些不好意思。米月见小伙子打开了编织袋，里面原来是各种做花圈和扫墓用的彩条彩纸。

米月这才想起来，下个月就到清明节了，好多店铺都在备祭扫用品了。

张大妈对米月道：“这是我的小儿子，没有出息，在这看店。”

米月笑着向小伙子点了点头，小伙子也冲米月笑了笑。

张大妈对小伙子道：“现在还早，我们回凤凰溪，你送一下。”

小伙子一听，便向相邻的店铺喊了一声“阿霞”！便见隔壁店出来一位穿连衣裙的十七八岁少女，小伙子不知向少女说了几句什么，少女点头答应了。

小伙子开出一辆三轮车，米月同张大妈坐了上去，呼的一声开出了镇。

“店里不用人看吗？”米月疑惑地问。

“不用，给邻居店打个招呼就是了，她会替我们照看的。”张大妈道。

“如果有人来买东西怎么办？”

“她会替我卖呀。”

米月禁不住感叹村里人的纯朴。可她又一想，这么纯朴的乡村，怎么会有人去干那些无法无天的事呢？

四

到了凤凰溪，米月眼睛一亮。一座宏大的古村落，被一条碧绿如玉的江水环绕。

张大妈道：“这条江，叫凤凰江，这座老屋，就是凤凰院。”

到了凤凰院正门，小伙子停下车来。

张大妈指着前面不远处一栋四层楼房道：“那就是我家。你先在这里好好看看，我做好饭后，来叫你。”

米月道：“大妈太客气了。”

张大妈道：“就怕你嫌弃呢。”

接着，米月听到小伙子用当地话同张大妈说了些什么，米月听不懂，她猜，一定是小伙子在向张大妈打听她的来历。

米月取出相机。老屋全是青砖黑瓦，正门的门楣上，写着四个遒劲的大字“业继治平”。门框上，有一副对联：善屋室惟怀完美，好读书立志修齐。两侧抱柱上，还有一副对联：乐以忘忧满眼风光绕乐□，施于有政一堂孝友验施为。前联的乐字后面有个字，已消失了。米月便猜，乐字后面应该是个什么字，才能对得上施为。进了大门，前面便是天井，对面一重飞檐下，是三个粗黑的大字：严公祠。严公祠下，是一匾额，上写：乐善好施。

米月不由得想起了一句贤文：今人不见古时月，今月曾经照古人。不知那些犯罪团伙看了这匾额，会作何感慨。

米月正在老屋流连忘返，拍了不少墙画和浮雕，都是古代劝人为善的人物故事，忽然听到外面张大妈的叫声。

来到张大妈家，米月随她进得屋来，见桌上已摆上了五六道菜。其中一盘菜是蒜椒炒腊肉，热气腾腾，香味扑鼻。

米月夹上一块肉来，见这肉差不多有手掌大，却切得薄如蝉翼，几乎可照出人影来。肉又浸了香蒜辣味，一口咬下去，油香溢得满嘴都是，却又肥而不腻。

米月边吃边道：“现在村子里还有多少人？”

“这两年，要是都回来的话，也有两千多人。现在都出去了，在家的大都是老少病残，恐怕只有不到五百人。”

“我看大妈一家在这里很好呀，开有店铺，赚的钱不会比出去打工少。在外面打工，赚几个血汗钱，开销又大，能养活自己就不错了。”

“那要看是什么人。有些人，赚的钱几辈子都花不完，回来又是盖楼，又是捐钱修路，花钱一点儿也不心疼。”

“村子里有钱的老板很多吗？”

“这两年，就多了，”张大妈说着，指了指对面一幢楼，“那一家，那楼就是去年盖的，听说花了一百多万元呢。”

“他是干什么的？”

“鬼晓得他是干什么的，他自己不说，我们也不好问。”

“他叫什么？要是在东州，我也认识认识。”

“他叫严二宝，是严如松的二儿子。我还想让他带我小儿子跟他去做点事，可他说他那个地方，不是哪个想去就能去的。他老婆也不干活了，整天就找人打牌。那口气，好像全村就她家有钱。二宝好像也不在东州，今年过年，听说他是坐飞机从西安回来的。”

米月吃过饭，要走了，便掏出二百元钱，交到张大妈手里。

张大妈哪里肯收，米月真诚地说：“刚听说你有外孙，这是给孩子的红包，图个吉利。您要是收了，我以后还会来吃您做的菜，您要是不收，我以后也不好意思来了。”

张大妈听了，有些动情，道：“你晓得，我是个做花圈的，别人家都忌讳，平时不常与我家往来。你能到我家来，我就很欢喜，哪还能收你的钱！”

米月道：“你我素不相识，对我这么好，我就像回了家一样。这钱是给孩子的，你不收，我过意不去。”

张大妈推辞不掉，只好收了。

米月与张大妈相互留了电话。张大妈道：“在这里歇息一晚再走吧。”

米月道：“不了，老屋看过了，下午还要去平坡镇。”

张大妈道：“那好，我给你叫车吧。”说着，打了一个电话。

很快，开来一辆三轮车。开车男子四十多岁年纪，秃头，一条左腿残了，同张大妈说了些话，米月也听不懂。

张大妈对米月道：“这是严师傅，我让他送你去平坡镇。”

三轮车突突地在曲折的山间公路上穿行。

严师傅道："你也是赶去高家村看戏？"

米月问："高家村唱戏？什么戏？"

严师傅笑了笑："你不知道有唱戏，去那里干什么？高开山家添了孩子，今天满月，唱一天戏呢。"

米月一听，来了兴致："那正好，我本来是要去看高家村老屋的，有戏看，更好了。"又问，"你们这里生了孩子，都要唱戏吗？"

严师傅道："那是有钱的有闲心的人才弄这事，没钱没有闲工夫的人家，哪里有这么阔气。"

到了高家村，果真看见聚集了两三百人。大多是老年人带着孩子，站在一个晒谷坪上。前面是一个旧戏台，好似亭子的式样，青砖底座，红木柱梁，青瓦飞檐，两边柱子上有一副对联：明月清风无尽岁，高朋望族有余庆。上面的横批，被写着"热烈祝贺高开山家族喜添贵子"的大红布遮住了。戏台上，一个身着当地服饰的中年女子在唱当地民歌。

米月听不懂歌词，但她熟悉这首歌的旋律，是一首情浓优美的闽南老民歌，叫《望春风》。

独夜无伴守灯下
冷风对面吹
十七八岁未出嫁
见着少年家
果然标致面肉白
谁家人子弟
想要问伊惊歹势
心内弹琵琶
想要郎君做翁婿

伊爱在心内
等待何时君来采
青春花当开
……

女子歌唱完了下场。便见上来一位老者，看上去有八十多岁，却精神矍铄，目光如炬，身健如风，白发披肩，银须垂胸。他先是说了一大堆话，米月一句也听不懂。只听得台下掌声阵阵，米月忙找到靠近一个音箱的地方，把老大爷的讲话录了下来。好在老大爷接着开唱，唱的却是京剧唱段《二进宫》，声音洪亮激昂。

米月平时也喜欢京剧，有时候会即兴来几段。听老者唱得那么倾情激荡，壮志豪情，她不免连连鼓掌称好。

紧接着，上来了一队老年女子街舞队。

米月看见自己面前站着的是一位六十多岁的大爷，便问：“这高开山是什么人？”

大爷听了，连连向她摆手。米月就想，他可能听不懂普通话，只得罢了。看了几段演出后，才看到一对身穿当地服装的夫妻，抱着孩子向众人作揖答谢，米月也听不懂。答谢完了，演出还在继续。

米月便进去参观古屋。

穿过正门，里面是一个大院子，原来后厨就设在大院子里。一群人马正忙得热火朝天，各式猪牛羊禽肉瓜果蔬菜堆积如山，一旁一字形排开 8 个大灶。大灶烟火腾腾，大锅内冒出一道道浓浓肉香味的蒸气，一排大木板案上，整齐排列着数十个大盘，几个厨师在配冷盘和调料。一群妇女都坐在桌案旁切肉，桌案上堆满了切好的和准备切的红红白白的猪牛羊禽肉。

米月刚进院子，就见一位十三四岁的女孩子给米月端上一杯茶来。

米月正好渴了，接过来喝了一口。

女孩子笑吟吟道：“房间都安排好的，要不，去房间歇歇吧。”

米月明白这接待客人的女孩子把她当作来吃满月酒的人了，只好点头，跟着小女孩从院子后门出来。原来院外是一条小巷子，地面是青石板，两边是一排整齐的青砖门房。米月看到，小巷子两边的门窗虽然相隔不远，但门窗却是错开的。就是说，一家的门窗前，看不见对方家的门窗。

女孩子在前面引路，问米月：“大姐，你是高伯的什么亲戚？我怎么没有见过？”

米月只好顺水推舟道：“你当然不认识，我是来这里看古村落的，听说高伯办喜事，也就来添添喜呀！”

女孩子一听，道：“你是从城里来的吧？”

米月道：“从东州来的。”

女孩子把米月引到一家老屋。进门是堂屋，正中摆了一张八仙桌。八仙桌旁，有三位老人在喝茶聊天。两边各有一间房，好像是新打扫过的，摆了一张床，一个书桌和条凳。女孩子把米月引到一间卧室。

米月放好包，便出来向三位大爷打招呼。好在大爷能听得懂普通话，忙让出来一个位置，让米月坐了。

女孩子便给米月倒了茶。米月开始跟大爷聊了起来。

米月有意聊起高开山，从高开山又聊起古屋。一聊起古屋，老人们的话就多了。

正聊得开心呢，米月的电话响了，是杜峰打来的：“发现李满枝了！”

五

米月赶到厅专案组，看到的是一个被“天眼”视频图像系统平台自动采集识别出来的图像，是李满枝出现在市商业城中心广场入口处的一段不到3秒的视频。

“确定是她吗？”

“已核实了，就是她！”

“什么时间？”

“3月19日星期日下午4点。”

米月一时有些发蒙，李满枝怎么可能躲开半岛花园的门控出现在这里？难道她早就不在半岛花园了？

“去查了这个摄像头没有，她身边有没有其他可疑的人？”米月问。

“查了，她身边和前后的几个人，都与她无关。”杜峰道，顿了顿，问，“你觉得，半岛花园这个目标，还要盯吗？”

“当然要盯，即使李满枝出来了，不代表保姆也出来了。找到保姆，也能得到李满枝有价值的线索。我总有个预感，李满枝很可能还在半岛花园。出现在中心广场，也许她确需购物或有其他消费需要，悄悄出来的，说不定已悄悄回去了。”

米月说完，拿出在海平县及三个镇取到的录音样本，递给了杜峰。

“凤溪镇严如松的儿子严二宝和平坡镇高开山的儿子高平贵，两个人的共同点，都是在外打工，都是暴发户，出手阔绰，村里人都不知道他们在外面干什么。而且工作单位都在外省，却没有向家人透露具体地址，也不敢安排其他人到身边工作。”米月介绍情况。

杜峰通过户政查到两个人户籍信息：严二宝，男，1985 年 7 月 22 日出生，高中文化，海平县凤溪镇凤凰溪村农民；高平贵，男，1987 年 8 月 5 日出生，高中文化，海平县平坡镇高家村农民。两个人都没有电话登记记录。

晚上 8 点，厅经侦总队会议室，米月和杜峰向经侦总队领导汇报专案组对高平贵的取证方案。

“高平贵这个人，你们能确定是圈子里的人吗？”莫总队长问。

“不完全有把握，但我们分析，基本上可以推断是团伙圈子里的人。即使不是圈子里的人，我们做的方案声势虽然有些大，但对他本人没有丝毫影响。”

“会不会惊动团伙？”

米月道：“绝对不会。”

“说说方案吧。”

杜峰打开投影机的电子地图，道：“高平贵有个弟弟，叫高平富，是海平县海龙宾馆保安，也在家庆贺。高平富家有一辆黑色丰田车。高平贵办完孩子的满月，已订了 23 日下午 4 点，也就是后天去郑州的高铁票。高平富要送高平贵在海阳上高铁，从平坡镇至海阳车站，必须从坑洼村上高速。23 日凌晨，在距离坑洼村 12 公里的地方，公路一侧是条山沟，高三十多米，我们制造一起两车相撞，一辆车翻入山沟，造成一人死亡，肇事车辆逃逸的车祸。之后，我们便以查肇事车辆为由，在坑洼村高速入口处建立临时公安检查站，对所有上高速车辆进行检查。高平富的车是黑色丰田车，我们便通报说有目击者证实逃逸的肇事车辆是一辆黑色丰田车。这样，只要发现高平富的车，我们便对车上人员进行重点检查并带到安检车上问话。问话期间，让他们把身上手机及贵重物品放在车上，我们便可以取得高平贵手机上的信息。”

莫总听了，沉默了一阵后，道：“非要弄这么大的阵势吗？”

米月道：“这也是不得已而为之。一是这个团伙自我保护和反侦查意识很强，警惕性特别高，对知道他们内情的人，不惜杀人灭口，是一个有高智商的人操纵的团伙。不通过这样的阵势，不能消除他们的怀疑。二是高平贵只有两天时间就要走了，容不得我们有充足时间通过其他办法向他取证。三是他在家里，那是个偏僻的山村，任何外地人接近他，都会引起他的警惕。除此以外，实在没有其他好办法。”

莫总又问：“车祸现场媒体会公开报道，能骗得过媒体？能躲得过网络人肉搜索？”

米月道：“媒体肯定要报道，只是能不能局限在县一级范围，不扩大报道。”

莫总笑了：“现在不比以往，即使把控了平面媒体，却控制不了网络。”

米月道：“这是条通往偏僻乡村的县道，我们选择的时间段在凌晨，平时车辆来往少，目击证人不会有，等新闻媒体赶到现场时，我们早已把现场处理好了，记者难以找到目击证人。到时候，像这样的普通车祸，热闹一阵后也就消停了，不会引起媒体网络的关注。”

莫总点了点头：“这样吧，方案我同意了。但要做好这件事，必须在方方面面考虑周全，比如说，被损毁的车辆来源，尸体来源及以后怎么处置，还有案发现场，一定不能露出破绽。不要小看那些记者，他们的专业侦查能力，不会比我们差，消息渠道来源也很广。他们的提问，会刨根问底，穷追不舍。这件事弄不好，要是惊动了团伙圈子，我们将前功尽弃。”

杜峰和米月点了点头：“我们一定做好，请放心。”

车祸现场，米月把市公安局交警支队已退休的老唐请来当顾问。老唐现年 67 岁，处置了一辈子交通事故，米月当然不能对老唐讲案件真相，只说是为了诱捕犯罪分子。

老唐笑道："我这一辈子还没干过弄虚作假的事呢，没有想到老都老了，还来污我的名。"

米月也笑了："唐老，到时候我们抓了人，给您送面锦旗，上书：弄假成真，名不虚传。"

22 日深夜，一辆已报废的农村常用白色长城吉普车被货柜车悄悄拉到现场。这里没有人烟，白色长城吉普车是朝高速公路方向开的，被迎面而来的杜峰亲自开的一辆黑色丰田车撞到了山沟里。杜峰的黑色丰田车，车前左灯都被撞没了，车前盖都变了形，在凌晨 5 点 50 分左右，疯狂向平坡镇方向开，开到平坡镇后，敲开了一家汽车维修店，换了新灯泡，受损的车前盖也修理好了，看不出被撞的痕迹，杜峰便把车开到一个无人烟的山沟里，在车上睡起觉来。

清晨 6 点 20 分，交警进入现场。7 点 40 分，县电视台及报社记者赶到。

肇事车辆逃逸，现场没有目击证人，只有通往平坡镇的公路沿途一些早起的群众，看到过一辆黑色小车，向平坡镇方向开去。一家维修店举报，他在天亮时修了一辆黑色的丰田车，车子往北面方向驶去了……

随即，两辆公安检查站专用车开到坑洼村高速公路入口处，对所有上高速的车辆和人员进行检查，重点是检查黑色丰田车。

上午 9 点，海平县电台、电视台播放了一条新闻："今天上午 6 时许，我县 027 县道往平坡镇方向 38 公里处，发生一起车祸，造成一辆白色长城吉普车车上一人当场死亡。肇事车辆逃逸。据目击者称，肇事车辆为一辆黑色丰田轿车，向平坡镇方向逃逸。目前，公安机关正在设卡检查追捕中……”

下午1点50分，高平富驾驶黑色丰田车到了坑洼村高速公路入口处。

两名交警示意高平富将车停在公路一旁，对车辆进行了仔细观察，对车辆拍了照后，示意车上的人下车。高平富和高平贵下了车，交警道：“请将身上的贵重物品、手机、钱包等放在车上，到检查车上问话。”

“我们又不是肇事者，问什么话，我们还要赶高铁呢。”高平贵道。

“是不是肇事者，不是你说了算，上去让他们查一查，不就清楚了吗？上车吧！”

二人依照民警要求，放好了物品，锁好了车，上了检查车。车上有一男一女两名民警，桌子上摆着询问笔录，车上有监控视频及录音设备。

问话用了15分钟。

厅技术室的同志用了不到8分钟，就把两个人手机里的信息全部灌进了电脑，然后把两部手机小心翼翼地放回原处，锁好车门。

高平贵的手机里，有个“恒顺公司”微信群，群内有122人。群内人名全是看不懂的当地人文字昵称，有文字对话，也有语音对话，用的全是海平县本地方言。

通过查IP地址发现，该群的人在全国26个地区有活动轨迹，包括本省4个。

微信群里的人员名单和IP地址很快被整理出来。将IP地址与近两年的虚开巨额增值税发票踪迹对照，全部来自于这26个省市地域。

米月和杜峰顿时激动得热泪盈眶。

第十章　秘侦窝点

一

部署查点行动的会议在晚上 8 点举行。

米月没有想到，黄副厅长也来了。行动部署属于绝密，连杜峰和米月的手机以及一些人员带的笔记本，都被要求放在会议室外。

会议开始，杜峰先介绍情况。

“从团伙成员高平贵手机信息中的线索看，该团伙目前分布在全国 26 个省市区，其中，山西 5 个点，北京、河南各 3 个点，东北三省和四川、广西、贵州、陕西、江苏、内蒙古、山东、云南各 1 个点，我省有随州、平湖、河川、海阳市区 4 个点。这些人都以微信保持联系，一般人很难进入他们的手机。微信群联络的特点是传播速度既快又广，一旦某个地方窝点被发现，只需要几秒钟在微信群内发个很简短信息，其他 25 个窝点的人就全都知道了，就会立即毁灭证据和转移。同时，虚开的增值税发票的各点来源，虽然相互之间有联系，但都是随机的不确定的联系。今天这张发票是从广西、贵州、山西来的，另一张发票可能是从河北、北京、甘肃来的。这样，即使破获了一两个窝点，也丝毫不影响其他窝点人员继续作案。只有在逐一秘密摸清所有 26 个窝点的具体地址，不惊动任何人，统一同时在各地收网，才能做到在他们没有来得及销毁证据时，一网打尽这个团伙。”

“团伙头目是谁？”莫总问。

“微信群里有一个群主，叫无耳朵老鼠，其他成员全是昵称。我们估计，无耳朵老鼠无非就是个联系人，真正的骨干头目，要么潜伏在群成员中，要么根本就不在群内。”米月道。

“这么说，要靠专案组的同志去秘密摸查，工程有些大，人手不够啊。”

杜峰点了点头，道：“能不能从各市经侦、刑侦中抽出有丰富侦查经验的侦查员来，经过短期培训，组成若干小组，分头赴各地核查。”

大家都看着黄副厅长。

黄厅笑了笑，道：“刚才听了你们的介绍，我感到，这个会我来对了。我搞过多年刑侦，但还是第一次听说犯罪团伙成员分布这么广，差点就遍布整个中国了。我们要在对方毫无知觉的前提下，摸清他们的窝点，是有难度的。你们刚才提出要从各市局抽人，我的意见，最好不要再从各市抽人。我是这样考虑的，一方面这个案子保密性极强，涉及的人员面大，从保密方面讲不好把握；另一方面抽调来的人要做到整个行动不让对方警觉，我有些不放心。我还是觉得，专案组的同志办案牢靠些。专案组可分成三四个组，分头行动。这个事，不要急于求成。只要确保在对方不知觉的情况下，摸清底细，十几天、几十天都行。至于最后的统一打击行动，由于涉及相关各省市自治区，需要上报公安部，由公安部组织各地统一行动收网。”

会后，按照黄副厅长的要求，莫总队长将专案人员分为四个小组，杜峰一组，刘绍义一组，米月一组，邓和平一组。每组三个人，两名侦查员，一名技术人员。技术人员负责定位和通信。四个小组分工，杜峰负责山西、陕西、河南、山东的10个点；刘绍义在北方长大，负责北京、内蒙古、东北三省共7个点；米月负责江苏、四川、广西、云南、贵州共5个点；邓和平一组，负责省内四市的4个点。

……

米月开完了会，从专案组出来，想这次出行，少说也得十天半个月，她想在出发之前，去看一看恩师。

恩师的住所位于市东城商业区一幢22层的商业及住宿综合楼。翰墨的律师事务所在2楼，恩师的住所在12楼，是一个60多平方米的二室一厅小套间，还是翰墨来东州工作不久时按揭买的房。翰墨后来购置了半岛花园别墅，怎么动员老人去，老人就是不去。她说那里她住不惯，在这里方便照顾儿子，要去，也得米月与翰墨婚后有了孩子她才去。也许这是农村来的老人的普遍习惯吧。

恩师已六十多岁，有糖尿病，心血管也不好，但她不让翰墨请保姆，坚持每天买菜、做饭、打扫房间卫生，把家务整理得井井有条。

米月给翰墨打电话，翰墨道："我还在东海呢，这两天回不来！"

米月想了想，买了一条青鱼，去看老人。

到了12楼门口，米月敲了敲门，她习惯地期待开门的恩师看到她时的一张惊喜的笑脸，而后是带着慈祥的埋怨："来了也不打个招呼，我好去买点菜呀！"

就在米月的期待中，门开了。可出现在米月面前的，却是一位中年女人："你找谁？"

米月一惊，是不是自己找错门了，一看门牌号，没有错呀，便结结巴巴问：“这是刘翰墨家吗？”

中年妇女点了点头。

米月突然有一种不好的预感，忙冲入屋内，发现恩师躺在床上。她见了米月，艰难地想起身。

米月忙上前扶住，忍不住双眼模糊了：“妈，病了也不告诉我一声！”

米月自从与翰墨定了婚后，就一直管恩师叫妈。

老人笑了笑：“你那么忙，我让翰墨不要告诉你。人老了，就是多事，也没有什么大毛病。”

米月心里一酸：“您哪里不舒服，怎么不去医院？”

“就是我这个脚，关节疼，走不动路。去了医院，医生也检查了，说我这是风湿。我住了两天院，实在待不下去了，就硬闹着回来了。”

米月连忙看老人的双腿。双腿肿得像萝卜似的，用手指一按压就是一个窝儿，半天复不了原。

“妈！腿都成了这个样子了，还说小毛病！不行，我送您去医院！”

老人抓住米月的双手，笑道：“医生说了，老年人的糖尿病，就是这个样子，在医院，每天无非也是打针吃药。这不，翰墨请的张婶，她在家里照顾我呢。她每天给我打针吃药，给我做好吃的，不比在医院差！”

米月抹着泪，哽咽道：“这么大的事，怎么瞒着我！我应该早些来看的。”

老人道：“你这孩子，今天不是来了吗？我这不是好好的嘛！”

张婶过来，问：“这鱼怎么做呀？”

老人道：“好了，别伤心了，快去做鱼吧。”

米月出来，取了鱼进了厨房。要是往日，老人一定会出门，买米月喜欢吃的肉回来做。

米月一边做鱼，一边用手抹泪。

她知道，看老人这腿，表明老人的肾脏已严重衰竭，即便能坚持下来，再也不可能下楼替米月买肉，再也不可能做米月喜欢吃的菜了。

米月多么想多点时间陪陪老人家，但她已订了晚上去成都的飞机票。

她只好对老人家说道："妈，我这次出差回来，一定同翰墨把婚事办了，米月一定尽快给妈生个大孙子……"

二

与米月同行的，是省厅经侦局的女侦查员任满霞，26 岁，毕业于中大法律系，是一位活泼开朗的姑娘；还有一位是市局的何小宇，米月向莫总力荐的。

三个人从成都双流国际机场下了飞机，乘出租车到达盛丰宾馆。车子入城，已是晚上 10 点多钟。到了双林路，只见两旁灯红酒绿，各种各样的小吃店肉菜飘香，长寿竹筒饭庄、酸萝卜鱼头汤锅、彭祖长寿炖宴、四绝品菜馆、极品肥肠、霸王虾，让人看了直吞口水。

盛丰宾馆是一家很小的宾馆，四层楼。米月三个人要了四楼临街的房间，虽然房间条件简陋，却能看见对面东方锦都大厦耀眼的灯光。

米月和任满霞同住一间双人房。一放下行李，米月便让何小宇到她俩的房间来，让何小宇重新定位信号。

米月觉得，在这附近定位，应该更精准些吧。

何小宇测试了一下，道："应该是在东方锦都大厦。"

东方锦都大厦是写字楼，里面的人五花八门，光进驻的公司就有几十家。进出人员频繁。米月同任满霞、何小宇穿上白领制服，分别在各楼层穿梭。

穿梭了两天，何小宇没有发现楼内有信号。信号似乎转到了写字楼后面的利安社区。

锦都大厦后面有一栋八层楼房，在利安小区里。信号在这栋楼的区域晃动。

米月到社区内察看了一下，这栋八层楼房，有两个单元，每层四套房，有电梯。

"如果长期租房，哪一层楼比较隐蔽，不容易被人打搅？"米月问。

"当然是最上面的八楼啦！"何小宇答。

"看看能不能找一个地方，盯死两个单元的出口？"

小区外距离目标楼 220 米左右，有一个 18 层高楼，可通过望远镜俯视到这两个出口，只是这栋高楼是一所医院。

三个人观察了三天，两个单元有不少人出入。可何小宇在小区门口接应信号搜索，却没有出现信号。

"难道这些家伙几天都不出门，还是出门不带手机？"

一个多次出入目标单元的五十多岁大妈引起了米月的注意。

她发现，这个大妈在超市购物时，买了一条红玫瑰香烟。

红玫瑰香烟产地在江东的海平县，她突然想起，当初吴重九被害的现场，也发现了红玫瑰烟头。

大妈在超市结完账时，向服务员索要消费单据。米月听她讲话是地道本地口音。

米月决定接触一下这个大妈。看大妈买了一条石斑鱼，米月便笑盈盈地问：“大姐，这鱼怎么烧才好吃？”

大妈看了米月一眼：“鱼要是新鲜的话，就清蒸；不新鲜，就红烧。”

米月摇头：“这些，我都不会。”

“现在的年轻人，要会这些干吗？有了钱，哪里没得好吃的！”

“可哪能天天在外面吃呀。我的一位同事，找了个会烧菜的保姆，五千块一个月，干了不到两个月就跑了。像大姐这样会烧菜的，有钱也难找。”

大妈惊了：“五千元一个月？你那同事住在哪里？”

“不远，就在一环东。”

“要不，你留个电话，我看有机会没得，去找你那个同事。”

米月道：“这样吧，你把电话告诉我，我先问我那个同事还找不找，要找的话，让她打电话给你。”

“好的好的，我姓杨，叫我杨姐就是了。”大妈给米月留下了电话。

米月赶紧在当地办了一张手机卡，第二天晚上 9 点半，打通了杨姐电话。

米月断定，晚上大妈应该不会在目标窝点。

“杨姐，我跟我同事说了，她说正盼着请做菜师傅呢。”

大妈却支吾半天，道：“谢谢你的好意，我去不了。”

米月道：“她说了，只要您愿意来，价钱您说了算。”

“我这东家，不放我呢。”

“你那东家出什么高价请您的？”

“不是价钱的事，这伙人，我得罪不起。”

米月道：“他们还能吃了你？他们在哪儿，要不要我去跟他们说？”

“他们就在我家楼上房间里办公，外地来的，四个人，都是男的。一个个说话都挺冲，平时他们说的什么鸟语，我一句都听不懂。你千万不要来找他们。”

“那好吧，要是他们不再请你，就打我电话。”

米月同何小宇看地图：成都市成华区双林路利安小区 42 栋 2 单元 802 房。

何小宇点了点头：“从信号稳定性看，概率百分之九十吧!”

米月道：“好，锁定!”

三

米月决定从成都直飞昆明，上飞机前，给杜峰打了个电话。

杜峰的第一站在山西。米月知道，这个团伙要弄假发票，虽然通过各省中转，但最终大多数走的是煤矿这个渠道，同矿老板打交道，当然得有多条来路。

“山西的五个点，有两个在太原，一个在晋中，一个在忻州，一个在大同。”杜峰说。

“那还不好，多看些地方，当作旅游吧。”米月笑道。

“当初就应该让你来这些地方。”杜峰哭笑不得。

团伙在昆明的窝点，位于盘龙江临江路龙桥大院靠近江边一幢大楼区域内。米月想在楼对面找住所，可是从地图上看，楼对面是一片施工场地，整个长约 500 米、宽约 300 米的区域被推出一块平地。

米月只好在龙桥大院附近的聚缘旅社住了下来。

“能锁定楼房吗?”

龙桥大院靠近江边一字排开 8 栋 31 层的大楼，全是商业居住楼。大楼的前面临江，楼后面是一家大型农贸市场和批发商场。

何小宇指着地图道："这次可以肯定，就在这栋大楼里。"

这是8栋楼中的第五号楼，每层5套房。2套靠近江边，面积180多平方米；3套面对农贸市场，面积70多平方米。楼房有三个出口，前面一个，后面两个，都装有门禁系统，人员出入大楼，刷卡才能出入。外来人员，必须按门铃，主人通过视频认可开锁后，才可以进入。

米月道："今年昆明的气候比较冷，4度左右的气温达到20多天。这个温度，一般家庭很少用空调，而在窝点的人就不会省这个钱，能开就会开。就是不开空调，他们的耗电量，也会比普通家庭的耗电量多得多。我先去供电公司查这楼的用电量，你们二人去楼对面工地上蹲坑。每天早晨5点到7点，晚上9点到凌晨1点，观察房间灯光，作好记录。"

"那是一个空地，怎么蹲坑？"

"租一辆小面包车吧。越旧越好，不起眼。"

面包车租到了，几乎要淘汰的，勉强能开，80元一天。

各楼户的电费，现在一般不会由物业催缴了，供电公司掌握着大数据。由供电公司通过各户持卡到指定地方购买电费，这个数据是面对公众公开的。米月通过电脑网络，查到了这家分公司。分公司里的人，面对的是数十万个客户，与窝点里的八竿子也打不着。米月以办案人员查赌博的身份，查这栋楼房的耗电情况。

这幢楼耗电最多的有五家。

光是耗电高，还不能锁定目标，需要更多的线索证实。

观察的范围缩小到耗电多的几家。观察了三天，发现28A房可能性最大。

"这幢楼的电信光缆总接入口，应该在地下室吧？"米月想出了一个办法，问何小宇。

“一般情况是这样，只有地下室才有这个空间。”

“我们去看看吧。”

米月同何小宇到了楼下一看，这幢楼有三层地下室，均为停车库。两个人在负一层查找，找到了密如蛛网的光缆接线房。

“如果我们拔了28A房的光缆线，房间的人会有什么反应？”米月道。

“好主意！今天是星期二，现在是上午，如果是家庭住房，网线断了，家里面没有上学的孩子和成年人，一般不会着急。如果是办公窝点，估计要么就打电话报修，要么就会来人到这里查看。我们在这里守株待兔就是了。”何小宇兴奋道。

米月点了点头：“不要故意把插头拉出来，让它接触不良就行，明白？”

“明白！”何小宇拔出28A房的光缆插头，在插头处涂了一层蜡，再小心翼翼插进去。

米月惊讶：“行呀何小宇，行头还挺齐全。”

何小宇笑了：“有备无患嘛！”

两个人躲了起来。等了两个多小时，没有人下来。

米月有些着急：“不会搞错吧？怎么这么久没有动静？”

何小宇道：“不会。如果是报修，电信公司不会这么快。”

正说着，一个小伙子背着工具箱过来，走近了接线房。

米月看只有他一个人，立即上前，向他出示了警察证。

“我是市局抓赌的，请你配合一下。”

小伙子一时没有反应过来：“我，怎么配合？”

“是28A房打的报修电话吗？”

小伙子点了点头。

“你刚才进楼里没有？”

“没有，我们一般先从这里查起。”

米月示意何小宇。何小宇便向小伙子说明了缘由，然后何小宇换上了小伙子的衣服，扛上了工具箱。小伙子由米月带到一边藏了起来。何小宇按下了 28A 房的门。

何小宇顺利进入了 28A 房。没错！正是一个窝点，客厅内没有异常，有三间卧室，两间各摆放一台电脑、打印机等办公器材，一间卧室是仓库。仓库里的床上，堆放了一捆捆发票单据，以及各种印章等。屋内有 4 个人，两个正各自在电脑前玩游戏，一个在陪着何小宇检查光缆线路接口，还有一个青年女子正在厨房烧水。

“房间里没有问题，应该是总接口的问题。”何小宇说完，便要出门，对陪同的人道，“你跟我来。”

到了负一层，何小宇找到了 28A 房插口，将插口用酒精洗了洗，擦了擦，插了进去，对陪同的人道：“打个电话问问，有信号没有？”

“有了有了！”房间的人道。

“以后网线不通，不要动不动就报修，耽误时间，先检查这些线路插口，多数是接触不良，多插几次就好了。”何小宇对陪同来的人进行指导。

“好的好的！我明白了。”陪同来的人连连点头称是。

米月用手机拍下了电信公司小伙子的身份证，对他道：“这件事，对任何人都不能说，要是有消息透露出去，你是知道的，要负法律责任。”

小伙子连连点头。

米月同何小宇出了地下室。

“看来，他们以居民楼作为办公房，没有把办公的地方设在客厅，而是设在卧室。这样做，一方面是担心万一有外人进来，可以作掩护。因为一般进来的客人，是不会去卧室的。卧室门一关，也不会让你进去；我这次如果不是检查线路，哪里能进得去。另一方面也不会显得拥挤。如果客厅里堆满了办公器材，他们连活动的地方都没有。除了办公房，他们另有宿舍。”何小宇道。

米月点了点头：“说得对。既然是一个团伙，他们的办公场所应该有一致性，下一步，我们就更有对付的手段了。”

米月向总队和其他队员发了短信，介绍了窝点的办公结构及人员情况。

四

从昆明到贵阳，再到南宁，两处的摸排均顺利完成。

米月于是带领二人来到南宁光明路。夜晚的街道灯火通明，人头攒动。街道两旁，各种烧烤蒸炒烟气腾腾。任满霞兴奋得不行，看了这个要点，那个也要点。

米月道：“先别忙着点，先从头至尾看一遍，心里有数了，找一个餐厅落座后，再去点，让他们送到餐厅就行了。”

找到一家漫天星餐馆，坐了下来，任满霞和何小宇去点菜。米月却没有一点儿心情，一点儿胃口都没有。

上午，翰墨打电话来，她正在执行任务，不便接，便挂了。

翰墨便发了个信息，说妈住院了。米月的心一紧。

米月打通了翰墨的电话。

“妈怎么样了？”

“昨晚昏迷了两次，今天一早送到医院，现在好些了。”

“医生怎么说？”

“还能怎么说，年纪大了，身体器官什么都衰竭了，让我们随时有思想准备。你能回来看看吗？”

米月的泪水禁不住流了下来。

她心里很纠结。她的任务还有一站是江苏，要办完，少说也得三四天。可要是不回去，老人万一有什么意外，这将是她一辈子的愧疚。

米月下了决心，要回家一趟，见见老人。

吃完饭，米月回到宾馆，让何小宇打开地图，寻找在南京的窝点。

找到信号地点，米月就蒙了。目标区域位于南京卡子门大街西与玉兰路东的翠竹园小区，小区有楼房54栋，面积2.34平方公里，信号覆盖在以36幢为中心的区域，这是小区中心地带，四面都是楼房。36栋呈L形，附近的楼为一字形，楼房之间，被约30米的树林绿化带围绕，小区四周共有六个出口，其中三个大门没有保安门禁。

“只有去了现场，才能做出对策。”何小宇道。

米月想，要是能在这里做出方案，她便可以在次日一早乘飞机回东州看恩师。

在这种情况下，她怎能走开。米月在两个人离开后，看了看表，已是晚上10点。

她还是打了翰墨的电话：“妈妈现在好点吗？能不能跟妈说句话？”

“现在都什么时候了？你在哪儿，忙什么，走不开吗？”

“还不是拐卖案嘛，真的走不开。”

“那案子不是破了嘛！”

“哪有那么简单，陈年积案，越挖越多。”

“我好像听说，你被抽到厅里办案了？”

“是呀，案子牵涉的范围太大，由厅接手侦办了。”

“你不是同杜峰在一起吗？”

“怎么会，这哪儿跟哪儿呀！”

“这样吧，你还是安心办案吧。妈这边，我会照顾好，是妈不让我告诉你，你也不要让妈接电话了。有什么事，我及时告诉你。”

米月松了一口气，哽咽道：“翰墨，拜托你了。”

放下电话，米月想，翰墨对她的情况怎么知道得这么多？

在他面前，她本可以不用保密，因为她很难对他蒙混过关。越是骗他，越会引起他的猜测与追问。米月知道翰墨的嗅觉和分析判断能力，他经手的案子那么多，与他打交道的罪犯那么多，很多方面的侦探经验恐怕米月也望尘莫及。

但是这一次，米月必须骗他。即使他是无心，谁会知道一旦走漏消息，会是一个什么结果。她必须在他面前，筑牢这道防线。

五

从南宁乘飞机到南京，已是下午四点。

在翠竹园小区北门对面的钱记生态酒店住下后，米月道：“趁现在还早，你们两个去小区转一转。我去打听一下物业。”

“不是说不能与物业接触吗？”

“我们执行任务，不要那么死板，要见机行事。这个居民区，大多都是 12 层的楼房，估计住户最少也有两千多户上万人，如果不是窝点的人与物业有特殊关系，他们之间应该不会相互认识。你们放心，我有办法。你们两个去目标区要小心，如果有人问，就说想在小区租房。”

满霞和何小宇点了点头。

米月通过网上搜索，查到了翠竹园小区的物业，以租房为名，打了物业的电话。物业约米月到仁发物业管理有限公司面谈。

接待米月的，是一位高瘦精干的小伙子，一听说米月要租翠竹园小区的住房，忙把翠竹园的楼座平面图拿了出来。

“这里涂上绿色标志的，就是可以出租的房。”

米月一看，36号楼有5套有绿色标志，前面的34号楼，是塔式楼，左右两侧35号和37号为板式楼，后面22号、38号和39号也均为板式结构楼，都有不少绿色标志。

“面积大的房间是哪些，我们想租楼做办公室。”

“大的有178平方米，三室两厅，适合做办公室。”

米月盯着地图上的36号楼，又不能猝然说出要在36号楼租房，以免引起他疑心。表面上米月在对着地图选房，心里却在想怎么样把小伙子的眼光吸引到36号楼，让他主动介绍这栋楼。

34号楼是塔式楼，在整个小区内独具特色，呈V形结构。米月便指了指34号楼道：“这个楼跟别的楼不一样吧？”

“这楼看起来比较宽大，面积可就小了点，不到100平方米。您如果要办公用，还是像这样的楼，不光面积大，又是板式，两面透光，又通风。”小伙子的手指自然移到了后面的36号楼。

米月顺水推舟：“这个楼还有比较高层的房间吗？”

“11层，还有两套。9层，也有一套。这栋楼，前后左右距离街道都比较远，十分安静，楼房四周绿化也好，空气也比较好。”

米月点了点头：“楼里有光纤吧？我们办公要确保信号通畅，可不能太慢太卡。”

“这个您放一万个心，这栋楼已经有人租房办公了，他们从来没有投诉过信号不畅。”

“真的？”米月来了兴趣：“他们是哪个房？”

“我查查，”小伙子来到电脑前，找到了，对米月道：“3 门 1002 房，江东来的，来一年多了，从没有投诉过。”

米月松了一口气。小伙子说要查电脑，说明他对窝点的人并不熟悉。米月对着电脑瞄了一眼，看清了登记人的名字：严明光。

米月心满意足地从物业公司出来，回到钱记生态酒店。

“窝点找到了，36 号楼 3 单元 1002 房。”米月道。

六

从南京回到东州，米月得知恩师已出院。米月急忙来到家里，看到恩师无大碍，才松了一口气。

米月等人到莫总处报告工作情况，得知其他三组的摸排工作还远远没有结束。杜峰刚刚离开山西，刘绍义也才完成东北三省的摸排，邓和平在省内还有两个市没有摸排完。

莫总听完汇报，很满意。

米月道：“我有一个想法，原来手头有个案子在悬着，就是村妇邹红艳失踪案，这个案子与这个团伙有关，我们锁定的嫌犯李满枝至今下落不明。我想利用这个机会，找一找这个人。”

“你确定失踪的邹红艳在李满枝手里吗？”

“从抓到的人提供的线索看，应该在她手里。”

“她会不会杀人灭口？”

“到目前为止，没有发现邹红艳被杀的消息。他们可能知道邹红艳对团伙的事不知情，所以没必要冒这么大的风险来灭口。可能只是担心邹红艳一旦被放出来，会让我们掌握其行踪，才把她控制起来。”

莫总点了点头，道："好吧，我尊重你的意见。你们这一组，集中精力找李满枝和邹红艳。"

米月点头致谢。

米月带着何小宇和任满霞直奔半岛花园。

负责蹲守佳乐超市的侦查员道："自蹲守以来，再没见过刘素芳在超市出现。"

负责查看各大门监控的说，没有发现李满枝和保姆刘素芳出入的踪迹。

米月不死心。

"如果李满枝还在半岛花园，她每天都要吃喝拉撒，不可能不到超市购物。保姆不来这个超市，说不定会去其他超市。"

"要把八个超市都查完吗？"

"以佳乐超市为中心，查周边超市的监控视频。每天早晨安排人穿上环卫工作人员衣服，以D区为中心区域巡查，看能不能发现出门倒垃圾的刘素芳。"米月布置完，对任满霞道："半岛花园这一块，交给你了，由你负责这里的巡查布控，发现问题马上告诉我。"

满霞点了点头。

米月带着何小宇去找保姆刘素芳的女儿胡运红。

敲响胡运红家门的时候，是晚上8点多钟，胡运红一家人刚吃完晚饭。见米月又来找她，脸上挂着冰冷："你们还有没有完了！"

米月进了屋，笑道："你以为我想来打搅你呀！"

这是个一室一厅的小居室，一个中年男子，应该是胡运红丈夫，正在厨房洗碗，见米月等进来，打了个招呼，又进厨房去了。

胡运红把米月两个人引到沙发上坐了，便去倒茶。

米月道："你不用忙了，我问一些情况就走。"

胡运红坚持给米月二人泡了茶，对米月道：“自从你们那次找过我后，我妈再也没给我打过电话。我拨了我妈打过的电话，都不是我妈接的，也找不到我妈，我妈是不是出什么事了？”

米月听了，想了想，胡运红要真担心她妈出事，见米月第一眼就会问这句话，便道：“我正是为这事来找你的。”

“我妈只是她的保姆，她那么大年纪了，不可能去干违法犯罪的事。”

“如果故意包庇和窝藏罪犯，也是犯罪行为。”

“那也是她把我妈禁闭起来了，我妈是被逼的。”

“你不担心你妈的安危？”

“担心有什么用？救得出来吗？”

“这要看你怎么配合我们了。”

“我怎么配合？”

“你给我说实话吧，那次找过你以后，你妈来见过你没？真的没有给你打过电话？”

“没，没有。”胡运红回答的时候，眼光有些躲闪。

“我再问你一遍，3 月 19 日星期天下午，你妈没有回来过？”

胡运红愣住了：“3 月 19 日，星期天？你们……”

胡运红一时不说话了。

男子从厨房出来，对米月道：“对，妈那天回来过，下午回来的，吃过晚饭就走了。你别怪我老婆，妈走的时候，再三叮嘱，千万不要把她回家的事告诉别人，特别是公安，说要是让公安知道了，会要她的命的。”

“你妈来的时候和走的时候，坐什么车？”

“来的时候我们不知道，那天是星期天，我和孩子在家，运红在超市上班，听到敲门声，我还以为是运红回来了，开门一看，原来是妈。妈走的时候，按照她的吩咐，我们送她到门口，看她打的走的。”

“你妈给你说了些什么？”

“运红说了公安来家里找她和李什么人的事，妈只是说让我们放心，她没有事的，公安也找不到她，让我们什么也不要说。”

“你们之间有通话联系吗？”

男子看了胡运红一眼，见她没有表情，便道：“妈走的时候，给了运红一个电话卡，要我们另外准备个手机，装上这个卡，说以后妈只打这个卡的电话，还特别交代，不要用这个卡打其他电话。”说着，便从卧室里取了一部手机出来，交给了米月。

米月把手机送到何小宇手里，让何小宇记录手机号码及信息。

然后，她对胡运红夫妻道：“这个手机，我还交给你们，你们还是同你们的妈妈继续保持联系吧。既然你们的妈妈说过不要把这些事告诉我们，那么我们这次来，你们不对你们的妈妈说就是了。做得到吗？”

夫妻二人点了点头。

从胡运红家里出来，已是晚上 9 点了。

刻不容缓，米月对何小宇道：“回你办公室，马上把这个电话数据弄出来。”

“米姐，你怎么知道保姆 3 月 19 日回家了？”何小宇问。

米月笑道：“我看了 3 月 19 日李满枝的视频，查了她身边的人，保姆没有在她身边。那么大的商场，李满枝没有半天的时间是出不来的，这段时间，保姆会去干什么？”

何小宇回到办公室，手机信息很快出来了。

“有四个呼入电话，全部是座机。我查了一下，分布在市银河区棠景路、三元路与乐嘉路之间。通话时间都是在 3 月 19 日之后。

最近一次通话，是两天前。”

米月看了看地图：“我的天！”

她看到的是一片密如堆沙般的居民区。

她有些沮丧。她想，自己对李满枝还在半岛花园的判断是大错特错了。

“通知满霞，让他们全部撤离吧。”

七

米月同何小宇、任满霞在市银河区找到了那几个电话。都是地铁站的公用电话，分布在三条地铁的几个站，覆盖 2 平方公里的范围。这是一片高密集人员居住区，有 20 多个居民小区及旅馆酒店、金融、商业、政府机关等，人数达数十万。

米月道：“先把保姆的照片拿去‘天眼’平台吧。地铁站监视系统都比较好，她既然要到地铁站打电话，我们就通过‘天眼’平台，搜索她的行踪。”

第三天一早，保姆果真出现了。不出米月所料，保姆是从西园村方向走进西园地铁站的，从 3 号线坐到第三个站，给她女儿打了 2 分钟电话。

米月带着小宇和满霞，来到了西园村。

这是一个还未改造的城中村，面积约 8 万多平方米，密密麻麻坐落着 120 多栋 4 层至 6 层 20 世纪八九十年代村民自己建造的小楼。楼与楼之间像插筷子一样，楼房中的住户超过一半是由外地人租住的。

米月在周围转了一圈。村周边四通八达，没有围墙，连个栏杆都没有，更别说有保安和视频监控了。

满霞道:“没有想到在东州这个大都市,还有这样的治安环境?”

周边布控是不可能了。米月只好在西园村往西园地铁站方向路口部署两名民警守候。

在东州市,房主要求租房人提供身份证复印件,并必须在办理好入住手续后,向治安联防队报告,并在当地派出所备案。

米月对李满枝和保姆的入住信息进行了核查,结果是,近半年内没有李满枝和刘素芳的入住记录。

米月当即联系了派出所和村治安联防队,要求加强对该村的巡查防控,发现李满枝和刘素芳,立即报告。

米月继续盯着“天眼”。她预感到,李满枝距离自己越来越近了。

4月8日,米月接到通知,黄副厅长召集“1·08”专案组成员开紧急会议。

在听取各小组汇报所收集的26个作案窝点的情况后,会议开始研究向公安部汇报行动方案。

黄副厅长道:“今天拿出收网行动方案,明天我就争取成行,赴京汇报。去部里汇报的人,我一个,莫总一个,专案组去一个。在公安部下达收网命令后,26个窝点的100多个人,还有相当数量的票据、电脑、手机等作案工具,都是我们依法打击的重要证据。这些人的审查和取证工作,工作量相当大,恐怕比侦查作案窝点更复杂,更伤脑筋,更花精力。丝毫松懈不得。后续审讯取证方案,也要拿出一份来。”

莫总向米月投来目光:“米月,你跟我们去部里一趟?”

米月站了起来,道:“建议还是杜支去吧,我手里的李满枝案,正在侦查阶段。”

黄副厅长看了看米月，又看了看大家，道："这样吧，李满枝案往后拖两天，还是小米同我们去。小杜在家里，负责协调我省四个市的统一收网工作。整个收网工作丝毫马虎不得，我们省内的，更是绝对不能有任何差错。"

米月一听，只得作罢。

9日下午，米月同黄副厅长、莫总乘机赴京，下午6点到达首都机场。

刚下飞机，公安部经侦局王局长的电话就来了，通知晚上9点在经侦局会议室开会。

在灯火通明的公安部经侦局会议室里，黄副厅长作了专题汇报。

晚上11点，分管经侦局的副部长批准了行动方案。

接着，经侦局王局长给了黄副厅长一个预警信息。

"从这些年的经侦类案件来看，不管是电信诈骗、网络赌博、非法集资，还是虚开案，都存在一个普遍问题，就是很多地方上报的抓捕人员虽然不少，但往往都是些小喽啰，真正的元凶连皮毛都没摸着，大都逍遥法外。只有抓到这些骨干头目，才算真正破案。据部信息中心收集到的线索，你们的案子，团伙核心骨干头目很可能不在现有窝点名单中，极有可能已潜逃到国外。"

黄副厅长点了点头。

"可不管怎么说，这些窝点必须端掉。尽量做到一个不漏网。即便骨干头目在逃，只要有铁证，抓获和依法打击就有了线索和依据。"王局长道。

10日，公安部成立行动指挥部，统一开展对"1·08"专案的全国收网行动。收网时间定在4月12日上午10点。

收网行动干脆利落。26个点的100多名涉案人员，没有一人事先得知风声，没有来得及销毁哪怕一张纸片、电脑一个字符的证据。

米月刚从北京首都机场登上回东州的航班，任满霞的电话就打了过来："抓到刘素芳了！"

"李满枝呢？"

"跑了！"

"有邹红艳的消息吗？"

"没有。"

一下飞机，米月从机场直接来到西园村刘素芳的住所。

看了一眼住所，米月心里不禁打了一个寒战。要是刘素芳自己猫在家里不出来，恐怕找到两眼发黑也找不到这里。

这是个一室一厅一厨一卫的民宅，刘素芳一个人的住所。

"我们从半岛花园搬出来后，李姐不让我同她一起住，把我安排在这里，她住在金兰花园，那里靠近白云山。我要坐地铁才能去她那里。李姐说，需要的时候，就会打电话给我。"

"你用什么电话同她联系？"

"她给了我两个手机卡。一个给我用，说只能给她一个人打电话，其他任何人都不能打。另一个给我女儿，只能给我一个人打电话。"

"金兰花园在地铁三号线附近，你怎么去了5号线？"

"那是第一次去找她，我弄错方向，跑去5号线了，我就给女儿打了电话，问金兰花园在哪个方向。"

"你们怎么从半岛花园出来的？"

"我们原来住在G214号楼，有一天半夜，李姐突然说要搬家，从G214号楼搬到另一栋楼。记不清是几号楼了，好像离我们原来住的地方不远。那栋楼的房间里好像也住过人，家具一应俱全。只住了三天，李姐突然又说要搬家。我与李姐来到楼下，门前停了一辆拉电器的货柜车，让我们俩坐到货柜车里面去。我们坐进去后，看到里面放了一台冰箱，外面门一关，里面就黑乎乎的，什么也看不见了，差点把我们闷死。好在不到半小时，我们就到一个地方下了车。有个小伙子把我拉到现在这个房间里。”

米月打开手机，找出了谭伟的照片：“是这个小伙子吗？”

刘素芳细细看了一下，点了点头：“看样子是。”

……

米月来到金兰花园李满枝的住所。金兰花园有楼房 40 多栋，楼高大多是 21 层，李满枝的住所在 A33 栋的 17 层，一套三室两厅约 170 平方米的居民房。房子新装修不久，家具也是新购的。米月细细检查了一遍，没有发现李满枝遗留的有价值的痕迹物证。

“查了这套房的主人没有？”米月问。

“还没来得及。”任满霞回答。

米月果断布置：“赶快查。还有，继续审刘素芳，或带她去认半岛花园后来的住所，并查清房屋的主人。同时，继续通过‘天眼’平台，追踪李满枝和谭伟的行踪。还有，查一下刘素芳供述的电器货柜车的来路。”

第十一章　异国猎狐

一

“1 · 08”专案抓捕行动结束后，所有外地团伙成员全部被押回江东审讯，所有证据被移交给江东省公安机关，由江东省公安厅和省税务局联合取证。

面对关押在市局各拘留所的黑压压的被审人员，以及从各地收集上来的堆积如山的票据、一百多台的电脑和手机，米月的头都大了。

专案组分成预审组和票据取证组，分头开展工作。米月同杜峰在预审组。

审讯工作不到两天，团伙头目及骨干便露出了水面。

团伙头目叫曾志安，人称安哥，男，46 岁，身边有 4 名骨干。林茹，人称茹姐，女，37 岁，是团伙的会计。业务骨干有林伟宝，人称阿宝，男，29 岁；赵训，人称阿训，男，34 岁；孙大华，人称华崽，男，30 岁。这五个人全部是江东省海平县人。其中，曾志安长居在 G 国粤海市，有一套豪华独居别墅，在粤海有一批亲随。半个月前，林茹带领林伟宝、赵训、孙大华等人，一同赴 G 国粤海。他们都不在微信群内。

“1·08”专案组收网行动成功的喜悦，立即被这伙漏网头目出逃的阴云所笼罩。

黄副厅长亲自组织召开专案组会议，部署出国抓捕行动。

“当前首要的任务是，怎样把这五个人从G国缉拿归案。”黄副厅长道。

“我们去的人数不宜多，最多五个人，一名组长，两名侦查员，一名技术人员，一名懂G国话的翻译。考虑到5个疑犯中有一名女性，最好有一名女同志。”莫总道。

“我们局的侦查员关亮就懂G国语。”杜峰道。

“这样的话，去四个人就可以了。你们谁愿意带队去？”黄副厅长问。

米月道：“既然要有一名女同志，我去吧。”

“你出国办过案吗？”黄副厅长又问。

米月摇了摇头：“哪有机会！”

黄副厅长看了看米月，道：“这样，既然米月主动请缨，我相信她能完成这个任务，剩下的成员，米月自己挑吧。”

米月道：“既然黄厅发话，我就不客气了。技术员，我看何小宇就行。前段时间的工作，我们配合得很好。关亮会G国语，就由他来当翻译。还有一位，选一个有点功夫的吧。”

莫总思索片刻，道：“那就黄云辉去吧。小伙子是军转干部，曾经在全军比武散打中得过名次，一身功夫还在。”

黄厅点了点头，道：“这次出国抓捕行动，公安部十分重视，指示要千方百计、想方设法把犯罪分子带回国内绳之以法。G国与我国关系比较好，有引渡条约。而粤海的华人比较多，对中国有好感，只要当地警察配合，抓捕引渡这几个人应该没有问题。但是，曾志安在粤海经营多年，有自己的亲信和势力，还有武器，不可小觑，必须做好各种意外情况的应对准备方案。行动中遇到什么困难和问题，可直接向我报告……”

米月出国前，去探望了恩师。

出门时，翰墨道：“去外面吃吧，有一家正宗潮州牛肉火锅，去尝尝。”

火锅店位于东城商业闹市区，还未到店门口，就闻到一股令米月向往已久的牛肉鲜味飘来。进了店门，就看到这个店与其他店的不同之处。店门橱窗内，四个身着工作服的小伙子站成一排，正在表演切牛肉的刀工呢。一大块的新鲜牛肉挂在他们眼前，他们取下的牛肉，在锋利的刀下，很快被切成薄如蝉翼的肉片。

“这老板真会摸透人的心思，用这一套来吊人的胃口。”

“店里的牛肉，要在当地凌晨宰杀，运到店里时，牛肉要求是温的，这样才能保持牛肉的鲜味。”

两个人找了一间包厢坐下。翰墨刚点好菜，火锅及切好的牛肉就上来了。

翰墨替米月配好了调料，道：“你看这火锅汤，好像就是一锅清水，什么也没有放，这是为了保持牛肉的原汁原味。因为牛肉切得太薄，水滚开后，夹好的牛肉在滚水里不超过 4 秒钟，肉就变色。一变色，就可以吃了。除了味鲜，还脆嫩。这味道好不好，还在配料上。”

翰墨一边说，一边给米月做示范。烫了几片肉，再放进调料里蘸了两下，放入米月嘴里。

米月吃了，真是鲜嫩无比，便撒娇道：“死翰墨，这么好吃的东西，你怎么不早带我来吃！”

翰墨道：“我去哪里找你去！”

米月只顾吃。

翰墨道："你哪天不干这行当了，我保证让你天天有美食。"

"你少来这套，总用美食来收买我！"

"你这么匆匆忙忙地来看妈，是不是又要外出了？"

"你知道了还问。"

"这次又要去哪里？去多久？"

"你现在怎么喜欢打听我的事了？"

"我才不想打听你的事呢。我只是担心妈这身体，万一哪天走了，我们没能了了老人的心愿。"

米月的心沉重起来："再等等吧，等我这次回来……"

二

4 月 20 日，G 国首都国际机场。

这是米月第一次出国。米月查了粤海的旅游攻略。粤海，位于 G 国南部半岛的一个海滨城市，是 G 国的旅游胜地，有人口近 30 万人，其中华人 6 万多人。由于许多店铺、餐厅及娱乐场所都有华人经营，所以不少人会讲普通话。

米月一行信心满满。人员名单和照片都有了，只要积极协调 G 国当地警方予以配合，找出五个人押回国内，应该困难不大。

在公安部的协调下，G 国警察总署治安局一级警督莫里金克警长前来迎接。

莫里金克警长会讲一口流利的普通话，见到米月等人，如见到久别的亲人一样亲热："没有想到啊，米队长是一位这么年轻美丽的小姐！"

一阵介绍和寒暄后，大家上了一辆中巴警车。

中巴警车在通往G国首都的公路上穿行。金碧辉煌的寺庙、精致的独屋、茂密的椰林、陌生的庄稼、鲜艳服饰的行人，连空气中都充满新鲜的异国味道。

莫里金克警长道："我经常去贵国的，贵国对我们非常友好热情。你们的住处，在我们警署附近的南南括亚旅馆。今晚好好休息，明天安排你们在这里观光一天。然后你们去粤海办差，如果你们交通不便安排，我们可以安排车辆。"

米月一听，莫里金克警长虽然十分热情，却似乎并不关注中国警察办差的事。

米月只得连连道谢，说："其他都不劳警长先生费心了，我们只关注抓捕人的事。是否请警长先生召集贵总署治安局的相关人员，我们开一次协调会，部署抓捕并引渡嫌疑人犯的行动方案？"

莫里金克警长把头摇得像拨浪鼓："米队长，您可能并不熟知我国警察的情况。我们的警察分治安警和移民警，治安警管街头，移民警管室内，两家互不搭界。你要到室内抓人，得找移民局；你要在街头抓人，就找治安局。而且，你们在这里不管抓什么人，我们移民和治安两家都不会插手，你们自己去找，找到了人，告诉我们就是了，我们会派人配合抓捕。如果在室内，通知移民警；如果在室外，通知治安警。"

米月等人一时都面面相觑。

莫里金克警长继续道："是这样的，我看了你们传来的5个人的传真，那个叫曾志安的，我知道有这么个人，这里的人叫他安哥。只是他同我们治安警没有打过什么交道，与我们移民局的不少警察很熟。在这里和粤海，他都有不少移民警界的朋友，上上下下关系都比较好。你们这次幸好只是传真到我这里，要是让移民局的知道了，一通风报信，那就不好办了。这伙人在粤海也有势力，手中有武器，爪牙耳目众多。所以我建议，你们最好不要透露来粤海抓人的消息。你们找到了人，最好在室外抓他，我们才好配合。”

“如果是这样，能否请贵国派几名警察与我们协同行动，查找嫌疑犯？”

莫里金克警长摊了摊手：“不可以的，实在抱歉！”

“那么，能否请贵国警方提供这几个人的具体居住地信息？”

莫里金克警长十分为难地说：“这些人的具体居住地信息，都掌握在移民局那里，而且只有当地粤海移民局才掌握。如果你们找移民局，我还是要给你们一个提醒，当地移民局有很多人都与这个安哥是朋友。我担心他们一旦知道你们公安来找他，很可能通风报信，让他们去其他国家躲避。所以，我建议你们，最好还是不要去惊动移民局。你们自己暗中去摸他们的居住地，一旦摸准了，想办法引他们出家门，在室外抓捕，我们会全力配合。”

米月等人心里凉了半截。

南南括亚旅馆，是一家别墅式布局的四星级宾馆。

米月下了车，便改变了主意。既然这里的警察不能帮上什么忙，还不能公开前来抓人的消息，要隐藏身份，那就干脆不在这里住宿了，更没有心思明天观光一天了。

米月对莫里金克警长道：“警长先生，谢谢您对我们的热情接待，也谢谢您对我们的提醒。我们打算今晚就去粤海，查找这几名嫌犯。我们随时保持联系吧。”

莫里金克警长摊开双手，惊讶道：“何必这么紧张？你也要让我尽尽地主之谊嘛！”

米月道：“等我们抓到了人犯，我再好好请警长先生喝几杯吧。”

莫里金克警长只是晃着头，满脸遗憾：“贵国的警察，我见识过，案子没办好，也没心思玩的。好，既然这样，我只好遵命就是了。”

他走上前与米月四人道别。

米月当即在宾馆租订了一辆半新的面包车，买了些干粮当夜餐，连夜赶往粤海。

“米姐，怎么办?”何小宇道。一切都出乎米月等人的预料。

“怎么办? 猪油拌呗!”米月突然想起了小时候妈常对她说的话。

“你们现在明白了吧，在国内办差，是件多么幸福的事。”米月道，“事在人为，以变应变吧。”

说完，又对何小宇道：“现在我们是两眼一抹黑了。你们网监处平时不是很牛吗，我倒要看看，这关键时候会不会掉链子。人肉搜索这 5 个人，对你来说不难吧。”

“要是掉链子，我们可要客死在这异国他乡了。”关亮道。

何小宇会意，忙打开电脑，一边手指在键盘上如鸡啄米般点击，一边道：“我现在就向信息中心提出需求，让你们看看网络情报工作是不是吃素的。”

车子快到粤海时，厅里的情报信息便传来了，倒挺快的。

安哥曾在微信里晒有一张显摆他的黑色路虎卫士车的照片，可惜看不清车牌号。茹姐也有一张在粤海的照片，背景是一面写着中国汉字“重庆地瓜老火锅”的广告牌。另一骨干林伟宝，有自称住在“自由女神”的信息。其他人没有获取到相关信息。

“这些人会不会住在一起?”关亮道。

米月摇了摇头：“如果他们是来躲避我们追捕的，就会当心我们连锅端，不太可能住在一起，应该分散居住。而一旦获悉我们到粤海的消息，便会随时逃之夭夭。从现在起，我们就当作到粤海考察房地产的投资人吧，我是老板，叫我老板就是了，黄云辉就叫黄哥，何小宇就叫阿丁，关亮就叫阿亮。”

车到了粤海，已是晚上 9 点。

阴雨绵绵。四个人好不容易找了家旅馆，一打听价格，180 美金一天，赶忙走人。找了三四家，才找了家能住得下的，88 美金一天，一个小套间，1 厅 2 室。米月一间；何小宇自己要求睡客厅，他有睡前看电视的毛病；黄云辉便与关亮睡一间房。

米月进房后，室内一股霉味就扑鼻而来。她连忙打开窗户。

安顿好住宿，四个人便打开粤海的卫星地图，商定找人方案。决定兵分两路，一路米月、何小宇往东，另一路黄云辉、关亮往西。寻找黑色路虎卫士车、重庆地瓜老火锅店及自由女神，发现目标后，先观察，待晚上大家一道研究查控措施。

三

这几天，暴雨一直下个不停。粤海原来也是一片远离闹市的旅游胜地，这两年 G 国政府受中国深圳的影响，要求把粤海建设成 G 国的深圳。于是，大批外商涌入，房地产商蜂拥而至，大多数还是华人，涌到这里大兴土木。从此，一座城夏天尘土飞扬，雨天便成了一摊烂泥，垃圾遍地。投资老板多了，带动物价飞涨，便有人恼怒起华人来。“飞车党”便坐地而起，专门抢劫华人。

四个人脚穿拖鞋，身披雨衣，搜寻着目标。

走了一天，毫无线索。

第二天，继续找。

米月与何小宇正在穿过一个小巷子，没想到巷子似乎走不到尽头。看雨停了，两个人便脱下又闷又热的雨衣，用手拎着。

听身后有突突的摩托车声响传来，二人刚一回头，就见第一辆摩托车擦身而过，坐在第二辆摩托车后面的黑大汉伸手就来抢何小宇的包。

何小宇的包里有笔记本电脑等重要保密器材，比钱重要多了，平时护命似的，要是被抢了怎么得了！

幸好他身手敏捷，一看势头不对，慌忙一手护包，一手顺势把雨衣朝那黑汉甩了过去。

那黑汉身子往后一闪躲过，抢包没有得手，还差点从车上掉下来。两辆车突突突地往前开走了。

米月看到，那黑汉恶狠狠地用手指了指他俩，不知骂了句什么。

“这帮家伙会不会纠集人来堵我们?”米月预感不妙。

往前后看了看，巷子又深又窄，两边没有出路。要是这帮家伙不善罢干休，纠集人两头一堵，怕是凶多吉少。

“怕什么，大不了鱼死网破!”何小宇道。

米月看见前面有一棵树，树不大，碗口粗，却有三四层楼高，树旁的民宅却只有两层楼。她便道：“爬树上房顶!”

何小宇还在犹豫。

米月道：“不要忘记我们的任务，多一事不如少一事。要是包被抢了，就麻烦了。”

“米姐，你怎么上去?”

“我会爬树的时候，你还在穿开裆裤吧。”米月笑道。

米月先爬上树，上了屋顶。看何小宇爬上来时，气喘得像拉风箱。

何小宇感到从未有过的狼狈。

果然，不到片刻，那两辆摩托车呼啸着开了回来。摩托车后排坐着的人，一人手里拎了一把八十厘米长的大砍刀，恶狠狠地在巷子里到处找人。转了两个来回，没有找到人，才悻悻地走了。

米月在屋顶上待了半天，灰溜溜地从树上溜下来，双脚一落地，便见屋内出来一位中年妇人。她一见从树上下来一个人，慌忙向屋内喊叫，也听不懂喊什么。不一会儿，何小宇也下来了。

就见从屋内出来一对老年人，男子手里拿着一把大刀，女的手里拿着一根木棍，气势汹汹地守在门口。

中年妇女好像在打电话，估计是在报警。

"他们把我们当贼了，要不，你向他们解释解释？"何小宇道。

"解释什么！等警察来抓吗？快跑！"米月说完，飞也似的跑了。

何小宇见势不妙，也拼命追了上来。

回到旅馆，四个人都是一身泥水，双腿像是灌了铅水，脚底也起了血泡。

米月简单洗漱了，倒头就睡。睡到半夜，她便醒了，是被蚊子咬醒的。

米月做梦都在打蚊子，开灯一看，自己真是在打蚊子，手掌上全是血，一屋子全是拍蚊子的血腥味。

"这里连蚊子都这么冷血，连个声音都没有。"

睡不了了。米月听见客厅里有人说话，到客厅一看，三个人都在呢。

"这样下去不行，明天，得租一辆车。"何小宇道。

关亮摇了摇头："我问过了，一辆面包车一天两百美金。"

"那就租嘟嘟车，总比这 11 号强。"何小宇执意说道。

嘟嘟车是一种两轮摩托车，租金倒也便宜，米月便同意了。

第二天，何小宇租了两辆嘟嘟车，四个人分头寻找。

转了一天，仍没找着任何踪迹。老黄、关亮却被警察当"飞车党”抓了。

老黄、关亮身穿黑色雨衣，戴副墨镜，骑着嘟嘟车在大街上穿来穿去，并在街头巡察的两个警察身边转悠了好几回。这便引起了警察的警觉。心想这两个家伙哪来的贼胆子，眼里哪还有警察！便双双掏出家伙冲两个人喊话。

面对两支黑洞洞的枪口，关亮只好停靠下来。

关亮用G国语言同警察打招呼：“我是中国人，请允许我向你出示证件，OK?”

两个警察对视了一眼，点了点头。

关亮从随身包里掏出护照，顺便把二百美金夹在证件中。

两个警察看了看证件和钱，忙收了枪，取了钱，把证件递给关亮，嘿嘿笑着向二人竖起大拇指。

“中国人，我们是好朋友！好朋友！OK!”

关亮顿时松了一口气。

晚上，米月一听关亮在显摆自己摆平警察的事，顿时变脸，一顿训斥：“你倒大方！一出手就是二百美金！这里给的是小费，不是行贿！让你这样来管钱，你让我们以后喝西北风呀！”

关亮苦笑道：“我也是一时应急，哪有零钱呀！你还心疼钱！我是怕他们搜查出我们带的这些家伙，说是侦探器材，怀疑我们是间谍，岂不百口莫辩。他们就是知道我们是警察，将我们交给移民局，那不也一切都暴露了?”

米月知道这个国家有收小费的传统。这种小费，上至官员警察，下至平民百姓，都可以收，多少不论。不管是谁，只要收了小费，便会认真地给你办事。

“明天，你去把钱破开，换成一美金五美金的。你要是再这么大方，这钱你就自己掏口袋吧。”这二百美金真让她有些心疼。

大雨断断续续连下了四天。四个人每次一身泥水回来，房间里什么东西都是一股霉味。

第四天，雨停天晴了。

老天不负有心人，米月终于找到了“重庆地瓜老火锅”的广告牌。

广告牌位于一家巴迷 KTV 旁，歌厅附近只有一栋大楼是住宅，叫粤海 99 公寓。这是一幢西式 4 层开放式公寓楼，每套房门前有开放式走廊相连。

茹姐晒的照片背景，只能表明她在这里吃过火锅，或在这里出现过，并不能确定她就住在这公寓。

米月正在寻思从哪里找突破口，一名邮差引起了她的注意。

大楼门前有个邮箱，每天都有邮差送收邮件。

晚上，米月部署查找茹姐的办法。她对关亮道：“你不是出手大方吗？明天让你大方一次，把邮差给我搞定了。”

关亮嘟囔道：“等花了钱，又来训我！”

米月哼了哼：“我要是会说他们的语言，还来找你！”

关亮给了邮差小费二十美金，邮差高兴得合不拢嘴，表示可以让他每天查看大楼收寄的邮件。

第二天，关亮查到了，是一个化妆品邮件，邮单上赫然写着：粤海 99 公寓 407 号林茹小姐收。

大家的精神顿时振作了起来，几天的辛苦劳累一下子烟消云散。米月安排蹲坑监视。

99 公寓 407 号房门，虽然从外面能看得到，但环顾对面的建筑，除了巴迷 KTV 外，没有其他可蹲守的建筑物。

这座 3 层楼的 KTV 建筑，里面的房间是一间间供客人玩乐的小卧室。从三楼小卧室的窗户，可以盯死 407 号门。看来，只有租下这个包间了。

米月进到歌厅，猜测这 KTV 一定是华人开的。里面的设施布局与中国的 KTV 相仿，第一层是演唱大厅和餐饮服务设施，楼上全是供人休息玩乐的卧室包间。大厅里播唱着不少华人唱的歌。歌厅里，数十个统一着各色旗袍、体态性感妖艳的女子穿梭其间。

这种场合，米月不便出面，就让关亮和何小宇去找歌厅老板娘。

“要租好几天？你们要干什么？”老板娘果然会讲一口流利的普通话，警觉性还蛮高。

“不干什么，只是玩玩，玩玩。”关亮说完，搂了搂一旁何小宇的腰，还亲昵地在何小宇脸上亲了一口，向老板娘飞了个眼。

何小宇恶心得恨不得啐关亮一口。

老板娘挥了挥手：“我这价格可不低!”

“价格好说，好说!”

关亮便在选好的房间蹲了下来。

米月松了一口气，对剩下的二人重新分工。米月同何小宇查“自由女神”，老黄查黑色路虎卫士车。

过了一天，关亮来电话了。

“米姐，这婆娘今天一大早开着车出去了。这里连个出租车都没有，我没法跟上去。”

这家伙怎么还有车？这是米月没有料到的。

“什么车？她带了行李没有？”

“一辆红色轿车，她拎着个黑色小提包，没有看见她带别的行李。”

“没有带行李，就不用担心，她还会回来的。为保险起见，你租辆嘟嘟车吧。以后她出门，你跟上她。”

四

米月和何小宇寻找着“自由女神”的林伟宝。

“自由女神”是什么名堂，米月打听了半天，才晓得是一套别墅群的名称。

四十多栋别墅错落有致地分布在一座山腰处。米月和何小宇在别墅群周围转了大半天，才发现一个有利环境。整个别墅群内没有超市或文体娱乐设施，住户需要到山下的商业城消费。别墅群到商业城，有四个出入通道，只要把住出入通道，不难发现下山购物或娱乐消费的林伟宝。

二人转了一天，又渴又饿，浑身被日头烤得透湿。

在细细商量定了下步方案后，二人便来到商业城。

这个商业城的规模虽不及中国的大，却也是一座有半个足球场大的四层大楼，容纳了数十家店铺和公司，衣食住，吃喝玩，什么都有。每天在这里办公的、购物的、吃喝的、看电影的、玩游戏的，男女老少，约有上万人。

米月想找个清凉的小吃店，喝口冰水，吃碗面。

在路过一家餐厅门口时，米月眼毒，只向店内瞄了一眼，便忙拉了拉何小宇：“我怎么觉得那个人像林伟宝?”

何小宇一看，饭桌旁坐着一个人，侧面对着门口，正在与坐在对面的人说话。看侧脸有点儿像，两个人便进了饭店，找了一张旁边的桌子坐下。

“先生，请问要点什么?”服务小姐看二人的装扮，认得是华人，便用普通话问道。

声音惊动了那个人，回头看了米月一眼。

就这一眼，让米月激动得心都要跳出来：正是林伟宝！

人找到了，却不能惊动。

米月忙叫何小宇叫了一辆出租车在外等候，自己只好点了两碗面。热腾腾的面刚端上来，林伟宝就出了门，上了一辆半新的黑色丰田车，往自由女神别墅方向开。

米月和何小宇一口面都没有吃上，便出门上了出租车，悄悄跟随林伟宝到了自由女神 A37 号楼。

晚上，米月安排老黄盯着林伟宝，她同何小宇继续查黑色路虎卫士车。

米月心情很好，正要给关亮打电话，关亮的电话就来了："这婆娘三天没见动静，我怀疑是不是出走了？"

米月一惊："你怎么知道她出走了？"

"她每天都要把衣服晾在外面，这三天没有见她晾衣服。"

"难道她发现异常了？"

"不可能，我在房间连望远镜都不用！"

煮熟的鸭子可不能飞了，这事大意不得。

"你向巴迷 KTV 老板打听一下，99 公寓楼的楼主是谁，在哪里住，我们明天去找她。"

关亮打听到了 99 公寓楼的楼主，是一位粤海本地的老太太，不会中文，英文也不流利。

米月便同关亮来找老太太租房。

听说有人来租房，老太太热情接待了米月和关亮二人。

"您这公寓还有多少空房？"关亮同老太太说起了 G 国话。

"还有 3 套，先生。"

"我们有 4 个人，想在这里租 4 套房，一年期的。"

“先生，这里只剩下3套了。”

“不会吧？这两天搬走的算不算？”

“这两天搬走的？我怎么不知道？”

“是谁我不知道，好像是407房的吧？”

“407房？她没有退房呀！”

房主一面说着，一面找来电话本，拔打407房间电话。米月记住了电话号码。

电话通了，一个慵懒的女声传来：“喂——”

房主正要问话，却被米月把电话按住了，连连点头：“好了好了，是我弄错了！抱歉抱歉！”

五

黑色路虎卫士车可不好找。粤海虽然不大，加上外来人，却也有三四十万人，黑色路虎卫士车也不少。

找了一辆，守了大半天，来开车的人却不是安哥。

各宾馆、酒家、娱乐场所、商业城，米月都找了，没有收获。

刚来的时候是连日阴雨，大家盼天晴。现在是连日晴天，太阳的光线十分毒辣。

米月同何小宇被晒得脖子上、手臂上表皮脱落，晚上睡觉时火灼般痛。脱落后露出浅色肉皮，加上被蚊虫叮咬过的密密麻麻的红点，远远看去，就像是一幅地图。地面上原来是泥水，这几天太阳一烤，变成了厚厚一层尘灰。两个人的嘟嘟车行驶在路面上，常常被过往的车辆扬起的尘土湮没。

“还不如下雨天呢！”何小宇叹息。

米月回到宾馆，一照镜子，觉得自己好像老了十岁。

“这样找下去不行！这样的大枭，可能不止一辆车，要是平时不开这辆车出门，我们再待一个月也未必能找得到！”何小宇说。

米月只得另想办法。

“既然已看住了两个人，他们又是安哥的手下，而且我们有林茹房间的电话，何不试试与她沟通，让她在毫不怀疑的情况下透露出安哥的相关信息？”

“太冒险了，要是被识破，前功尽弃。”

米月咬了咬牙：“没有别的法子了，冒险也要试试，我们好好研究个方案。”

何小宇提出一个方案：找巴迷 KTV 老板娘打听安哥下落。

米月想，绝不能向老板娘打探安哥的信息。安哥势力太大，也难断定与老板娘有没有关系，可以打探一下阿训和华崽的信息。

老板娘想了想，摇了摇头：“没有这些人的印象。这样吧，我找几个姐妹问问。”

第二天，消息来了，一位叫波波的招待员认得叫华崽的人。

米月惊喜不已，火速找到了波波。波波的手机里有华崽的电话。

米月当即让何小宇对华崽的手机信号定位。华崽也住在自由女神。

“小妹，能不能约华崽来这里？”米月塞给波波一百美金。

波波接了钱，却摇了摇头：“这个人只同我会过两次，已有几个月没见他来了。我们有规矩，不能主动向客人打电话。”

“那什么情况下才能向他打电话？”

“除非，除非……”波波看了老板娘一眼。

老板娘向她摆了摆手：“这几位是我的贵客，有什么就说什么，别畏首畏尾的！”

“除非我身体出了什么麻烦，比如不小心怀孕什么的。”

老板娘瞪了波波一眼：“他同你做事时，戴了那个没？”

“他就是不戴呀！还说他身体好得很，不担心我有病传给他就不错了。害得我到医院做了好几次检查。”

“这就好办！给他打电话，就说你肚子里有了他的孩子，让他过来商量怎么办。”

波波要拨电话，却被米月制止了。

“不要这样跟他说，这么一说，他很有可能就不来了！”

波波用疑惑的目光看着米月。米月只得告诉她如此这般。

波波点了点头。她拨了电话，很快约好明天见面。

米月松了一口气。

老板娘介绍，这栋楼的楼顶有几个游泳池，一般有些男女鬼混后，都要双双到游泳池泡个澡。泡澡时，客人换下的衣服物品要放在存物柜里。存物柜的钥匙，客人自带一把，保管员有一把，只要这家伙去泡澡，取他的手机不成问题。

一切安排妥当，只等猎物上钩。

可第二天，大家等了一天，到晚上10点多钟了，都不见华崽的影子。

波波刚要打电话催问，华崽的电话就来了：“波波！对不起，今天临时有事，你不要急，明天，明天晚上准到。”

波波急得要哭了：“我就知道你在骗我！我再也不理你了。”

“明天要是不来，天打五雷轰！”

……

第二天，华崽果然到了。一阵鬼混后，波波不由分说，将华崽连拉带劝弄上了楼。

就在华崽泡澡的工夫，华崽的手机信息全部被何小宇下载到了电脑上。

米月等人一阵狂喜：安哥、林伟宝、茹姐、阿训、华崽的电话全有了。

手机一定位，发现安哥的居住地是一座深藏在山沟里的小庄园。三面环山，楼房掩映在浓密的林木之中。门前有一条几公里长的车道直通山外。阿训也住在安哥的庄园里。

安哥的守门安保员设卡在距离房子外几公里的山下，米月他们别说不知道房间内的布局，连楼房是个什么样子也看不全。

米月迅速部署抓捕方案。

按照方案，米月和关亮用移民局的电话给安哥发信息，称中国公安要来粤海抓人，让他和他的人迅速离开粤海。安哥收到信息后，必然同阿训离家出逃。米月、关亮便在其出门后设伏抓捕。安哥也会通知茹姐等其他人员一同撤离，何小宇、老黄在其家门口设伏抓捕茹姐、林伟宝和华崽。

抓捕时间定在5月5日下午3点，为防抓捕情报外泄，只有抓捕行动开始时，才通知当地治安警察配合，在警察到达现场后实施抓捕。

米月的方案似乎细致周密，但毕竟需要对方“配合”，还有当地警察协助。如对方不配合，或在与警察沟通中出现问题，都会造成方案流产，导致前功尽弃。为确保万无一失，米月作了第二套方案，即在对方不予理会或闭门不出的情况下，死盯出口，通知移民局抓人。

为确保及时准确接收手机定位信息，米月指示何小宇收集粤海移民局电话。

何小宇很快找到了粤海移民局局长等官员的手机及办公电话。

米月对何小宇道：“具体怎么让移民局向安哥发信息，就看你的了。”

一切按部署方案进行，守在安哥庄园大门出口处的米月同何小宇焦急地等待收网。

5日上午9点，米月再一次与两个看守点通了一次话，关亮和老黄答复：一切正常。

米月刚放下电话，何小宇突然猛推她："米姐你看！"

安哥的黑色路虎卫士车箭一般地冲出了庄园的大门。

何小宇立即打开安哥手机的定位信号，信号显示，一直在向东南方向移动。

东南方向，是机场方向。

难道这家伙已经知道风声，出逃了？

米月果断地说："立即去机场！"

"要不要通知警察在机场拦截？"

"现在通知治安警，他早到机场了。如果到了机场，就是移民警的事了。"米月努力让自己冷静下来。

安哥的信号继续向机场以东方向移动。

"这家伙在搞什么名堂？"米月只得跟随。

翻过一座山，山下是一片银沙碧水的美丽海滩。

安哥同一位穿着比基尼的女子躺在海难上，悠闲地享受着日光浴。身后停的正是他的路虎车。

米月长舒了一口气，道："既然他自己跑出来了，就免得再费工夫了，此时不抓，更待何时。"

米月立即向莫里金克警长求助。

"OK！我马上通知粤海警察局。你把具体位置发给我就是了。"

米月刚给莫里金克警长发完地址，老黄来了电话："林伟宝出家门了，怎么办？"

米月问："你一个人跟上去，能对付得了吗？"

“没问题！”

“跟上去！如果没有绝对把握，就不要动手，待我们联系警方后，同警方一起动手。”

“明白。”

米月一边悄悄地监视着安哥，一边等着当地警察过来。

眼看半个多小时过去了，仍不见警察动静。

这时，安哥车上又下来一个人，是阿训，从车上扛了一筐像是食品的东西，来到安哥身边，并在旁边架起了遮阳伞。

米月想，这几个家伙一时半会儿不会离开。

这时，莫里金克警长来电话了：“抱歉，米队长，我告知了粤海警署，可是他们说，需要你派人去警署，向他们提供你们的相关证件及办理出警手续。你是知道的，我们这里不比你们中国，我们总部对地方政府警署没有直接指挥权，请多包涵！”

米月听完，气得差点把手机摔了。从这里到粤海警署一个来回，加上办理手续，至少得两个小时。安哥会在这里待两个多小时吗？

气归气，米月冷静下来一想，幸好事先了解需要到警署提供相关证件和办理相关出警手续，如果在抓捕即将开始时才知道要办手续，那就误大事了。

米月眼光转向何小宇，道：“我在这里守着，你速去粤海警署，提供证件办理出警手续，办理完立即告诉我。”

何小宇点了点头，开着车走了。

约两小时后，何小宇来电：“手续办好了，要不要现在出警？”

米月看了看安哥，还在吃东西呢，便道：“你们什么时候能到这里？”

“最快也要一个小时。”

米月咬了咬牙：“好，出警！”

六

米月在焦虑中等了约半个小时，中午 12 点钟左右，她看到安哥等人开始收拾东西，准备离开了。

米月最怕的事，偏偏就要来了。

如果这时候安哥打道回府，半道上很可能与何小宇的警车相遇，可那个地段，公路两旁全是密林。安哥发现警车，只要钻入两边密林，你千军万马也逮不着他们了。米月心想，绝不能让他们离开！

米月早已观察了四周的地形，沙滩只有一条环绕海岸的公路，西面通往市区，东面不到一千米，是坐落在海边的开张不久的金龙湾黄金海岸。这家五星级酒店，米月在找路虎车时来过。老板是江东的客家人，叫程安，米月有酒店大堂女经理的电话。

米月向车子走去。她清楚地看到，阿训最后从车上搬东西下来时，并没有按遥控器关车门的动作，她要趁他们不备，先取下车钥匙，再见机行事。

米月悄悄打开车门，猛然听到车内一声女子的惊叫。

米月惊出一声冷汗，车内有人！定睛一看，是华崽抱着一个女子躺在车后座上。女子慌忙穿衣，华崽怒气冲冲向米月吼道："你是谁呀？"

米月向东边方向指了指："我是黄金海岸酒店的客务部经理，想请你们去我们酒店享受享受。"

她心里一惊一喜，惊的是没想到车内有人，喜的是华崽也在这里，省得再去找他了。

正说着，安哥同阿训走了过来。

米月忙向安哥道："先生，我是黄金海岸酒店的客务部经理，前边不远就是我们的酒店。我们是新开张不久的五星级酒店，对初次去消费的贵客，第一天内所有开销都免费。”

“老大，要不，我们去酒店看看？”阿训一双小眼色迷迷地盯着米月。

米月接着道：“你们几位去消费，不光第一天免费，还会给每人发一件纪念品和一张金卡。凭金卡，今后你们来酒店，全部7折优惠。”

华崽也道：“老大，反正今天也没别的事，去看看呗。”

安哥看了看米月，问：“你是中国来的？”

米月点了点头：“这个酒店，就是我们中国人开的。”

安哥犹豫了一下：“这车坐不下了，你要不挤挤？”

米月忙摇手：“不用了不用了，我走路过去，你们到了那里后，在大堂等我，我会让一位小姐接待你们。其他人问你们，不用理，否则免不了费，一切手续由我过来办……”

安哥的车朝黄金海岸酒店方向开去。米月忙给黄金海岸酒店大堂经理打了个电话。

接着，米月问何小宇到哪里了。

何小宇道：“十来分钟就到了。”

“来了多少警察？”

“五名。”

米月想了想，五个人加上他们两个人，对付这三个男的，足够了。

“安哥他们刚去了黄金海岸酒店，你到那里接我。”

“明白。”

米月看了看表，匆匆往酒店方向赶去。

何小宇在酒店外接上米月，把随同来的一名警司作了引见。警司看了看米月的证件，见警衔是二级警督，比自己警衔高，立即向米月敬礼。米月向他们简要介绍了情况。警司二话不说，向手下警察挥了挥手，车子立即驶向酒店大门。

酒店里，安哥等人坐在大堂的茶厅喝茶等着米月，一抬头，就看见大门口有几个警察冲了进来。

安哥意识到大事不妙，站起来刚要迈步，却被抢先一步的米月夺过手机，何小宇和粤海警察迅速控制了安哥、阿训和华崽。接着，从路虎车内搜出冲锋枪一支，子弹 300 发，手枪两支，子弹 20 发，以及烟、酒等物。

米月在安哥的手机上向林茹和林伟宝发出信息：“中国公安已到粤海抓人，速到黄金海岸酒店集合!”同时，向老黄和关亮通报情况。

过了四十多分钟，林伟宝、林茹相继乘出租车来到了黄金海岸，一下车，就被几个警察按住了。

G 国首都国际机场，移民局警察向米月移交安哥等 5 名嫌犯。

第十二章　代号：鬼

一

米月一回国，立即开始审讯安哥。

她亮出了李满枝的照片。

安哥看了照片一眼，问："你们抓到她了？"

米月不回答，又亮出邹红艳的照片。

"这是谁呀？没见过。"

米月接着亮出了吴重九的照片。

安哥终于不耐烦了："你还有完没完！"

米月笑了笑，道："回答我，这个人，海平的，你不会不认识吧？"

"他是九筒子，原来在江东随州这个点，这个人不务正业，有了点儿钱，便放高利贷，到处放贷讨债。我看他这样闹，迟早会出事，就开了他。他还有一个妹妹在同我们做这个事，所以不怕他出卖我们。后来听说为了讨债，被人打死了。"

米月又亮出王玉山和谢小乐的照片。

安哥摇了摇头。

米月目光炯炯逼视着他："说说吧，李满枝的老板是谁？"

安哥眼珠子乱转："你问她不就知道了？"

"如果她说是你呢？"

安哥冷笑了一声，道："你太高看我了！她那种人，我孬得住她！"

米月道："都这个时候了，你用不着跟我打马虎眼，也用不着自己来做冤大头，替他扛事。"

"我说过了，你问李满枝去，她什么都知道。"

"她是她，你是你。她自首交代，可以减轻处罚，你也照样可以。"

"我们同他一直没有见过面，只知道他的代号，叫鬼。"

"鬼！什么鬼？"米月一惊。

安哥嘿嘿一笑："鬼，就是来无影去无踪。这是真正的高人，不服不行。他把我们一窝海平人指使得团团转，我们只不过是替他当马仔。一切谋划决策，都是他做的，一切你们的情报信息来源，也都是他获取的。我们的一切行动，都是听从他的安排，包括这次到国外避风头，都是按照他的指令行事。"

"你们怎么联系？"

"鬼只通过李满枝同我们联系，不会直接联系我们。有时出现争议或不听从李满枝的话，把他逼急了，他才会在电话中训我们，但用的也是李满枝的电话。除了李满枝，我们所有人，都没有他的电话，更不可能与他直接联系。"

"李满枝的电话呢？"

"她经常换号，最后这个号，在我们去G国后就停机了。"

"你听过鬼的声音了？"

安哥点了点头。

"从声音判断，他多大年纪？什么地方口音？"

“大约三十多岁吧，口音听不出来，是很标准的普通话。”

……

案子办到这个程度，最后竟冒出一个鬼来。米月心中的谜团快要解开了，她期待中的高手，终于浮出了水面。

鬼的出现，让案件久拖不决。

晚上，黄副厅长召开专案组成员会议，部署捉鬼方案。

专案组成员先介绍案情。

刘绍义道：“在清查这个团伙的财务账目中发现，有一笔七亿多的资金，没有纳入团伙及各成员薪金开支项目，流入了地下钱庄，去向不明。会计茹姐交代，她是根据李满枝的要求，定期把钱打到指定账户。至于那笔钱的去向、户主是谁，她一概不知情。”

米月接着道：“从安哥交代的情况看，血面人案中，吴重九因为放高利贷被开除了，有个客户王玉山因赌博欠下吴重九的高利贷，到期不能偿还，便伙同吴重九找工友黄三宝弄钱，没承想到了黄三宝村子里后，吴重九被王玉山杀死。这个鬼得知消息后，担心吴重九的死亡会引起公安追查王玉山而挖出这个团伙，便不惜冒险安排李满枝杀了王玉山以灭口。而邹红艳的失踪，也是这个鬼害怕王玉山向她透露吴重九的信息，被公安追查，才安排李满枝的人控制了她。”

说到这里，米月看了一眼黄副厅长，又看了看大家，道：“我认为，我们几次抓捕李满枝都扑了空，应该是这个鬼及时给她通报了信息。而我们在全国各地搜寻团伙窝点，尽管保密措施非常严密，但这个鬼还是探听到了风声，才通知几个头目出国躲避风头，说明这个鬼始终掌握着专案组的行踪或蛛丝马迹。”

莫总道：“这个鬼也出国了吗？”

米月道："可能性不大。这个鬼与团伙成员没有直接接触和联系，所有人都不认识他。他不担心自己会暴露，没有必要出国。还有，他要获取我们的相关信息，在国内比在国外方便。我有一种直觉，这个人就在我们身边。"

黄副厅长点了点头，道："我也在想，这个鬼操控一个遍布全国的犯罪团伙，从事犯罪活动两年多，骗取国家财税达数十亿，成功逃避税务执法人员的追查，在我们挖出团伙窝点，抓获团伙成员和主要骨干成员后，他还能做到不被暴露，可见，这是一个高智商的犯罪分子，反侦查能力、自我保护意识、法律常识、经济犯罪手段都超强。现在，既然他自称是鬼，那我们就来一个钟馗捉鬼。大家都说说下一步的想法。"

杜峰道："只能从李满枝的线索中突破，抓了李满枝，就不怕找不出鬼。"

米月点头道："查找李满枝，我不主张公开通缉，最好还是外松内紧，秘密侦查。"

何小宇道："对李满枝，我们会通过'天眼'以及其他搜索平台密切跟踪，只要在交通、旅馆及公共场所一露头，就能及时捕捉和预警。"

……

会议最终确定，成立攻坚小组，由莫总队长担任组长，杜峰、米月、刘绍义为副组长，不惜代价，务必逮住这个鬼。

二

趁着空当儿，米月赶紧去看望恩师，到菜市场买了鱼和海鲜。

她要好好犒劳一下翰墨，案子还在悬着，她一丝结婚的念头都没有了，她又要在翰墨和恩师面前食言了。

恩师的身体状况越来越差，下腿仍然浮肿，浑身有气无力。看米月来了，她挣扎着要下床，被保姆扶到椅子上坐下，要同米月说话。

米月生怕老人提结婚的事，但老人没有提，问的是米月怎么晒得这么黑，工作顺心不顺心，吃得好不好，睡得香不香，翰墨对她好不好……

翰墨还没有回来，米月到厨房烧菜。红烧青鱼、清蒸排骨、水煮对虾、醋溜白菜，菜刚上桌，翰墨回来了。

看到桌子上的菜，忙到厨房抱着米月亲了亲，道：“又去哪里了，晒得这么黑？”

米月嗔道：“你是算准了时间回来的吧？”

翰墨哼了哼：“你这是无利不起早，看来，我们的婚事又要黄了吧？”

米月一时语塞。

米月把恩师扶到桌边坐下，让保姆也上桌，翰墨提了红酒来。

保姆笑道：“今天是什么日子呀？”

米月道：“什么日子也不是，以后，我们天天这么过日子。”

恩师笑得乐开了花。

吃过饭，已是晚上 9 点。米月向恩师告辞。

翰墨送米月到了楼下，看头上明月如昼，街道上仍是车水马龙，不禁有些心疼地道：“案子还没有破吗？”

米月点了点头。

翰墨喃喃道：“这什么时候是个头啊？”

米月心里很乱，又不便向他透露什么，只得道：“但愿妈身体能好，不让我担心。”

翰墨道："你心里只有妈，就没有担心我？"

米月道："我们的日子长着呢，我有什么可担心的？"

翰墨叹息了一声："你这样子下去，我担心呀！"

米月道："你担心我什么呀！"

翰墨笑了笑："我想起网上一个视频，是一个医生说的话。有人问他，医生的责任是什么？你猜他怎么回答？他说，我是一个维护秩序的人。大家都不解，医生的责任不是救死扶伤吗？医生摇摇头说：每个人从出生的那一天起，就都在一个个排队走向火葬场，医生的责任，就是防止有人插队。"

米月知道他又来卖弄了，便笑道："那这么说，警察的责任又是什么？"

翰墨道："这还用说，也是维护秩序啊。只不过，与医生相反，你们警察是防止往后面插队想死得慢的人。"

"你放什么狗屁！"米月笑着脱口骂出了句粗口："我看，你当律师太屈才了，你应该成为一个哲学家。"

翰墨哼了哼："我要是个哲学家，那哲学家岂不都要饿死了。"

从恩师家回到攻坚组办公室，米月觉得轻松了许多。至少，恩师现在身体尚没有大的问题，翰墨也能理解她又一次的食言。她可以暂时不为家事分心，用全部精力投入案件攻坚中来。

杜峰见米月心情不错，道："下一步，我们还是联手，从李满枝的社会关系开始排查，把她的祖宗十八代和所有关系人找出来，一个不漏地排查。"

米月道："建议两个组还是分头行动，我们组去李满枝的老家，查他们的亲属及同乡关系；你这个组，在市里查他们的同乡朋友关系。排查完后，我们再汇总线索。"

杜峰点了点头。

于是，米月同老黄乘上高铁，前往李满枝老家贵州黔南州茶坡县田山镇田潭村。何小宇在家负责技术支持。

田山镇位于云贵高原黔桂滇三省区交界处，距离黔南州150余公里。米月和老黄在黔南下了火车，连夜坐了三个小时的大巴，到了田山镇。下了大巴，已是半夜，派出所周所长早已在车站门口迎候。

周所长一头白发，其实年龄不大，五十不到，在派出所干了二十多年。听米月介绍了李满枝的情况，他连连摇头叹息："这妹子我知道，从小被拐卖，25岁才找到亲生父母。回到家后，她认识了老镇长何丰田的儿子小东子，结了婚，可没两年就离了。怎么现在还成了罪犯了呢？"

米月道："那时候他们在哪儿工作？"

"小东子在电脑城卖电脑，李满枝在一家通信器材公司。办喜事时，我还去喝了他们的喜酒。"

"办喜事来的亲戚不少吧？"

"不瞒你说，何镇长在这个偏僻乡村，凭他多年镇长的人脉，又只有这个独生子，真要放开办，不说百席，七八十席是有的。可何镇长是在职党员干部，不敢乱来，只办了四十多席。就为了这个，还受了上面的批评。"

"何小东现在在哪里？"

"离婚后，他凭着老爹的人脉，干一些承包修路工程的活，现在也算是一个基建工程小老板吧。前两年同本镇一位姑娘结了婚，生了一个孩子。"

"他现在在家吗？"

"在，明天一早，我同你去找他吧。"

何小东的家，在距镇政府两百米左右的水塘边，一座独立的四层小楼。小楼前宽大的屋场里，一位老人同一个少妇正在逗刚学会走路的孩子玩。

周所长见了，老远便喊："老何！你成天不陪老伴，天天同儿媳妇在一起，不怕别人说你是扒灰公！"

那老人原来就是何镇长。见米月等人来了，老何笑了笑道："老伴成天去牌馆里泡着，连句话都说不上。我呀，每天只看孙子，心里就欢喜。"

米月看少妇长得挺俊的。那少妇红着脸，就要进屋泡茶，被周所叫住了："你家小东子呢？"

少妇道："睡懒觉呢。"

周所道："你叫他出来，这位是江东省来的公安同志，找他问些事。"

少妇进屋去了。老何道："谁又摊上事了？"

周所不答，看了看米月。

米月道："李满枝出了点事。"

老何一听，吃惊不小："她出事了？"

米月道："有一件凶杀案，怀疑与她有关。"

老何一时说不出话来，这时，便见少妇领着何小东出来了。

米月先向何小东介绍了李满枝的情况以及自己的来意。

不料何小东听了，并不惊讶，只是冷冷地道："我就知道，她迟早会走到这一步！"他一点也不回避米月的目光，"她这个人，心太贪，是那种得陇望蜀，永远都不知足的人。她当初嫁给我，是以为我爹有钱有权。后来她同公司老板不清不楚，看我处处不顺眼。不久，听说她又去巴结更有钱的老板了。"

"我这次来，主要想了解李满枝还有哪些亲友在东州。"

何小东摇了摇头："她那些狐朋狗友，我才懒得同他们打交道。现在，我更不去想她的那些烂事了。"

"你同她结婚的时候，她的那些伴娘，认识吗？"

何小东道："认得一个，就是我们镇的供销社主任，叫李香林，是她的同学。"

"李香林现在在哪里？"

"就在镇里，她老公是副镇长。"

米月看了看表，时间还早，便告辞去找李香林。

在镇供销社，米月找到了李香林。

"当时我们四个人，现在好久没有联系了，都是她公司里的人。"李香林找出了三个人的姓名和电话号码。米月记下了。

"东州那边，你和谁联系多一些？"

"阿兰，她叫吕兰兰，她老公老家就是我们镇里的，现在全家都在东州，她老公是东州一家食品包装公司的老板，在东州的东城买了房，挺有钱的。"

……

米月同周所长来到李满枝的老家田潭村时，天已黑了。

周所长找到村里的李支书，五十多岁的一个男人。

李支书道："李满枝家里有一个老奶奶，八十多岁了，父母亲快六十岁了，唉，这两口子也够苦的。先是女儿一岁多时，被她妈带上街赶集，失踪了。后来生的儿子，两年前又出车祸死了。还好李满枝回来了，找律师替弟弟打官司，赔了不少的钱，盖了房子。这几年，她人虽然很少回来，每年寄的钱可不少。老见不着人影，她奶奶经常念叨。"

车子到了李家门前，就听一阵狗吠。车灯下，一条黄毛土狗双眼闪着蓝光，恶狠狠地朝车子扑来。这时，屋里出来一个老汉，向狗喝了几声，那狗就乖乖走开了。老汉见是周所长和李支书，忙上前招呼，领着大家进屋。

晚上天黑，米月只看清房屋的轮廓，是新盖的四层楼。进得门来，一家三口都在堂屋站着。老汉发现气氛有些不对，慌忙问："周所长，是不是我家满枝出什么事了？"

周所长道："人家这是为李满枝政审来了。"

政审这个词，村子里老人没有不知道的。当年，农村出去当兵，大学毕业分配到重要单位，或在机关单位工作的人提拔为干部，单位人事部门都要到原籍政审。村里人只要看有干部到某人家里政审，那就是有喜事来了。

老汉等一家人马上喜庆起来，对身边的老奶奶说："人家来家里政审，满枝要升官了。"

老奶奶道："她怎么也不回来看看我。"

米月看了看老奶奶的眼神，立刻想到了自己的妈和恩师，不免一阵难受，心里酸酸的。

坐下来后，米月开始向老汉李大川询问他以及他老伴家三代直系亲属情况，姓名、电话、家庭住址、工作单位，现在还有什么人在外面工作、打工，还有哪些人在东州……

三

米月回到东州，第一个要查的，便是吕兰兰。

吕兰兰，女，1987年4月出生，东州市东城区人，大专文化程度，住址在东城区黄安大道黄安三街A三栋一单元702房。

米月啧了啧嘴。这套房的面积有180多平方米，在东城区少说也要值七八百万元。

户籍资料显示，吕兰兰家有三口人，丈夫周仁山，东州康茂食品包装公司经理，儿子四岁。

如果李满枝住在吕兰兰家，米月就得小心些了。

吕兰兰四岁的儿子在东风幼儿园上学，四岁孩子不会讲假话。米月决定从孩子嘴中打听李满枝的下落。

米月找到了幼儿园的陈老师。

陈老师将李满枝的照片拿给孩子看："认不认识这个阿姨？"

孩子看了看，摇了摇头。

米月决定上门去会一会吕兰兰。

见到吕兰兰的第一眼，米月便明白当初李满枝为什么选她作伴娘了。三十岁左右的吕兰兰，丰润正盛，气质袭人，一举一动都是满满的自信。

"你说李满枝呀，一年多没有联系了。女的一成了家，有了老公孩子，什么闺蜜呀，哪里顾得上！"

"你们几个伴娘，还有谁在东州？"

"当初有三个人，我、徐勤勤、谭炜炜。徐勤勤在满枝的公司，后来她一家人都出国了；谭炜炜老公是军转干部，好像住在半岛花园。"

"半岛花园？"米月心里一惊，"你去过谭炜炜家吗？"

吕兰兰摇了摇头："她半岛花园的家我没有去过，只去过她原来在军区大院的房子。"

"军区大院她还有房子？"

"是部队的家属房，面积不大，六七十平方米吧。她搬到半岛花园后，说那家属房是集资房，要出租，后来又说部队不允许。"

米月心里有数了。军区部队大院，派出所不能直接去排查。到部队营区排查人员，需经过部队保卫部门同意，在部队保卫部门官兵的协调下排查。同时，“天眼”平台系统，也没有与部队营区及家属住户区视频监视系统接驳。

“你知道具体是哪栋楼房吗？”

“那院子不大，有十来栋楼，都是八层的。她住在7号楼，好像在左手边的单元的七楼。”

“你有李满枝的电话吗？”

“有也没有用，她经常换号，只有她打给我们的份，没有我们打给她的份。”

“有谭炜炜的电话吗？”

“有。”

米月忙查谭炜炜的资料。

谭炜炜，女，1987年4月出生，湖南省郴州市人，大专文化程度，现住址为东州市龙华区半岛花园D区D117栋房。丈夫刘佳伟，湖南省衡阳市人，军区联勤部转业干部，现为东州市华龙建筑有限公司经理。无子女。

米月曾与军区政治部保卫处黄成龙处长打过交道。两年前，军区某副处长孩子在学校门口被绑架勒索案，就是米月同黄成龙处长一道侦破的。从案发到破案不到4个小时，案犯被擒，孩子安然无恙。黄处长至今仍对米月敬佩不已。

米月打了黄处长的电话。黄处长哈哈笑道：“知道你是大忙人，无事不会打电话，只是我已调到江北军分区了。”

米月知道，军区机关的人调到分区，一定是升职了，忙表示祝贺。

黄处长道：“米月，你别急，我现在就给保卫处金处长打电话，让他百分之百全力配合。”

挂了电话，不到两分钟，金处长的电话就来了。

米月把情况一说，金处长当即满口答应全力配合。

米月同金处长到了 7 号楼 7 层房门口。原来这是一梯两户的结构。

金处长敲了右侧门，门内出来一位老大爷。

“大爷，对门这一家有没有住人?”

老大爷道：“前不久住进来一个女子，三十来岁。现在在不在，我也不知道。她很少出门，没有同我们打过交道。”

米月将李满枝的照片给大爷看。大爷仔细看了看，点了点头：“有点像，当时我们只是打了个照面。”

金处长便按了左侧房的门铃。按了半天，没有反应。

“快打电话，找开锁的来!”金处长对跟着他的中尉军官道。

开锁的来了，打开房门，却是人去楼空。

米月和金处长立即来到门卫，把李满枝的照片递给保安。

“这个女子，今天一早就走了。”

“几点钟?带了什么东西?”

“上午 9 点钟左右吧，在门口拦的出租车，提了一个黑色行李箱，穿着灰色外套。”

查了监控，米月看清楚了，正是李满枝。她拦了一辆红色出租车，白云公司的。

米月看了看表，现在是下午 2 点 20 分。

不容多想，米月直奔半岛花园谭炜炜家。

可是，谭炜炜家里没有人!

米月打电话给吕兰兰：“你问一下谭炜炜，她现在在哪里。”

不一会儿，吕兰兰回电：“他们两口子在福州呢。”

“什么时候去的?”

“有几天了。说是明天回来。”

米月强迫自己冷静下来。她回忆着自己这几天的工作过程，李满枝是怎么得知消息的，自己在哪个环节上走漏了消息？

米月把军区大院大门保安监控室的录像发给了杜峰，请他跟踪这辆出租车。

她现在要好好想想，李满枝下一步会在哪里落脚？她会逃出“天眼”吗？

第十三章　边境脱逃

一

4 月 12 日，有了李满枝的线索。在韶英市以北 15 公里 G106 高速公路入口处收费站，发现驾驶一辆牌照为东 C66759 白色东风启辰车的戴墨镜女子疑是李满枝。

米月忙查该车去向，12 日晚上 9 点 20 分，该车在 G72 线南宁市下了高速。

“难道她在南宁有窝点？”杜峰疑惑道。

米月道：“我们现在去找一个人。”

“谁？”杜峰问。

“半岛花园 D 区 D117 栋房谭炜炜。”米月看了看表，“今天是周末，我们到她那里是 7 点多钟，她应该在家里。”

来到 D117 栋房，米月按了门铃。门开了，一位六十多岁的老太太笑眯眯地看着米月。原来老太太是谭炜炜的妈，谭炜炜两口子去游泳了。

米月向老太太介绍了自己的身份，与她聊了起来。

“伯母来这里多久了？”

“炜炜搬来这里我就来了，半年多了。”

“老人家好福气!”

“福气个嘛！在这里给他们当保姆，要不是为了照顾他们添个后，我才不愿意待在这里呢!”

“这么说，谭炜炜有喜了?”

“6 个多月了吧。”

米月、杜峰连忙向大妈道喜。接着，米月便向她亮出了李满枝的照片：“见过这个人吗?”

“见过，来我们家吃过一顿饭。”

“什么时候?”

“有二十多天了吧，吃完饭，晚上 9 点多了，炜炜开车送她走的。”

正说着，谭炜炜两口子回来了。

来不及寒暄了，米月向两人亮明了身份，单刀直入：

“李满枝现在是公安部督办、省公安厅重点侦办的杀人案及重大经济犯罪案的主要犯罪嫌疑人之一，正在被追捕中，请你们提供她的相关线索信息。”

谭炜炜和丈夫刘佳伟，面面相觑。

“你们，没有搞错吧?”谭炜炜露出难以置信的表情。

米月掏出了李满枝的照片，递给谭炜炜。

“她怎么会去杀人?”谭炜炜脸色大变，把照片递给刘佳伟，“天啊，这太可怕了!”

“李满枝于 4 月 12 日入住军区大院 7 号楼一单元 702 房，5 月 11 日上午 9 点出逃，12 日晚上 9 点 20 到达广西南宁。”

谭炜炜脸色发白，双手在发抖。

刘佳伟忙拉住谭炜炜的手，对米月道：“我们对李满枝的事一无所知呀，要知道她是个杀人犯，岂敢包庇窝藏!”

米月道："你们不要慌，我们只是想知道李满枝的情况，包括她现在逃往南宁的情况。"

"她去南宁，我一点都不知情，我以为她还住在老房子里呢。"谭炜炜道。

"这两天你们没有联系？"

"没有。一个多星期没有联系了。我从福州回来，给她打电话，又是停机。"

"请你们回忆一下，有没有给她介绍过南宁的朋友？"杜峰道。

谭炜炜想了想，道："朋友倒是没有给她介绍过，只是两年前的夏天，我爱人去广西边防看他的老部队，开了一辆车去，李满枝知道后，非要跟着去，我们就让她跟着去了。"

"都到过哪些地方？"

谭炜炜道："来回五天，在南宁市住了一晚，住的地方是老刘战友安排的，就在军区桃源宾馆；第二天去了百色，住了一晚，住在他战友安排的部队招待所；第三天去了边防连队，那个连队已撤销了，没有人了，我们去看了连队遗址和几个边防哨所遗址，连队旁边有个龙邦中越边境口岸，我们也去看了；后来去湖润看了几个大瀑布景点，之后就回来了。回来时老刘不想麻烦部队的战友，没有让安排食宿，老刘对南宁很熟，就在南宁市郊的民宿住了一晚。

"民宿是农村老百姓自己家的房子。农家有的是房子，新买的床，新置办的被褥，干干净净的，洗漱房也是新装修的，周围空气清新，环境安静，洗个澡上床，一觉睡到鸡叫。"

"住民宿查验身份证吗？"米月问。

"村里还查验什么身份证。"

米月明白了。

"你们上次住的民宿是什么地方？"米月一边说，一边打开了地图。

二

米月等一路追踪，来到福禄村，终于查到了李满枝住宿的地址，在廖大妈家。

福禄村是一个有七八十户人家的小村子。村庄呈葫芦形，北面是 S5101 南宁绕城高速，东南面有连接的三口鱼塘，东西是一片水稻田。廖大妈家位于三口鱼塘边的一栋四层独院，楼前面是穿过村里的公路，楼后面有后门，一条小道穿过鱼塘，通往一片树林。

廖大妈六十多岁，身体蛮好，一看就精明强干，家里家外打点得整整齐齐。

廖大妈看了米月递来的照片，点了点头："对，就是她。早上她坐了对门周天福的车去城里了，也不知道什么时候回来。"

"她的行李在吗？"

"都在。"

"房租交到什么时候？"

"交了半年。多给了三千元，说是先付每天的饭钱。"

米月来到李满枝的房间。这是三楼靠前窗的一个房间，李满枝的黑色行李箱放在行李架上，上了密码锁。房间外有阳台，晾晒着一套红色的外衣。

米月看完，同杜峰商讨对策。

"谭炜炜说过，他们带她去过龙邦中越边境口岸，她会不会从边境口岸出逃？"杜峰道。

米月点了点头："很有可能。虽然我们已对她进行了边控，按正常出国渠道，她是出不了国的，但是，她要在这边境通过非正常渠道偷渡，是做得到的。"

“如果是这样，我估计，她很有可能先在这里安顿下来，再到边境口岸去打探，想办法伺机偷渡。这里距离边境口岸只有二百多公里，走高速的话，一天可以打一个来回。如果能在边境口岸偷渡，她就不会回来取行李了。”杜峰推断道。

米月下了决心，道：“这样，我们留一个人在这里蹲守，我带一个人现在就去龙邦边境口岸，绝对不能让她偷渡出国！”

杜峰看着米月疲惫的神色，道：“这一次你得听我的，你在这里蹲守，我同何小宇去口岸。”

米月拗不过杜峰，只得同意。她自己就在廖大妈家住了下来。

第二天中午，杜峰来电话，介绍了与当地海关、边防部队及武警边防派出所的沟通情况。

“看来，刘佳伟在这一带挺有名气的，一说到他的名字，海关和部队的同志都非常配合。李满枝的照片我已发给了他们。他们表示，会加强边境巡逻和边境各关卡的布控，防止外逃。我们查看和访问了边境口岸的监控系统，以及各边防哨所、宾馆、酒店，都没有发现李满枝的踪迹。”

米月点头称好：“你的重点是口岸，一定要守住。”

米月一个人待在房间里，难得有这样的清静时光。村子里传来的是鸡鸣狗吠，以及屋后树林里数不清的鸟儿的欢叫。

米月想好好睡一觉，却又睡不着。

睡不着，她便想到了翰墨，想到恩师身体怎么样了，便拨通了翰墨电话。

翰墨接了电话，一顿埋怨：“你现在完全是亚健康状态，还到处乱跑，你不要命了！”

“只要妈身体好，我就放心了。”

“你现在在哪儿？”

“在外头呢。”

翰墨哼了哼：“我可提醒你，你工作怎么拼命我管不着，可不要玩命，我受得了，妈可受不了。”

“你用心照顾好妈，妈没事，我就没事。”

……

龙邦口岸不大，巴掌大个地方。米月在地图上看到，边境口岸一旁有一字排开的二十来个门面房，对面有个村，叫护龙村。村子不大，散落着三十多户民房。距离口岸不到两公里的地方，就是龙邦镇。镇子也不大，长不过500米，宽200多米，估计有几百户人家。

可就是这么个地方，杜峰搜寻打听了两三天，就是没有李满枝的消息。

难道她在居民家躲藏了起来？

米月想了想，便打通了谭炜炜电话。她想再问问，上次他们来龙邦口岸时的详细情况。

谭炜炜道：“我们是在龙邦边防连队吃的午饭。吃饭时，老刘的一些原来的老战友都来了，有部队的，也有海关的，武警的。好不容易聚在一起，大家边吃边聊天，有说不完的话。我看他们说得没完没了，便同满枝借故离开了饭桌，到外面走了走。到了街上，看见一位少妇坐在门口，抱着婴儿喂奶，我们就上前同她聊了一会儿天，聊了一个来小时。”

“都聊了些什么？”

“都是些家长里短，家里有什么人，做什么营生，日子过得怎么样。那少妇说，她男人在边境口岸做以货易货的生意，就是从这边运出一些家用电器之类，从那边拉回一些农副产品之类。”

“聊了边境人员如何出入吗？”

“聊了。真没有想到，现在当地人出入边境那么方便，凭身份证就可以随便出入。”

“你知道那个少妇的姓名地址吗？”

“她姓莫，就在龙邦街百货大楼对面。”

“她多大年纪？”

“与我们差不多大，白白净净的，脸盘子与李满枝差不多。当然，没有李满枝漂亮，个子也没有李满枝高。”

米月放下电话，马上拨通了杜峰的电话。

很快，杜峰回电话：“米支，我们找到了姓莫的家里，她说，李满枝来找过她，说想去越南看看，把她的身份证押在了姓莫的这里，换了姓莫的身份证走了。”

“什么时候的事？”

“就在李满枝离开南宁的那天下午。”

米月顿时出了一身冷汗：“知道她是怎么走的吗？”

“姓莫的说，这镇里有很多去越南拉铁矿石的矿车，她随便搭哪辆车，都可以去边境口岸。”

“你们查了口岸出入人员的监控没有？”

“都看了，没有发现李满枝出入。”

米月打完电话，气得差点把电话摔了。

她努力想让自己冷静下来，却怎么也静不下心来。她待不下去了，当即赶赴车站，登上了赴龙邦的大巴。

三

米月赶到龙邦时，已是晚上。

杜峰同何小宇住在龙邦的双龙宾馆，米月一到，便立刻研判案情。

杜峰道："那姓莫的叫莫晓慧，28 岁，高中毕业，是镇百货公司售货员，正在休产假。李满枝是 15 日中午找到她的，下午 2 点钟左右拿了她的身份证。有人发现她 2 点 15 分左右，在龙邦镇路口通往口岸的 210 省道拦了一辆从龙邦以北方向过来拉铁矿石的矿车，上车后往边境口岸方向去了。查了口岸监控，来往的拉矿石的车很多，都是从越南拉过来的矿石，到距离口岸往西 1.5 公里处选矿场卸货。从镇里往口岸方向去的矿车，大都是空车。沿途没有发现有女子从矿车上下来。"

"有没有可能藏在矿车里出境？"

"不可能。矿车车斗是敞开的，驾驶室内也看得十分清楚，藏不了人的。何况，整车还要通过 X 光扫描，除了驾驶室，无论人藏在车中的任何部位，都会报警的。"

"李满枝当时穿的什么衣服？"

"莫晓慧说，中午天太热，她脱了青色牛仔外衣，内穿米黄色 T 恤，着西装短裤，背一个黑色挎包。"

米月道："难道拉矿石的司机把她拐跑了？"

何小宇道："不会吧，李满枝会被一个拉矿石的司机拐跑？"

杜峰点了点头："有时候，会用脑子的人不一定能对付会使蛮力的人，她当时穿那么性感，人又长得漂亮，不排除在车上被司机控制了。"

米月头皮一阵发麻，她感到了事态的严重。

她打开地图，道："如果李满枝被司机劫持，一般情况下会劫持到沿途人员来往稀少的路边，或自己熟悉的地方。这样，我们明天一早，先把李满枝的情况通报给边防派出所、边防部队及海关，我们再沿着往东北的这条沿边公路查寻，看能不能找到些线索。"

第二天，杜峰开着车，带着米月在中越边境公路上穿行。

这一带的山水，是典型的喀斯特地貌，没有河水水塘，公路在一座座奇形怪状的山包中穿行，偶尔能看见一块块庄严矗立的界碑。

米月沿途察看着每一个能停车的角落，每次看到路边有村庄民房，见到的不是老人就是孩子，孩子倒是见到什么就会说什么，但几天前的事哪里弄得清楚，一些老人则听不懂米月的普通话，解释了半天，都是摇头。

车子绕了一个大圈，沿途问了十多个村子，没有一点收获。

米月又从210省道沿路向北追寻访查。到了旧州村，果然发现了一辆停在旧州街道上一家饭店门口的矿车。

旧州村，是靖西市人称“小桂林”的八大景观之一。绿色的田野平整如毯，清澈的河水蜿蜒如练，一座座山包像窝窝头一样倒扣在平坦的田野上。村头，一座石桥穿河而过。河对面有一座古老的三层石塔，称文峰塔。一架巨大的水车在水流推动下嘎嘎吱吱响。

饭店的服务员是一位二十岁左右的姑娘，对米月道：“我也奇怪呢，这个开矿车的是一位好漂亮的姐姐。她在我这里匆匆忙忙吃了一碗米粉，吃完粉付了钱，什么话都不说。出门后，她没有开这辆矿车，步行往村口停车场方向去了。”

宽大的停车场上，停了一百多辆小汽车。

五十多岁的看车保安瞄了一眼李满枝的照片，对米月道：“好像是有这么个姑娘，上了一辆灰色的小车。车子开出来我收钱时，往车里看了一下，那姑娘坐在车后排，开车的是个男的，五十多岁。”

杜峰道：“这里距离靖西市不到10公里，到了靖西市，人就难找了。”

米月道：“她不会在靖西市久待的，我估计她已经离开靖西市了。”

到了靖西，米月当即查访靖西市所有旅馆及汽车站，都没有发现李满枝踪影。

米月道："这里的出市通道，只有往南宁、百色和那坡县三个大方向，百色和那坡方向通往云南和贵州，从这两个方向出省都设有省际公安检查站，很容易被查获。李满枝很有可能先回南宁，到南宁再想办法。"

杜峰点了点头。

第十四章 人“鬼”情仇

一

过了两天，广西警方来消息了。

“在南宁市区发现线索。安吉大道加油站的工作人员称，当天上午 8 点 40 分左右，发现有一个与李满枝十分相似的女子，上了一辆开往 G210 高速的小车。小车是一辆黑色大众车，车牌号为湘 A93950，车上有两名男子。目击者称，女子是发现这辆车在加油时，打听到车要去长沙，便对车上的人声称自己的行李箱在靖西回南宁的路上被盗了，身份证也在行李箱中。她没有了身份证，现在寸步难行，她正好要去长沙，请求车上的人带她去长沙。这两名男子便答应了。”

“查了这辆黑色大众车的车主没有？”

“查了。是一辆私家车，车主叫赵志安，一家餐饮店的老板。已与他取得了联系，他说，他们把她送到书香路后，她就下车了，没有给他们留下联系电话。”

米月明白，到了长沙，李满枝还会有很多手段逃到其他城市。

这时，杜峰打来了电话：“米支，刚才我们发现，李满枝的一张工行卡发生交易信息，从 ATM 上支出 1 万元，地址在武汉市长丰街道，交易时间是下午2点12分。”

武汉！米月一惊。

“我们马上去武汉！”杜峰下定决心，“米支，叫上何小宇，这一次拿不住李满枝，就不回东州了！”

长丰街道，位于武汉市东湖区西南约7公里的地方，南面是汉江特大桥，东面距汉阳约20公里。

米月三人先找到了李满枝取过钱的ATM机，它位于东吴大道与空港大道交界处。这是一片商业和餐饮街，车水马龙，行人如织，热闹非凡。ATM在一座28层大楼的一层。除大楼的大门监控外，对面还有十字路口的两个交通监控摄像头，可以看到取款机的人员活动情况。

三个人来到武汉东湖分局。分局刑侦大队秦大队长调取了当时的监控视频。看到的是一名头戴海蓝色太阳帽、深色墨镜，身着米黄色连衣裙的女子，看不清她的长相。

“从她的身高体形、步伐神态，能不能看出来?”秦队问。

米月摇了摇头：“我们只知道她的头像，但从取款的时间段看，正好对上号，一定是她。”

“既然你们能确定，她就跑不掉了！”秦队信心满满，让米月和杜峰难以抑制地激动。

武汉大数据信息技术在全国是领先的，他们采用的人像自动跟踪识别技术，与公安部和江东也是对接的。

很快，这名女子的活动轨迹出来了：

14：20至14：40，出入小帅哥时尚卤味店；

14：45至17：40，出入五丰商业街沿街前沿、爱买、葆丝奴、贝莉等商场购物；

17：50，在广发银行对面上了出租车；

18：40，出租车到达汉水市仙女村……

“仙女村!”秦队挠了挠头，“到了这个地方，就不好找了。不过，只要她出来。我们就不难搜寻到。”

米月道：“她这一次取钱购物后，恐怕不会轻易出来了。”

何小宇忙打开电子地图，一查，是一片堆积木似的民房，方圆约两公里的一片区域，密密麻麻布满 2400 多栋房屋。

“这一片民房，出租的不会很多。但要是她住在这民房的中间，就不好找了。中间的巷子只有自行车才进得去，白天都要打手电筒，更谈不上有监控了。”秦队道，“这样，我给那里的派出所沈所长打个电话，让他们全力配合。”

仙女村距离长丰街道 30 多公里。米月三人来到仙女村所在的新河镇，在天上人间商务会馆安顿了下来。

新河镇派出所长沈大民热情地接待了米月三人。

“我们查了 21 日到今天的旅馆入住和租房登记，没有发现李满枝和莫晓慧这两个名字。”

“会不会不登记入住或租住?”

“旅馆业不登记入住的可能性不大。在这方面，我们查得很严的。但在村里，居民对要求租房的人，就没有这么认真了。虽然有规定对入住的人必须登记身份证，但有些老百姓只认钱，不认证，也没有法子。”

米月有这方面的思想准备，天下总会有一些管理不到位的地方，总会有一些不守规矩的人，为几个钱吃眼前亏。

“她来我们这里，是不是有熟人接应?或有什么人给她推荐?”沈所长道。

“李满枝的亲友和社会关系，我们都排查过了，没有发现她在这一带有熟人。”米月道，“我想，她入住不久，不可能整天待在家里，总是要出门解决些吃的，或购买日常生活用品。所以，请沈所能不能部署一些警力，一是封控村庄的所有出口通道，二是派一名到两名民警，同我们一道到各餐饮和超市以及送快餐的地方进行排查。”

沈大民道：“这好办，封控通道的事，我们来办。只是我们派不出这么多民警，只有通过村里的治保力量来封控。排查的事，派两名协警配合你们，你看行不行？”

米月点了点头。

二

排查了一天，从清早的早餐店开始，到晚上的24小时夜宵，逐一排查了二十多个超市和二十几家各类餐饮店，没有发现丝毫线索。

一名协警道：“还有个地方是不是也要查一查，比如说五金杂货店？”

“五金杂货店？她会买这些东西吗？”何小宇问。

“反正我哥在这里租房时，第一件事就是重新安装一些用旧的水龙头，换灯泡、电路插座什么的，洗手间的坐式马桶也要换，李满枝会不会换这些东西呢？”

“这些东西，超市也有卖的呀！”何小宇仍然不解。

“超市是有卖，但还要有修理工来安装才行。超市是没有修理工的，而五金杂货店的老板就都会免费上门维修安装。”

米月恍然大悟，果断道：“对，查五金杂货店！”

仙女村的五金杂货店有七八家。到了傍晚，在查到一家名叫万安的五金杂货店时，米月有了发现。

“几天前，有个女的打电话来，说要更换坐式马桶和洗手台。”

店老板娘道。

“她姓什么?”

“没说。我当时答应可以上门更换，只是我老公不在店里，我让她留下电话和地址，我老公回来就过去。她没有留下地址，只留下电话号码，让我老公回来后打电话给她。”

“电话号码是什么?”

“我当时把电话记在一张纸上，老公回来后，就交给他了。不知道他把纸条丢哪里去了。”

“你老公后来去安装了吗?”

“去了。弄了大半天，下午 5 点多钟去的，晚上 10 点多钟才回来。”

“你老公现在在哪里?”

“给客户装东西去了。”

“什么时候回来?”

“这我怎么知道什么时候回来，有时深更半夜才回来。要不我给他打个电话?”

“不用了。你也不用对你老公说我们来找过你，告诉我他的电话号码就行了。”

店老板娘便说了一个电话号码，对米月道:“他叫范彬。”

米月记下电话号码后即告辞。

米月没有给范老板打电话，担心万一范老板还在李满枝家里，或向李满枝透露消息就麻烦了。李满枝对去过她家里的人，不会没有防范。对付李满枝这种人，事事都要小心为妙。

回到会馆，米月立刻让何小宇给范老板的电话定位。

定位显示，范老板正在这家天上人间洗浴城，就在米月住的商务会馆的地下二层。

米月松了口气。她让何小宇去把范老板悄悄带出来。

不一会儿，范老板便被何小宇带到了米月的房间。

何小宇很快在范老板的手机里找到了李满枝的手机号，一定位，信号还在仙女村里。

米月将李满枝的照片给范老板辨认，范老板点了点头。

“她的住所在哪里？”

“仙女七街 6 横巷 34 号房二楼。”

米月看了看何小宇。

何小宇点头确认。

米月当即打了沈所长的电话。

10 分钟后，沈所长带着 4 名民警赶到。

“李满枝已是惊弓之鸟，亡命之徒，警惕性非常高，我们在抓捕她的时候，一要防止她从后窗跳楼逃跑、自杀等行为，二要防止她损毁证据。因为她牵连到另一个重要嫌疑人。要考虑各种意外因素，制定一个稳妥方案，确保抓捕行动顺利。”米月道。

沈所长道：“有两个办法，一是乘其不备，破门突入。但据我们了解，这些民房的门都是双层防盗门，不便破门。二是找个理由，让她毫无防备地开门。我看，只有请房东找个理由，让她开门。”

“有房东的电话吗？”

沈所示意民警在随身带来的笔记本电脑中查找。不一会儿就查到了，是一位六十多岁的老汉，叫钟齐兴。

钟齐兴很快赶了过来。

米月掏出李满枝的照片给钟大爷看，钟大爷点头称是。

米月掏出了纸笔，在钟齐兴的描述下，画出了二楼房间平面图，这是一套三室一厅一厨两卫的房间，面积大约 140 平方米。老汉介绍，房门是一套钢芯材质的双扇防盗门。

“你有房间钥匙吧？”

“有是有，但如果她反锁房门，我也打不开。”

米月看了看表，已是晚上10点钟了。如果房东没有什么理由，这个时候敲她的房门，她不一定会开门。

米月看房间后面有一个封闭式阳台，卧室后面有一个窗户，问钟老汉：“阳台和其他窗户有铁栏杆吗？”

钟老汉道：“没有，都是推拉式窗户，有道防蚊网，都是可以打开的。”

米月道：“我们做两手准备，先由钟大爷敲门，她如果愿意开门，更好，如果不愿意开门，就在把她的注意力吸引到房门来的同时，另一批人从后窗突入抓捕。这样，还可以防止她从后窗脱逃。”

沈所道：“从后窗突入，要特警才行，他们有装备。”

米月笑了笑：“这里到分局50多公里，等他们来，怕是天都要亮了。我看，二楼也不高，有一两个梯子就行。梯子你们有吧？”

“有！有！”沈所向一名队员挥了挥手，做了安排。

“我与钟大爷，还有杜支、何小宇在前门，沈所长同所里的同志在后窗准备。我们俩同时开着手机，听我号令行事。”

沈所点头同意。

晚上10点20分，民警拉来了两个梯子。米月、沈所等人趁着夜色，悄悄摸向李满枝住所。

李满枝的房间还亮着灯。

米月再次让何小宇确认李满枝的手机信号，何小宇点了点头。

到了房门前，米月让钟大爷找到房门钥匙。米月悄无声息地开门，果然门被反锁了。

钟大爷站在门前，按下了门铃。

门铃声响了七下，没有反应。米月贴在门边，看门上的猫眼闪了一下。

“谁呀?”

“我，房东。”

“什么事?”

“你是不是装修了厕所，一楼的人说，他房间的厕所漏水了。”

“今天太晚了，明天再说吧!”门内的人在犹豫。

“能不能先让一楼的人看看?”

门内没有了动静。

“你让我们看看厕所到底是怎么回事?”钟大爷又催道。

门内还是没有动静。

米月觉察到异常，向沈所发出了指令。

突然间，门开了，是沈所开的门。李满枝已被两名民警戴上了手铐。

李满枝看着米月，一脸冷漠的表情。

“她的手机呢?”

“我们进来晚了，你看!”沈所取了一部手机递到米月面前，手机已被砸得不成样子了。

三

回到东州，米月美美地睡了一觉。醒来时，已是下午4点。

原来说好4点钟同杜峰、何小宇研究预审李满枝的方案，米月连忙赶到专案组。

“她在我们抓捕时毁掉手机，只有一个目的，就是保护鬼。既然如此，现在要让她供出鬼来，我想她是不会说的。有什么办法让她老实交代?”米月道。

“她现在已是有人命的杀人犯，对她来说，交代不交代，都无所谓了。如果她有意保护鬼，她能交代吗?”杜峰也没有多少把握。

“不过，任何人都会有软肋，只要抓住她的软肋，我们就有突破的办法。我们想想看，李满枝的软肋是什么?”米月道。

“她独身一人，没有爱人，没有子女，至于她的父母亲，她也不是那么有孝心，无牵无挂，能有什么软肋?如果有软肋的话，应该就是那个鬼了。我估计，这个鬼与她不是一般的关系。否则，她不会这么去保他。”杜峰剖析着。

米月点了点头：“这也许是她的一个软肋。还有，对一个女人来说，这么长时间处在被抓的极度恐惧之中，得知最终逃不脱法网时，很容易因绝望而自杀，而她却没有。这说明，她还是惜命的。怕死，这应该也是她的软肋。”顿了顿，米月道，“先预审吧，如果她怕死，我们就抓住这个软肋，给她一个求生的希望。她有人命是不错，但如果让她知道自己不会杀头，有求生的希望，就可以逼她交代。看她的反应，再作下步对策。”

审讯室，米月同杜峰面对着毫无表情的李满枝。

米月心里不禁感叹，坐在她对面的李满枝，的确是一个无可挑剔的美女。一双凤眼，似一泓清水，流盼妩媚，性感的嘴角微微上翘，充满魅惑，面容如冰似雪，身材曼妙纤细。

米月还没有问话呢，李满枝却乜斜着眼，先说话了：“我认识你，米月，东州市公安局刑侦支队副支队长，我能不能问你一个问题?”

米月笑了笑：“你说。”

“你们是怎么发现我的?我在武汉的住所，只有老天爷才知道的。”

米月顿时轻松了些，既然她能这么心平气和地同自己交流，说明还是能沟通的。

米月真诚地说道：“李满枝，说句心里话，我办了这么多年的案子，你是我接触的最漂亮和最睿智的女子了。为了找你，我们费尽了半年多的心血，每一次都是在得到线索后，你又失踪了。你到武汉的时候，其实我们已对找到你不抱什么希望了。可恰恰在这个时候，你犯了一个致命错误，你用自己的银行卡在 ATM 上取款。”

李满枝听了，脸色大变。

“可那里有几千套房子，你又是怎么找到我的？”

“你认识范彬范老板吗？”

李满枝又是一惊。

“你爱鬼吗？”米月冷不丁问了一句。

“鬼？什么鬼？我不相信这个世界上有鬼。”

“你既然说你认识我，想必也了解我。你最好不要在我面前自欺欺人了。”

米月取了安哥的供述笔录，递给李满枝。

“你好好看看，我想你心里是非常清楚的。”

“他胡说八道。你们也相信？”

“还有林茹、阿宝、阿训，也是胡说八道？你要不要都看看？”

李满枝把安哥的笔录甩给了米月，摇了摇头：“我都是要死的人了，你就别为难我了。”

米月笑道：“不见得吧，你参与犯罪团伙，属经济犯罪，不至于死吧。”

“你们还查到我什么？”

米月摇了摇头。

突然，李满枝发出一声瘆人的冷笑：“米月，你未婚夫叫翰墨吧？你爱他吗？”

米月有些愕然，但还是点了点头：“当然！”

“他爱你吗？”

“当然！”

李满枝盯着米月，盯了半天，盯得米月都有些莫名其妙。

李满枝哼了一声，道：“跟你一样，我也爱鬼！”

“他爱你吗？”

李满枝仍然盯着米月，点头道：“当然！所以，鬼的事，请你不要再问了。我是不会说的，死也不会说的。”

……

从审讯室出来，米月心里有些乱，看了手机，有三个未接电话，是翰墨打来的。

“晚上，顺德菜，我发地址给你。”

米月对杜峰道：“一起去吧！”

“我才不想给你们当灯泡呢！”

“你们是老同学了，还计较什么，又不是没有在一起吃过。”米月不由分说，将杜峰拉上了车。

“多点道菜，还有你的老同学也来了。”米月事先向翰墨打了个招呼，免得到时候尴尬。

翰墨也真会找地方，米月拐来钻去，一个少见人迹的小巷子，门前挂着“喜之味”的牌子。

两个人进了屋。

翰墨早早就伸出手来，拉住了杜峰的手：“平时请都请不动呀！”

杜峰笑道：“你也没有诚心请呀，打哈哈，谁会当真！”

菜上来了，一人一瓦煲佛跳墙。这道菜，杜峰在电视里看的介绍，由虫草、松茸、蛇、鲍鱼、海参、蹄筋等合煲的汤煲，少说也要上千元一盅了。

“杜峰，米月在你手下做事，没有让她受委屈吧？”翰墨道。

杜峰看了看米月，笑道：“这事，你应该问她，是她让我受委屈，还是我让她受委屈。”

“你们喝酒就喝酒，别拿我来说事！”米月道。

翰墨便端起酒杯站了起来，对米月和杜峰道：“这杯酒，先祝贺你们，抓住了首犯，破了大案。”

米月看了看杜峰，案件还在侦查阶段，抓捕李满枝的事，并没有公开，翰墨是怎么知道的？

米月疑惑地喝了酒，问翰墨：“你是怎么知道的？”

翰墨道：“放心，我才不想操心你们的事。可我是律师，法律界、司法界、公安界都有人，总会有一些喜欢打听事的人，这些案子，归根到底，还不是需要我们当律师的来擦屁股。”

“你还知道什么？”米月问。

翰墨摆了摆手：“不说了，免得说我来刺探你们的机密。”

杜峰一口酒喝猛了些，有些把持不住，笑道：“翰墨，我知道你的智商，在学校的时候，我们都玩不过你。在你眼里，没有几个人你看得上。”看了一眼米月，接着道，“我们那个班花，叫杨玉兰，大家都叫她杨玉环，翰墨同宿舍的刘其山一直追她。杨玉环哪里看得上他，翰墨就做局，模仿杨玉兰的字迹写了一张字条，约他晚上 8 点在晨光湖边见面。刘其山信以为真，当天就茶饭不思，专门理了发，买了一套新衣穿了。刘其山有些胖，担心衣服穿多了更显胖，连棉衣都没敢穿，还不到 7 点就去了。那时候正是严寒天气，刘其山在湖畔的寒风里苦等到 11 点，回来时，冻得只剩下一口气。”

“够损的，翰墨。”米月禁不住用筷子敲了翰墨两下。

“可是后来，你知道吧，那个杨玉兰，还真嫁给刘其山了！”

"怎么？被他在湖边挨冻四个小时感动了？"

"倒也不是，人家现在是市里的副市长了。"

四

米月回到家，很晚都不能入睡。

她脑子里浮现的，总是李满枝那双盯着她的目光。

米月是侦探，也是女人。就算她不是侦探，作为一个女人，她也不难看懂李满枝那种目光。

是挑战的目光吗？有可能，在正义与邪恶的较量中，她们是对手。李满枝现在已是阶下囚，可米月从她的目光中，看出了她对自己的不屑。

但更让米月捉摸不透的是，她为什么会提到翰墨？在米月的记忆里，她与翰墨的事，知道的人很少，而从李满枝提到翰墨的口气中，似乎翰墨是她太熟悉不过而又带着亲昵口吻的人。

那么，李满枝和她的对话以及看她的目光，是那种情敌的充满敌意的目光？

"你未婚夫叫翰墨吧？你爱他吗？"

"当然！"

"他爱你吗？"

"当然！"

"跟你一样，我也爱鬼！"

"他爱你吗？"

"当然！……"

鬼？翰墨？

“他爱你吗？”

……

“跟你一样，我也爱鬼！”

……

米月越想越不安，甚至恐慌起来。

米月突然想到，李满枝之前一直住在半岛花园，而翰墨的楼房距离李满枝的住处不远，难道他们在半岛花园相处过？

翰墨在半岛花园的住处，米月自第一次看过后，就一直没有进去过。翰墨一直说要给她钥匙，却至今没有给她。

“是应该去看看他这个别墅了！”米月下定了决心。

米月一夜没有合眼。好不容易熬到天亮，她一个人驾着车，来到半岛花园。

翰墨没有在半岛花园，米月叫了开锁公司。

门开了，一股霉味扑鼻而来，翰墨应该很久没有来过了。

一切家具都是新的，用手一摸，一层灰尘。床上的被褥，叠得十分整齐，没有发现女人遗留的痕迹。洗手间里，没有发现女孩子使用过的物品。

但职业习惯，使米月下意识地细细看了看洗浴间的地漏。在地漏里，米月挖出了几丝女人才有的长发。

米月清楚地听恩师说过，她没有在半岛花园住过。

“难道这是李满枝的头发？”

米月将头发交给了厅刑事技术中心检验科。

米月还要去找一个人，华奥通信设备器材公司董事长陈勤。

见了米月，陈勤苦笑道：“又是为了那个李满枝的事吧？”

“陈总，我直话直说了吧，你也不必有顾虑，我不是管治安的，也不是纪委的，你的一些风流事，不该我管。她在你公司期间，是你的小情人吧？”

陈勤一脸无奈，摇了摇头，叹息道：“后来还是跟着人家跑了。”

“跟谁跑了？”

“听说她弟弟出了事，她找了一个律师打官司，官司打赢了，她也就跟律师打得很火热了。”

“律师叫什么？”

“不知道，我没见过。”

“那你怎么就知道她跟那个律师打得火热？”

陈勤直摇头：“这个李满枝，美貌，也聪明，又贪钱，还有一贪，就是贪人，贪那些睿智博识的男人。我也明白，迟早箍不住她。”

……

半岛花园、律师、有钱、睿智博识的男人……

米月越想越可怕。

现在，米月什么心思也没有了，她在等待检验科的鉴定结果。

这一天，米月觉得特别漫长。

第二天下午快下班的时候，检验科来电话了。

米月的心怦怦直跳，以为是毛发检材比对结果出来了，但检验科的人却说，安哥的手机里恢复出来了“鬼”的录音。

“好的，我马上过来！”

米月顿时心里一喜。既然有了“鬼”的声音，她离鬼的距离就越来越近了。有了鬼的声音，在审讯李满枝时，她就有了对付的有力武器。

“鬼”的声音，是一段不到10秒的手机通话录音：“我是鬼，你们听着，李姐的话，就是我的话，一切按李姐的指令办事!”

米月简直有些不相信自己的耳朵，她眼前一黑，顿觉天旋地转。

翰墨!

她又重新听了一遍。没错，就是翰墨的声音。

“米支，你没事吧?”检验科的工作人员看米月脸色都变了，忙关切地问。

米月强迫自己镇静下来。此刻，她还不能失态。

她用发抖的手把录下音的U盘装进包里，转身离开。

难道是安哥有意陷害翰墨而嫁祸于他?

或者，这根本就是一个误会?

从刑事技术中心出来，米月不敢开车，她毫无目标地向前走着，脑子里一片空白。她努力地想捋清一下思路，可是心乱得不行。

电话又来了，她定下神来，还是检验科的电话。

“米支，你送的毛发检材比对结果出来了，与李满枝的相似率99.9%，确定就是李满枝。”

米月拿着手机的手，意外的沉重。她的脚有些软，脑袋里嗡嗡地响。看天空一层幕色笼罩着夕阳，街上的华灯突然放光，刺眼的灯光让米月感到眩晕。

她觉得自己好像在做梦。一切都是梦，路面、行人、路灯，光怪陆离，昼夜不明，恍如梦境。梦醒了就好了，一切就都好了，她与翰墨又可以回到现实，她会等翰墨的电话，等翰墨的美食……

前面是一个小公园，米月在公园的长椅上坐了下来。

翰墨!

翰墨……

米月的脑海里，挤满了翰墨的影子。

那张冷峻的脸，那些睿智博学得让她解渴的言谈，那些总会让她惊喜的美食，还有与翰墨的那些缠绵，还有恩师……她怎么也挥之不去。

米月的心，如利刃在割，心在一滴滴淌血。

夜幕笼罩下来，有微风吹过。无数把刀子在向她刺来。

不知哪里传来了音乐的声音，那首《你给的幸福》低沉如泣。

想哭的时候挤出点微笑
以为可以闻到阳光的味道
时间把回忆分割成对角
繁华落幕留下无数的煎熬
想你的夜晚寂寞无处逃
只能独自练习把痛苦拥抱
掌心的温柔被随手扔掉
物是人非只剩太多的问号
你给的幸福如何去寻找
就像一把枷锁把我套牢
流年撕碎曾经的骄傲
谁又会成为谁的一生中依靠
……

米月伏在长椅上，禁不住痛哭了起来。

她在长椅上坐了一夜，内心已被巨大的悲苦所吞噬。

米月醒来的时候，只觉得太阳刺得她一时睁不开眼。

她的神志清醒了些。她努力让自己镇静下来。无论如何，她要先见李满枝，她有好多的话要问她。

她打了杜峰的电话：“请马上过来，兴宁路儿童公园。”

刚挂上，电话又响了，是翰墨的电话。

米月深深地吸了几口气，接了电话。

“妈住院了。你在哪里，我来接你。”

这是在往米月被刺痛的伤口上撒盐呀！米月咬了咬牙，道：“我在兴宁路儿童公园。”

一辆灰色的丰田吉普车很快开到了米月跟前。

米月以为是杜峰，却见车上下来的是翰墨。不等翰墨说话，米月便上车坐在了车后座，身边坐着翰墨。开车的是一位陌生男子。

上午 8 点多钟，正是上班高峰，路有些堵，时走时停。米月努力让自己镇静，再镇静。

然而，米月奇怪的是，翰墨也在沉默。

米月向杜峰发了一条信息：“我先去下医院，稍后联系。”

发完信息，米月往车窗外看了看，车子似乎在往城外开。

“妈在哪个医院？”

米月问完话，就见翰墨靠在自己身旁的左手胳膊，从她脖子后面抄了过来。

她想挣脱，翰墨的另一只像是握了白口罩的手死死捂住了她的口鼻。她感到一股如酒精般的刺激性气味直入肺腑。

她双手死死地抓住翰墨捂自己口鼻的手，可这只手就像是一把铁钳，怎么也移不开。渐渐地，她失去了知觉。

……

五

米月醒来时，手脚已被捆得结结实实，头上套上了黑布袋。在一片黑暗中，米月的头剧烈疼痛，胃里一阵阵恶心，感受到车子行进在蜿蜒曲折的公路上。

她嗅到了坐在身边翰墨身体熟悉的气味。她在痛苦的煎熬中，听到了翰墨的声音："你们找的就是这个地方吗？"

开车男子的声音："对，就是这里！"

"停下，我下去看看。"

车停了，米月听到了开车门的声音，两个人下了车。

"5 斤炸药，够用吗？能大面积塌下来吗？"

"放心，这半面山都能塌下来。"

"警方会不会查出炸药成分？"

"不会的。到时候一场雷暴雨，什么痕迹都没有了。何况，他们要找到这个地方，还不知道要等多长时间。时间一久，什么气味都没有了。"

"这几天会有雷暴雨吗？"

"现在正是雷暴雨多发季节，天气预报说今晚或明天就有。"

……

米月心里似乎明白了什么。只是现在对米月来说，她已心如死灰。死，也许是最好的解脱。

车子再一次停下来时，米月的头套被打开了。她艰难地睁开眼。

下车时，眼前一阵眩晕。好不容易恢复过来，看了看四周，最先看到的是山，四周全都是山。布满绿油油灌木的山，像无数只怪兽，从四面向米月压来。

面前是两座陈旧的瓦房。墙面挂满绿苔，铁门、铁窗栏已锈迹斑斑，屋门前是一片梯田，犹如一个个阶梯。阶梯的底端，是一口水塘，西侧有一个山窝，一条仅能通车的山间土路从山窝处翻过来，直通房前。

“解开，让她上洗手间。”翰墨道。

男子解开了米月的绳索。

米月从洗手间出来，被带入一间房内。房内一边一张单人床，床上铺了草席，床上挂着的蚊帐像是新装的，一床单被；中间靠窗有一张书桌，一把竹椅，书桌上放置一盏马灯。另外一间房，是新装修的洗手间。

翰墨手里拿了一大袋面包、饮料以及洗漱用品进来，放在米月房间的书桌上。

米月坐在床上，看翰墨取了竹椅，放在米月的对面，坐了下来。

“你就是鬼，是吗？”米月不想看他的目光，冷冷地问。

翰墨没有吭声。

“翰墨，告诉我！”

翰墨叹息了一声：“米月，我也不想这样。可是，我要保命呀！”

“就这样，你就要害我？”

“你放心，我不会伤害你。还有杜峰，我已在你的手机上向他发了信息，他自己开的车，也很快过来。我只要你们在这里安安心心住下去，一直住到你们的人能找到你们为止。因为只有这样，我才能远走高飞，飞到你们找不到我为止。”

“你逃得掉吗？”

翰墨笑了笑：“米月，我的证据，都在你手里呢。除了你和杜峰，还有那个被你抓了的满枝，相信其他人不会想到，我就是这个鬼吧？当然，满枝是不会出卖我的，我相信她，绝对不会。”

“你不相信我会保护你？”

翰墨冷笑：“你不会的！你真以为这世上，狼会爱上羊吗？”

“你情愿相信李满枝不会出卖你？”

“除了你，没有人能让她开口。”

“你怎么知道我们的行踪？”

翰墨取出了手机，向米月晃了晃：“全靠它呀！”

米月吃了一惊。

翰墨笑道：“你们公安能对公民的手机定位，我为什么不能？你上百度搜搜，这类的 APP 多得很，花点钱就做得到。知道满枝为什么每次都能在你之前逃脱吗？每次你们的行动我都能了如指掌，那全都仰仗你手机的定位信息。你审完满枝，我请你吃饭，对，还有杜峰，吃饭的时候，我看得出来，满枝没有把我供出来。但是你第二天一早就去了半岛花园我的房子，从房子出来，你就直奔厅刑侦技术中心，我就预感不妙了。我想，满枝虽然没有供出我，但她一定在无意中让你看出了某些破绽。女人嘛，第六感官就是厉害，我们男人自愧不如。昨天下午，你从刑侦技术中心出来后，没有回家，却在公园里待了一夜，我就是个三岁小孩，也会明白些什么吧？”

“你不怕我会把这事告诉别人？”

翰墨摇了摇头：“不会。至少到现在为止，你还不会。你无非就是发现了满枝在我房间里留下的什么痕迹物证，再到技术中心去鉴定，确定是不是她。在没有得到明确答案前，你不会告诉别人的。”

“王玉山是你指使人杀的吧？”

“这事，你们没有弄到证据吧？”

“你跟踪我，可是，李满枝还是被我们抓了。”

“那是满枝不听我的劝。我把你已到武汉的消息告诉了她，可她就是不肯走，说就是你知道她在那里，一时半会儿也找不到她的住所。她也太好强了，在同你赌气呢，要是听我的，你抓不到她。”

“我在摸那些窝点时，你不也没有察觉吗？”

“那是我相信了你的话，你不是对我说去抓拐吗？后来，看到你跑的几个地方，与我们的几个点都重合，我就开始担心了。我警告过曾志安，要他通知兄弟们小心，随时准备撤离，但他大意了。他说，撤离容易，就是发现了一个点，其他各个点马上就会知道，大家都销毁了证据，就奈何不了我们。不是我再三命令他们先赶紧出国躲避，他们还不想走呢。”

米月痛苦地闭上了眼睛。幸好，她去海平县和出国抓捕时换了手机卡号。

“翰墨！你对得住妈吗？”

翰墨怒了：“你不要再拿我妈说事！要不是看我妈的面子，我还能忍受与你维持十年时间！十年！一个人的青春，有几个十年！”

“这么说，你与我相处这么长时间，都是被迫的？你一点都没有爱过我，是不是？”

“米月你听着，当初，也不能说我没有喜欢过你。作为一个女人，不能不说，你的体貌气质、专业智慧，符合我追求的目标。可是，作为一个妻子，你够格吗？我无法想象，我的女人，是一个工作狂，没日没夜的工作狂。没有节假日，没有休息日，在你眼里，除了工作，除了案子，还有什么比它更重要的东西吗？你有爱吗？你爱你自己的男人吗？爱身边的大千世界吗？爱这个世界里的万紫千红多姿多彩的生活吗？”

米月的眼泪不知不觉如泉涌出：“翰墨，你知道吗？我工作狂的力量源泉，来自哪里，正是来自我有一座大山一样可依靠的你。

无论我多么辛苦，多么劳累，我只要一想到，有你这样一个爱的港湾让我停泊，有你爱的臂膀让我依偎，有你的爱心为我抚伤，我就充满力量……”

翰墨摆了摆手：“罢罢罢！让这一切都过去吧。就当我们之间是一场梦。梦总是要醒的，醒来后，才知道我们走的不是一条道。”

米月含着泪继续道：“是啊，你是在做梦，你用你的睿智和博识，处心积虑地谋划犯罪，走上了一条不归路；可是我，却因为爱，堕入了万丈深渊，不能自拔……”

“不要说了！”翰墨极不耐烦地喊道。

“翰墨，你说过，生命有轮回，灵魂永远不会熄灭。如果我们有幸在下一次生命的轮回中相见，你会对我说些什么，你会为你今生所做的事后悔吗？”米月仍然止不住泪雨滂沱。

翰墨向米月凑了过来，冷冷地对着米月的脸道：“是的，我说过，生命有轮回，可灵魂没有今生前世。你记住，在生命和灵魂的轮回中，没有善恶美丑，没有伦理道德，所有的轮回统统与它们无关！”

“但愿下一辈子，你的轮回不再是没有善恶美丑、没有伦理道德的灵长类动物。”米月知道自己无法说服他了。

翰墨哼了哼：“我不想，也没有心情来听你的废话。你听清楚了，我走后，会有两个兄弟在这里照顾你们。你不要为难他们，他们跟我的所有事都无关，只是我临时花钱请来的农民工。他们就是被抓了，最多也就是个非法拘禁。你们也不要想逃跑，即使他们让你们走，你们也走不出这一百多公里的山区。你们不是会迷失方向，就是会在半途渴死饿死。这里也没有电，没有信号，没有谁会找到这里来的。”

外面传来了汽车的马达声。

翰墨冷笑道：“好了，你有伴了，我的老同学杜峰来了。”

六

米月、杜峰被关在铁门铁锁铁窗的民房里。

米月看杜峰在一旁冷笑，自己也不禁笑了。

过了一会儿，米月还是忍不住问：“你在笑什么？笑我吗？”

杜峰道：“你们这是在唱哪一出？”

“你怎么来的？”

“收到了你的信息，让我在石阱和黄岗路口接你。我的车到了那里刚停下，就来了两个人，上了我的车，趁我不备，用毛巾堵了我的口鼻。后来，我就什么都不知道了。”

“知道鬼是谁吗？”

“不敢相信，我真不敢相信是他！”

米月一脸惨笑。

“米月，你也不会相信的，是吗？这是不是翰墨跟我们的恶作剧？”

“知道为什么鬼会了解我们的行踪吗？杜峰，原来我的手机，一直是被翰墨定位的！”

杜峰一脸愕然。

“我在技术中心，听了曾志安手机里一段鬼的录音，声音就是翰墨。还有，我在半岛花园翰墨的住处发现了女人的头发，拿去技术中心进行了鉴定，已证实就是李满枝的。翰墨知道我们初审了李满枝，当晚请我们吃饭，是想试探一下李满枝供出他没有。因为我次日一早就去了半岛花园他的住处，然后又去了技术中心，他看了我的手机定位信号，才决定先下手为强。”

“翰墨现在要干什么？他想怎么处置我们？”

“你想过他会怎么处理我们吗?”

“翰墨对我说过了，只要老老实实待在这里，他们不会为难我们。让我们等着自己人来找到我们。”

米月一声冷笑。

“他们绑架你的地方，有没有监控视频?”米月问。

“应该没有，那地方挺偏的。”杜峰道。

“这就对了。”

“他只要把我们关在这里，他就可以从容地逃到国外他任意想去的地方，他没有必要弄死我们吧。”

“你想过没有，除了李满枝，他现在的所有证据，都在我这里。当然，你现在也知道了。”

“你不是说，技术中心有他的语音吗?”

“有是有，但是你想，翰墨没有案底，如果不是你我认识他的熟人来听，谁会想到是他?谁会怀疑到他的头上?就算拿这个语音来比对全市成百上千人，也不一定会轮到他。”

“他要是杀了我们，警方也不难查出他这个凶手来。”

“你们是同学，你应该知道他的智商和手段。他干律师这么多年，他办的事，会轻易留下证据吗?我在他绑我来的路上，听清楚他们的谈话了。我们两个，会在一场雷暴雨中，遭遇山体滑坡的意外事故而死亡，警察永远也查不到他的头上。”

“山体滑坡?”

“我们设想一下，这次事发前，是我向你发的信息，让你在石阱和黄岗路口接我，对吧。然后，我上了你的车，因为我的手机是放到了你的车上，然后你拉着我，朝这里走。后来，这里就没有了手机信号。在这段时间内，专案组的同志是不会过多关注我们的，因为我有在县乡道追踪疑犯的先例。也许，专案组的同志会认为我们在审查李满枝时，分析出了一些线索，才会来这里寻找疑犯。而就在这个地方下雷暴雨的时候，翰墨会把我俩带上你的车，开到预先选好的容易发生山体滑坡的地方，引爆事先埋在山上的炸药，造成因暴雨引发的山体滑坡，就会把我们连人带车，全部压在塌方的泥石流中……”

杜峰惊得一时说不出话来。

半晌，他才道：“他们用炸药，也会查出来的。”

米月摇了摇头：“查炸药成分？你想想看，首先，在雷暴雨后，根本不会有人会怀疑到这是人为所致。其次，现场已被雷暴雨冲刷得七零八落，早已没有了炸药的残留成分。还有就是，这么个连手机信号都没有的深山僻壤，也许在专案组的同志找到我们的时候，已过了好些天，甚至更长时间。这个季节，又是雷暴雨多发季节，到那时，更谈不上会遗留什么痕迹气味了。”

杜峰听得头发都竖了起来。

“你是他的未婚妻，他下得了手吗？”

“他已经下手了！”

“我们逃得出去吗？”

“你又不是不了解他，他做的事，能让你有任何机会吗？”

“这儿距离城里有多远？”

“我判断，他们让我们麻醉的气体，很有可能是乙醚等含有麻醉剂的气体，这种药物的耐药时间，一般在两三个小时。我醒来后，车子还行驶了一个多小时。所以，我估计这里距离东州最少也在三四个小时以上。这里是山路，翻山越岭，车行速度比较慢，大概距离城里有两百来公里吧。”

“他们会在什么时候下手？”

“那就要看老天爷了。什么时候有雷暴雨，什么时候就会动手。

说不定就在今晚!”

“我们就这样等死?”

“你想想，如果他把我们拉去事故现场，会用什么办法控制我们?”

“那就多了。用绳索捆绑，或把我们打晕，或像来的时候那样使用麻醉剂……”

“绳索捆绑，肯定不会。如果这样的话，一旦发现我们的尸体，就暴露了。把我们击晕或干脆击打致死，我推断他们也拿不准。如果击打得轻了，我们半途醒来挣扎反击，那就很麻烦。如果击打得重了，我们死了，这里到现场还有一个多小时的路程，头上的击伤会使我们的死亡时间和击伤部位很难与现象相符，容易被法医发现破绽。这些，刘翰墨都不会不考虑。所以，他最好的方式，就是像我们来的时候那样，使用麻醉剂。”

“麻醉剂也会被尸检发现的。”

“如果使用乙醚，身体的乙醚残留极易与酒精混淆，很容易使法医判定为我们喝酒所致。”

“好手段，好手段!服了，我服了!”杜峰绝望道。

“可是，也有一句话，叫作魔高一尺，道高一丈。”米月咬了咬牙道。

“你是说，我们有对付的法子?”

米月点了点头:“学会憋气。”

“憋气?”

“对，这是我们唯一的生路。在他们即将下手之前，我们要使尽全力吸气，然后让他们捂住我们的口鼻。这个时候，只要我们不吸气，麻醉剂就吸入不到肺部，就达不到麻醉的目的。然后，我们装作全身瘫软，像已经被麻醉了一样，让他们放心拉着我们去现场。”

“这需要憋多久？”

“肺活量正常的人，应该在四五十秒钟，我们至少要训练到一分半钟以上。”

“为什么是一分半钟以上？”

“刘翰墨对我使用麻醉时，我在挣扎中估算了一下时间，至少在一分半钟以上。”

“刘翰墨不是好应付的，他们万一发现破绽怎么办？”

“所以，绝不能让他们发现破绽。一切都要像第一次表现的那样，先挣扎，再息声，后浑身瘫软。到了现场以后，他们会把我们连人带车停放在预先选好的地方，然后撤到安全距离，引爆或点燃炸药。我们可以在他们撤离时，趁机向相反方向逃跑。”

“开着车跑吗？”

“不能动车。动了车就会惊动他们。何况，动了车也没有用。你想啊，我们只能向相反的方向倒车，但只要前面山体滑坡了，车子还能开得过去吗？而且车子已行驶了几个小时，估计也没多少油了，走不了多远的。所以我们只能弃车步行。”

“步行能走出这一百多公里的山区吗？就算走出了山区，刘翰墨恐怕早已出国远走高飞了。”

“他走不掉。他选的是雷暴雨天气，这个天气不是他能预定的。在雷暴雨没来之前，他不会提前预订出国机票。按他办事谨慎的性格，他必定要在现场亲眼看到我们死了才会踏实。既然我们两个证人都死了，他也没有必要匆忙跑路，他可以从容地跑路。这样的话，留给我们的时间还是有的，就算他离开现场后马上订出国机票，至少也得四个小时以上。我们只要争取在四个小时内，在附近找到村庄或任何有手机的人，就可以报案了。”

杜峰点了点头。

……

夜晚的深山，蛙虫齐鸣，还有讨厌的蚊子。这里的蚊子全都是花脚蚊，等米月觉察到痒的时候，它已吃得腹部鼓得像一只充满气的鲜红汽球，飞都飞不起来了。米月、杜峰只得把自己封闭在蚊帐里。

桌子上的马灯发出昏黄的光。两个人的手机早就没有电了。有电也没有用，这里没有信号。乙醚的作用还没有消失，米月的头还在阵阵作痛，仍然觉得一阵阵恶心想吐。她已经一天多没有吃东西了，一点胃口都没有。

杜峰劝道："吃不下也得吃，到时要消耗体力的。"

米月痛苦地摇着头。

"如果这几天都没有雨，他不会就这么傻等吧？他会不会使出其他手段？"杜峰担心道。

"他不会久等的。估计只要我们失联超过三天，专案组就会遍地找人了。"

米月的身心已疲惫到了极点。

可是她一闭眼，眼前就会浮现翰墨的身影。她干脆就睁着眼，透过蚊帐，呆呆地望着屋顶。这是瓦房，房顶的横梁已发霉，布满了蛛网。看到这情景，她突然想到了小时候，也是躺在床上透过蚊帐看房顶。那时候，躺在她身边的，是妈妈和妹妹。

米月想起了父母，便想到了恩师。她不知道，这以后她要是还能活下来，如何去面对这三位老人。

想着想着，米月忍不住又抽泣起来。

凌晨 2 点，米月感到外面好像起风了。

一阵阵凉风从窗外吹进来，远处有闷闷的雷声传来。米月知道，翰墨要行动了。

果然，铁门吱呀一声开了。

米月故意呀的叫了一声。她要惊醒杜峰。她担心杜峰还在睡梦中就被人家捂了嘴。

冲进来三名男子，直接就对两个人动手了。动作干脆利落，不一会儿就让两个人“昏迷”了。

杜峰被抬放在自己车上的副驾驶座位上，米月被放在了车后排。车门关了，车却没有发动，只听得翰墨道：“把房间里的东西都清干净了，不要留下一点痕迹。”

过了十来分钟，一名男子的声音响起来：“好了，老板。”

翰墨道：“大头，你开车跟在我后面。注意，不要开车灯，更不要按喇叭，就是有人远远看见了，也好像只有一辆车在行进的样子。”

“这深更半夜、深山沟里的，哪有人看见。”

“小心无大错！”

“明白，老板。”

车子开动了。

米月知道，到现场只有一个多小时的路程。她眯着眼，看了看车窗外，天空没有月亮，没有星星，只有一层层乌云在滚动。她想，也许翰墨早就知道雷暴雨要来了。

车子像一驾破烂的马车在凹凸不平的山路上跳跃。

米月明白，翰墨是要在雷暴雨来临之前完成他的杰作。如果等雷暴雨来了就晚了，雨后的路面，会让他的车在泥沙路面留下很容易识别的车辙印的。

车子停下来的时候，米月听到了雷声正隆隆地从远方向这边压来，伴着阵阵闪电和狂风。

公路的一面是黑压压的陡峭土坡，另一面则是深不见底的山谷。

开车的男子戴上了棉布手套，将方向盘、变速柄及他手指能触及的地方全部擦拭了一遍，然后把杜峰扛到了驾驶座位上，抓住他的双手，握在方向盘上，又将他的手压了压变速柄，给他系上了安全带，关上了车门。

“好了，老板。”

“他们的手机呢？放在应该放的位置。”

“放好了。”

“再好好看看，有什么遗漏没有？”

男子又打开车门，到处看了看，关了车门。

“放心吧，老板，神仙都看不出来。”

“点火！”

一名男子往陡峭的坡上攀爬。不一会儿，他便连滚带爬地下来了，上了翰墨的车，车子呼地开走了。

“走吧！”杜峰轻声说。

“好！”米月应道。

两个人下了车，关上车门。只见阵阵闪电划破夜空，照亮了前面的公路。

杜峰拉着米月的手，疯也似的向前飞跑。

身后，只听轰的一声炸响，随后便是隆隆的山体滑坡声，像是一阵闷雷，好半天都没有消失。

闪电下，米月惊呆了。

空气中的泥腥味扑鼻而来，几乎半面山都塌了下来。泥土、巨石，还有连根拔出的碗口粗的树木，在陡峭的山谷下形成了一座巨大的宝塔形的新山坡。杜峰的那辆车，早已消失得无影无踪。

……

七

雷暴雨来了，电闪，雷鸣，狂风，暴雨。

杜峰拉着米月，连滚带爬地翻过刚刚滚落的泥坡，向着无边的黑夜前行。

狂风夹着暴雨，带着倾盆的泥沙，向着米月扑面而来，打得人不敢抬头。米月很快就感到浑身像掉进了冰水里，冻得浑身发抖。开始是自己身上的热气一阵阵往外冒，之后便慢慢地消耗殆尽。

“你冷吗?”米月牙齿有些打颤地问杜峰。

“跑起来，只要跑，身体就能发热御寒!”

“黑咕隆咚的，什么也看不见呀!”

“看着闪电跑!”

闪电是一阵阵的，每次闪电的瞬间，他们看清了前面一段路，就往前跑上一段。

山路崎岖不平，泥土被暴雨冲刷着，露出尖石或树根。米月不断被这些东西绊倒。

杜峰紧紧拉起米月，咬牙向前跑去。

前面的路，好像没有尽头。倾泻的大雨，也好像没有停止的预兆。

跑着跑着，雷声闪电渐渐小了。没有闪电的时候，眼前便是黑茫茫一片。要往前行，只能凭自己的感觉了。

不知道走了多久，翻过一道山坡，下坡的时候，米月脚一滑，连同杜峰一道滚下了山坡。

滚落时，米月只觉得眼前一黑，失去了知觉。

待醒来时，米月发现自己被杜峰背在肩上，艰难地一步一步往坡上爬。

“杜峰，放下我……”米月浑身没有一处不疼，却咬着牙道。

杜峰喘着粗气，没有吭声。他已没有力气回答米月的话。

终于他看见了前面路边有一座废弃的瓦房，大门敞开着，没有门板，空洞的屋内黑乎乎的。

杜峰来到屋檐下，把米月放了下来。米月像是睡着了，浑身冰凉。他忙把米月紧紧搂在怀里。

“醒醒，米月，醒醒！”杜峰嘴里不停地念叨着，“我们不能停，只要一停下，我们就会睡过去，可能就醒不过来了，米月，我们往前走，一定要往前走……”

说着说着，杜峰也慢慢失去了知觉。

……

东方露出了鱼肚白，暴雨终于渐渐小了，四面的山峰显影在米月面前。

“这是哪里？”米月醒了，她觉得胸前阵阵发紧，抬手一摸，才知道是杜峰的双手紧紧搂着自己。

“醒醒！杜峰。”米月吃力地摇晃着杜峰。

“这是在哪里？”杜峰也终于醒了。

“天亮了，天亮了就好了。”米月看了看天边，“你看，那是东方，看来我们没有走错方向。这是南方，朝这边走。”米月说着，挣扎着想站起来，却感觉双腿像灌了上百斤重的铅水。刚要站起来，她眼前一黑，又软了下去。

杜峰咬牙站了起来：“我们走吧。”

他想把米月拉扶起来，可米月仍然没有一点力气。

“我走不动了。”米月说。

杜峰明白，她已两天没有吃东西了。她的身体急需补充食物。

“我背你走。”

“你走吧！你背我是走不动的。等你找到了人家，报了案，再带人来接我。天都亮了，我担心翰墨他们会跑了呀。”米月吃力道。

“不！就是死，我们也死在一起。”

“我们都死了，他们就得逞了。我们的努力就都白费了……”米月声音越来越弱，似乎没有力气说下去了。

“不，我们不会死的。”杜峰看了看米月，喃喃道，“要是有些东西吃就好了……”

一句话提醒了米月，她吃力地说道：“这个废弃的民房，可以找些吃的。”

杜峰朝黑乎乎的屋内看了看：“这哪里有吃的？就是有粮食也霉变了。”

“你到房子四周找找，肯定有菜地，长出青菜可以吃，还有果树，枇杷、李子、桃子，都可以吃，你去找找。”

雨还在淅淅沥沥地下，杜峰来到屋后，果然见有枇杷树和李子树。枇杷已挂满枝头，黄澄澄的。杜峰尝了一口，鲜甜异常。

杜峰忙摘了几串下来。李子还没有成熟，味道有些酸，杜峰便罢了。

捧着一大把枇杷，他兴冲冲地来到米月面前。

“你真神了，米月，你怎么知道会有果树？”

米月慢慢地吃着枇杷，似乎已缓过气来。

她笑道：“你忘了，我老家是农村的。农村哪家房前屋后不种几棵果树？”

“现在果子熟了，也没有看守，不怕被人偷摘了？”

“他们才不稀罕呢。说不定果子烂在树上，也没有人来摘。”

吃了水果，米月感觉好多了。看了看表，已是5点10分了。自刘翰墨开车离开这里，已过了两个多小时。

“我们抓紧时间，一定赶在4小时内报警。否则，他就逃出国了。”米月道。

杜峰过来撑扶米月。米月挣扎着站起身：“我走得动了，好多了。你先往前走，见到有村庄民房，就借手机报警。”

看着米月仍微微发抖的身子，被雨水浸得惨白的脸，杜峰忍住眼泪，紧紧地攥着她的手，坚定地说道：“我们一定要在一起，我们会找到村子的！我就是背着你，也要一同报警！要不，我无法给领导交代。”

……

6点20分，疲惫到了极点的米月和杜峰，终于看到了山脚下升起袅袅炊烟的村庄。

9点10分，何小宇、关亮等专案组人员在白水国际机场拘捕了刘翰墨。

17点40分，厅专案组审讯室，刘翰墨见到了米月和杜峰。

“你们……是人还是鬼？”一向沉稳的刘翰墨，吓得惊叫了起来，恐惧地瞪圆了双眼。

“翰墨，应该让我来问你，你是人还是鬼？”杜峰道。

米月一言不发。她按下了播放器，播放的是一首叫《斯卡布罗集市》的歌。

你要去斯卡布罗集市吗

芫荽、鼠尾草、迷迭香和百里香

代我向那里的一位女孩问好

她曾经是我的爱人

……

听着听着，米月听不下去了。

她不想让刘翰墨看到她的泪水。她默默地走出审讯室，想起了她毕业走出校门时，来学校门口接她的刘翰墨，在车上给她播放的歌，那首让翰墨从此走进她心房的歌。

“刘翰墨，我今天把这首歌还给你了。从今往后，不管你是走向天堂，还是走向地狱……”

前方，街道上车水马龙，行人匆匆，红绿灯在交替闪亮着，红的、黄的、绿的……米月的双眼越来越模糊。

她抬起沉重的手，轻轻地抹了一下双眼。